Goodbye, Mrs. Nobody!

Robin Fisher Roffer

Goodbye, Mrs. Nobody!

So machen Sie sich einen Namen

Aus dem Amerikanischen
von Dr. Doris Märtin

Titel der amerikanischen Originalausgabe:
Make a Name for Yourself
Erschienen 2000 bei Broadway Books/Random House, Inc.,
New York

Umwelthinweis:
Dieses Buch wurde auf chlor- und säurefreiem Papier gedruckt.

http://www.heyne.de
Redaktion: Verlagsbüro Oliver Neumann, München
Satz: Gramma GmbH, München
Druck und Bindung: GGP Media, Pößneck
Printed in Germany 2001

ISBN 3-453-19070-X

Inhalt

Einleitung

Die Idee, mich mit Branding-Techniken beruflich zu positionieren und zu etablieren, kam mir wie ein Blitz aus heiterem Himmel bei einem Messeempfang. Es war einer jener Abende, wo jeder aus der Branche versuchte, den anderen zu beeindrucken und wie verrückt Kontakte zu knüpfen.

Plötzlich tauchte neben mir ein Fernsehmogul mit einem wichtigen Kunden im Schlepptau auf. »Robin!«, begrüßte er mich enthusiastisch. »Ich möchte Sie mit George bekannt machen!« Dann wandte er sich George zu. »George!« Er strahlte. »Das ist Robin Fisher, die Gewinnspiel-Queen des Kabelfernsehens!«

Mir fiel beinahe das Glas aus der Hand. Nie im Leben hatte ich mich als die »Gewinnspiel-Queen« gesehen, noch nicht einmal zu der Zeit, als die Entwicklung von Gewinnspielen mein Hauptjob war. Gewinnspiel-Queen ... So also nahm man mich wahr. Dachten etwa *alle* so? War ich nicht viel mehr als das?

Ohne zu wissen, wie mir geschah, hatte man mir ein Markenzeichen eingebrannt, noch dazu eines, das mir ganz und gar nicht gefiel. Nachdem ich den ersten Schock überwunden hatte, zog ich eine wichtige Lehre daraus:

Wenn du dich nicht selbst zur Marke machst,
werden andere es tun.

Dieses Buch gibt Ihnen das Werkzeug in die Hand, mit dem Sie sich selbst zur Marke zu machen können, bevor andere es tun – oder Ihre Marke zu verändern, sofern sie nicht Ihr wahres Selbst widerspiegelt. Ganz gleich, ob Sie als Künstlerin oder Wirtschaftsprüferin arbeiten; ob Sie Mitarbeiterin in einem Unternehmen oder selbstständig sind; ob Sie einen Job suchen, Ihre Karriere vorantreiben oder sich beruflich verändern möchten – mit diesem Buch können Sie steuern, wie andere Sie wahrnehmen. Positive Differenzierung im Meer des Immer-Gleichen ist der Schlüssel zum beruflichen Erfolg.

In diesem Buch finden Sie viele der Branding-Strategien, mit denen Großunternehmen wie Coca-Cola, Nike oder MTV ihre Marken erfolgreich aufbauen und pflegen. Mit dem entscheidenden Unterschied, dass auf diesen Seiten Sie die Marke sind.

Ihr Ziel wird es sein, Ihre Marke zum Ausdrucksmittel Ihres ureigenen Ichs werden zu lassen: um sich von ähnlichen Anbietern zu unterscheiden, Ihre einzigartige Identität zu betonen, Ihre Talente hervorzuheben und Ihr berufliches Ansehen zu stärken. Die konsistente und konsequente Verankerung Ihrer Marke wird dazu führen, dass Menschen so auf Sie reagieren, wie Sie es möchten: Sobald Ihr Name fällt, werden positive Assoziationen wach. Einem bewährten Markenprodukt ist die Loyalität der Kunden sicher. Für Ihre persönliche Marke gilt das Gleiche.

Ich weiß, wovon ich rede. Ich war an der Entwicklung der Markenstrategien für einige der besten Kabelsender – TNT, CNN, Discovery Channel, Lifetime Television, ESPN, A&E und MTV – sowie für führende IT-Riesen wie IBM und AOL beteiligt. Meine Firma, BigFish Marketing, hat neun nordamerikanische und weltweite TV-Kanäle und zahlreiche Websites aus der Taufe gehoben.

Doch Anfang der Neunzigerjahre habe ich tatsächlich Fernsehsendern Ideen für Gewinnspiele und Preisausschreiben verkauft: »Schauen Sie in den Discovery Channel rein und gewinnen Sie eine Safari!« So in der Art. Der Job war zwar nicht sonderlich aufregend, aber er machte mir Spaß und brachte mich dorthin, wo ich sein wollte – in eine Welt, in der alle so fernsehbegeistert waren wie ich.

Ich machte Branding in einer Zeit zu meinem Spezialgebiet, als es sich im Fernsehen als Mittel zur Differenzierung zwischen den immer zahlreicheren Kabelkanälen durchzusetzen begann. Heute ist Branding so wichtig für den Produkterfolg geworden, dass Markenstrategen wie ich in fast jeder Branche zu finden sind und mit nahezu jeder Art von Produkt arbeiten: von Softdrinks bis zu Elektrogeräten, von elektronischen Dienstleistungen bis zu Resort-Hotels. Sogar Länder machen sich die Möglichkeiten des Branding zunutze. Im Sommer 1999 startete der englische Premierminister Tony Blair eine landesweite Kampagne, England als Marke zu etablieren. England sollte sein elisabethanisches Image ablegen und als »Cool Britannia«, das Land der Spice Girls und des Geheimagenten Austin Powers, ins 21. Jahrhundert gehen.

Natürlich werden viele Produkte von jeher als »Marken« vertrieben. Erst seit kurzem aber ist eine Marke mehr als ein Warenzeichen, ein Wort oder ein Logo, mit dem Hersteller ihre Geräte, Produkte oder Dienstleistungen versehen, um sie identifizierbar zu machen.

Heute kann der Hersteller selbst die Marke sein, der ganze Supermarkt ist eine Marke, und das Gleiche gilt für regionale, überregionale und internationale Fernsehsender, Filme und Websites. Die Marke einer Firma wird repräsentiert durch ihren Namen, ihre Botschaft, ja sogar ihren Daseinsgrund und ihre Selbstverpflichtung – und Branding bezeichnet den Prozess, der ein Unternehmen und sein Produkt mit alldem versorgt. Wenn Menschen einen Markennamen erkennen, wird eine emotionale Reaktion in Gang gesetzt. Sie wissen sofort, welches Produkt gemeint ist. Vielleicht haben sie Vertrauen in seine Qualität oder zumindest eine Meinung über seinen Wert. Vielleicht werden sie treue (oder zumindest verlässliche) Kunden, vielleicht ziehen sie aber grundsätzlich eine andere Marke vor. Wie auch immer: Wir *identifizieren* ein Produkt anhand und mit seiner Marke.

Am Tag nach jenem schicksalhaften Empfang machte ich mich daran, meine Marke zu ändern.

Ich wollte eine berufliche Identität aufbauen, die mein wahres Ich besser ausdrückte, als es das Wort »Gewinnspiel-Queen« vermochte. Ich wollte erreichen, dass mein Name mit meinen Kernwerten, meinen Leidenschaften, meinem Wesen identifiziert wurde. Intuitiv verstand ich, dass ich damit eine große Verpflichtung einging. Wenn ich zu der Person werden wollte, die mich mit Stolz erfüllte, müssten sich ab sofort meine Wertvorstellungen, meine Leidenschaften und mein authentisches Selbst in allem, was ich tat, widerspiegeln: in meinen Worten, meinem Handeln, meiner Botschaft und meinem Stil. Ich hatte Ehrgeiz und Energie, ich war 32 Jahre alt und beruflich schon relativ etabliert und hatte ein paar hochfliegende Träume im Kopf. Und so entwarf ich eine Markenstrategie für mich selbst – eine Strategie, die dazu geeignet war, die wahre Robin Fisher zu enthüllen.

Zuerst konzentrierte ich mich auf das, was ich bin. Wenn ich auch nicht als »Gewinnspiel-Queen« wahrgenommen werden wollte, so suchte ich doch nach einer griffigen Bezeichnung, die meine Person in ein, zwei Worten beschreiben würde. Ich fragte mich: Was ist einzigartig an mir? Wo liegen meine Talente? In welchen meiner Leistungen unterscheide ich mich von der Masse? Dann wandte ich mich meinen Träumen zu. Welche Art von Erfolg suche ich? Was genau wünsche ich mir für mich und meine Zukunft? Wer ist mein »Zielpublikum« – wen möchte ich beeindrucken und mit wem möchte ich zusammenarbeiten? Wer wird mich bei der Erfüllung meiner Träume unterstützen? Und schließlich: Wie kann ich mich verpacken und promoten, um diese Ziele zu erreichen?

Ich möchte Ihnen an einem Beispiel zeigen, dass Branding kein von außen übergestülpter Prozess ist, wie viele meinen, sondern ein Prozess, der ein Fenster zur Seele des Produkts öffnet, das zur Marke aufgebaut werden soll.

Im Winter 1991 war ich Marketingmanagerin bei Turner Broadcasting. Wir arbeiteten an einer Werbekampagne für CNN, die darauf abzielte, aus der Berichterstattung über den Golfkrieg Kapital zu schlagen. Die Kampagne war die erste große PR-Anstrengung des Senders. Vor allem aber fiel sie in eine Zeit, in der Kriegsbilder zum ersten Mal jedem, der sie sehen wollte, *live* zur Verfügung gestellt wurden. Ich sollte in diesen Tagen eigentlich an einer Konferenz in New York teilnehmen. Doch statt zu tagen, klebte ich vor dem Fernseher. Bomben fielen auf Bagdad und ich verfolgte die Ereignisse live auf CNN von meinem Hotelzimmer aus. Ich konnte einfach nicht abschalten, so unfassbar war es für mich, dass sich der Krieg buchstäblich vor meinen Augen abspielte, 24 Stunden am Tag. Ich hatte das Gefühl, dass niemand auf der Welt sich diesem Eindruck entziehen konnte.

Zurück in Atlanta, sprachen wir über dieses Gefühl einer weltweiten Ergriffenheit. Alle hatten es gespürt. Wir nahmen Kontakt zu unserer Werbeagentur auf und regten an, die Kampagne auf der Idee aufzubauen, dass CNN überall auf der Welt gesehen wurde.

Ein paar Tage später legte die Werbeagentur uns ein Plakat vor. Es war eine Aufnahme der NASA, die die Erde vom Weltraum aus zeigte. Das Bild war mit den Worten überschrieben: »Watch what happens next.« Unter der Botschaft stand ein fett gedrucktes CNN-Logo.

Mir stockte der Atem. Ich erkenne eine gute Idee immer daran, dass sich die Haare an meinen Armen aufstellen – und genau das geschah in diesem Moment. Es gab keinen Hinweis auf Bagdad, Bomben, Soldaten oder Blut. Das Bild und die Worte riefen zwar die Erinnerung an den Krieg wach, doch sie wiesen weit über die Kriegsberichterstattung von CNN hinaus. Sie drückten aus, dass CNN sehr viel mehr zu bieten hatte als Reportagen über den Golfkrieg.

Gleichzeitig probierte CNN diverse Ideen für einen Slogan aus – kurze Wörter, die wie ein Motto unter dem Logo stehen. Der übergeordneten Idee folgend, dass CNN überall auf der ganzen Welt gesehen wird, ergänzten wir das Plakat und alle Werbemaßnahmen für die Berichterstattung über den Golfkrieg um die Wörter: »The World's News Leader«.

Dieser Slogan wurde innerhalb kürzester Zeit zur sich selbst erfüllenden Prophezeihung. Bald hörten wir den damaligen Außenminister Dick Cheney sagen: »Wir möchten den Leuten von CNN danken, dass sie Tag für Tag den Krieg zu uns bringen und uns über die Ereignisse in Bagdad auf dem Laufenden halten.« Und ich habe bis heute den Tonfall von Nachrichtenmoderator Peter Jennings im Ohr, als er sagte: »CNN galt als der kleine Sender, der möglicherweise irgendwann … aber das war einmal!« (Tatsächlich bezeichneten die anderen Sender CNN damals als »**C**hicken **N**oodle **N**ews« – nach den dünnfädigen Nudeln in der Hühnersuppe. Aber wie gesagt: Das war einmal!)

Das Image von CNN hatte sich gewandelt: Aus einem kleinen, lokal produzierten Nachrichtensender war die vertrauenswürdigste und verlässlichste Nachrichtenquelle des Fernsehens geworden. Heute sind die Initialen des Senders Menschen auf der ganzen Welt ein Begriff: Sie wissen, welche Programme CNN produziert und vertrauen auf ihre Qualität. Und CNN hat ein großes Publikum loyaler (oder zumindest zuverlässiger) Zuschauer, die sich zuschalten, um wichtige Neuigkeiten live und brandaktuell ins Haus geliefert zu bekommen.

Beim Branding für Einzelpersonen geht es darum, die eigene »große Idee«, die eigene Wesenssubstanz zu finden, für die Welt sichtbar zu machen und ihrer Erfüllung zuzuführen. Schauen Sie sich zum Beispiel an, wie Oprah Winfreys Marke die Kernwerte der Talkmasterin widerspiegelt:

HINTERGRUND

Von früh an zeigte Oprah ein Talent dafür, mit Menschen ins Gespräch zu kommen. Ihre Kindheit war von Armut und Krankheit geprägt und schon als kleines Mädchen wurde sie Zeuge der Probleme, mit denen Frauen in unserer Gesellschaft zu kämpfen haben. Diese Fragen formten sie und diesen Fragen widmet sie sich bis heute mit Leidenschaft. Oprah ist, wer sie ist, und verkörpert damit das Herz und die Seele ihrer Marke. Der unglaubliche Erfolg ihres Buchklubs ist deshalb kein Wunder. Ihre Liebe und Bewunderung für Bücher, ihre Verbundenheit mit ihnen entstanden auf dem Schoß ihrer Großmutter und ihr Vater unterstützte und förderte ihr Interesse. Oprahs Buchklub spiegelt den Wert wider, den sie selbst Büchern beimisst.

BESCHREIBUNG DER MARKE

Als Rollenmodell, Mentorin und Freundin ist Oprah die verkörperte Großzügigkeit. Sie ist wohlhabend. Sie ist freigebig. Sie demonstriert ihre Fülle körperlich ebenso wie seelisch. Sie ist jemand, der gerne gibt, direkt, freimütig und hundertprozentig. Ohne ein Blatt vor den Mund zu nehmen, lässt sie andere teilhaben an ihrem Besitz, ihren Gedanken, ihren Gefühlen, an allem, was ihr wichtig ist. Seelischer Tiefgang ist ihr wichtig und das zeigt sie auch, wenn sie in ihrer Talkshow ohne Scheu, aber mit feinem Gespür für das rechte Maß Diskussionen in Gang bringt, die uns innerlich berühren.

Persönlichkeit/Haltung

Oprah ist	Oprah ist nicht
ernsthaft	oberflächlich
extravertiert	egozentrisch
aufrichtig	falsch
großzügig	geizig
verletzlich	hart
lebhaft	reserviert
warmherzig	kalt

Schlüsseleigenschaften

- Zielorientiertheit
- Ihr Markteinfluss ist gewaltig. Dreißig Millionen Menschen vertrauen ihr blind. So pathetisch es klingen mag: Sie wird wirklich geliebt.

Verpackung

- Körperlich attraktiv mit ausgeprägten Gesichtszügen, makellos gepflegt, dunkles Haar, das ihr Gesicht weich umrahmt.
- Abgesehen von etwas mehr Make-up unterscheidet sie sich nicht allzu sehr von ihren Zuschauerinnen.
- Sie trägt normalerweise einfarbige Outfits, manchmal in kühnen Farben, die immer so geschnitten sind, dass sie Gewichtsschwankungen geschickt überspielen.

Selbstdarstellung

- Direktheit, Betroffenheit und Mitgefühl sind die Eckpfeiler von Oprahs Auftritt. Sie spiegeln sich in ihrer Stimme, ihrem Gesicht und ihren Augen.
- Sie ist ein Mensch, der kein Podium braucht, um sich wohl zu fühlen. Ein enger Kontakt zum Publikum ist ihr wichtig.

- Sie kommuniziert innere Stärke und Schönheit, ohne dabei arrogant zu wirken. Deshalb kommt sie bei Frauen aller sozialen Schichten gut an.

IHRE MISSION

- Menschen zu helfen, ein besseres Leben zu führen.

Diese stichwortartige Darstellung ist eine Möglichkeit, die verschiedenen Aspekte der Markenbildung einzeln zu betrachten. Sie werden der Methode in diesem Buch noch öfter begegnen. Mit ihrer Hilfe werden Sie die Stärke Ihrer eigenen Marke entdecken und ermessen können.

Unterschwellig geht es in diesem Buch über Branding um Erfolg. Deshalb möchte ich gerne klarstellen, was ich unter Erfolg verstehe. Erfolg bedeutet für mich Erfolg im Arbeitsleben, wie er durch finanzielle Entlohnung und/oder berufliche Anerkennung symbolisiert wird. Erfolg bedeutet für mich aber auch persönliche Verwirklichung. Der Branding-Prozess erlaubt es Ihnen, Ihrer Bestimmung näher zu kommen. Branding macht Sie zum aktiven Mitgestalter bei der Erfüllung Ihres beruflichen und privaten Schicksals.

Branding ist natürlich geschlechtsneutral. Auch Männer können davon profitieren. Trotzdem habe ich dieses Buch für Frauen geschrieben, weil ich unter all den auf dem Markt erhältlichen Karriereratgebern nicht viele gefunden habe, die das emotionale Erleben beruflich engagierter Frauen behandeln. Ich will hier nicht die Diskussion um anlagebedingte Unterschiede zwischen Männern und Frauen vertiefen. Verständigen wir uns einfach darauf, dass wir Frauen lieber keinen Krieg mit Menschen führen, die zufällig unsere Konkurrenten sind. Einschüchterung behagt uns nicht – unabhängig davon, ob wir selbst einschüchtern oder eingeschüchtert werden. Wir wollen nicht kämpfen oder intrigieren, um einen

Kunden oder einen Job zu halten. Und wir wollen keine Rüstung anlegen müssen, um am Arbeitsplatz zu überleben.

Branding ist eine Erfolgstechnik, die ohne Waffen, Kämpfe oder Verstellung auskommt. Beim Aufbau einer persönlichen Markenstrategie führen wir nicht Waffen ins Feld, sondern unser wahres Selbst. Statt den Markt zu attackieren, bieten wir unsere besten Eigenschaften als Gabe dar – in einer Verpackung, die genau die Menschen anspricht, die uns am meisten brauchen, wollen und schätzen.

Frauen wünschen sich genau wie Männer geschäftlichen und privaten Erfolg – nur eben nicht auf Kosten ihres Seelenlebens oder ihres emotionalen Wertesystems. Die meisten Frauen, mit denen ich beruflich zu tun habe, setzen auf Ausgleich und Kooperation. Es liegt in unserer Natur, den Konsens zu suchen und Frieden zu stiften. Trotzdem müssen wir am Ende oft feststellen, dass wir für unseren Wohlstand auf persönliche Erfüllung, Lebensfreude oder Großzügigkeit verzichtet haben. Dazu aber sollten wir nicht gezwungen sein.

Die berufstätigen Frauen von heute beginnen, sich ihrer seelischen Bedürfnisse bewusst zu werden: authentisch zu leben, ihren Moralvorstellungen und inneren Wünschen zu folgen, ein Gefühl der Sinnhaftigkeit und Erfüllung zu empfinden und überzeugt zu sein von dem eingeschlagenen Weg und der Art und Weise, wie sie ihn bewältigen. Auch ich teile diese Wünsche und Empfindungen. Branding ist eine Möglichkeit, diesen Idealen näher zu kommen.

Der Branding-Prozess besteht aus acht Schritten und beginnt mit einer gründlichen Selbstanalyse und der Entwicklung einer Markenbeschreibung. Dabei unterziehen Sie Ihre Person, so als wären Sie ein Produkt, einer ähnlich akribischen Überprüfung, wie ich sie auch für Unternehmen wie AOL, Comedy Central oder ESPN durchführe. Die Fragen, über die Sie nachdenken, lauten zum Beispiel: Was leistet die *Marke Ich*? Was sind ihre besten Eigenschaften? Was sollen Menschen denken, wenn sie meinen (Marken-)Namen hören?

Welchen Ruf soll meine Marke entwickeln? Ich denke, Sie werden feststellen, dass die Fähigkeit, einen Schritt zurückzutreten und sich selbst als Marke zu evaluieren, mindestens so interessant ist wie traditionellere, tiefenpsychologische Methoden der Selbsteinschätzung.

Wenn Sie Ihre Markenidentität und Ihre Ziele kennen, zeige ich Ihnen in einem Crashkurs, wie Sie Ihr Zielpublikum finden und für sich gewinnen. Als Nächstes halten Sie ein Vergrößerungsglas über die Hindernisse, die Sie hemmen, und die Gefahren, die im Verborgenen Ihres Berufslebens auf Sie lauern. Sie erfahren, wie Sie einen Mentor finden, lernen die Geheimnisse der Markenverpackung und Methoden der Selbstdarstellung kennen, und ich zeige Ihnen, wie Sie einen Business-Plan für sich und ein begleitendes Programm für die Pflege und Wartung Ihrer Marke entwickeln.

Am Ende jedes Kapitels finden Sie eine Zusammenfassung, in der Sie Ihre persönlichen Reaktionen auf die behandelten Anregungen und Fragen festhalten können. Auf dieser Grundlage können Sie eine Markenstrategie entwickeln, die exakt auf Sie und niemanden sonst zugeschnitten ist. Am besten übertragen Sie die Zusammenfassungen in einen »Markenplaner« oder ein Karrierejournal (mehr dazu in Kapitel 8), sodass Sie die Fortschritte Ihrer Marke und Ihr persönliches Wachstum auch nach der Lektüre dieses Buches weiterverfolgen können.

Dieses Buch enthält viele wahre Geschichten aus meinem beruflichen Leben und dem meiner Freunde und Kollegen. Um die Privatsphäre oder Anonymität von Personen bzw. Unternehmen zu wahren, habe ich in einigen Fällen Namen geändert oder Ereignisse oder Situationen verfremdet wiedergegeben.

Die vier Branding-Fallstudien, deren Episoden dieses Buch durchziehen, basieren ausnahmslos auf realen Personen und ihren Erlebnissen. Trotzdem habe ich mir einige Freiheiten erlaubt. Ich habe Details ergänzt und demografische Veränderungen am Leben der vier Frauen vorgenommen, um ihre

Geschichte zu symbolischen Geschichten zu machen, mit denen sich viele Frauen identifizieren können – unabhängig davon, in welcher Branche sie beschäftigt sind, ob sie bei einem großen Unternehmen arbeiten oder als Freiberuflerin, ob sie erst am Anfang ihrer Karriere stehen oder bereits das repräsentative Büro in der Vorstandsetage anpeilen mit allem, was dazugehört.

Ich glaube an Wunder und ich glaube an das Schicksal, doch am Ende schaffen wir uns unsere Wirklichkeit selbst. Branding passiert nicht einfach so, nur weil wir es für eine gute Idee halten. In den folgenden Seiten steckt eine Menge Arbeit und ein Prozess, der Zeit braucht. Wofür also der ganze Aufwand? Um zu erfahren, wer Sie sind, und dafür geschätzt zu werden; um an sich zu ziehen, was Sie sich wünschen; um bei anderen besser anzukommen; um Vertrauen zu gewinnen; um Ihren Weg integer zu gehen und um sich in dem Umfeld auszuzeichnen, das Sie gewählt haben.

SCHRITT

— 1 —

Schürfen Sie tief, um Ihr wahres Ich ans Tageslicht zu fördern

Ich glaube, dass wir auf der Welt sind, um einer Bestimmung gerecht zu werden. Alles, was uns widerfährt, Gutes und Schlechtes, ist eine Lektion, die uns bei der Entdeckung und Erfüllung dieser Bestimmung hilft. Das ist die eigentliche Aufgabe unseres Lebens: privat und beruflich den vorgezeichneten Kreis des Schicksals mit Leben zu erfüllen.

Sie können Ihre wahre Bestimmung nur entdecken, wenn Sie tief und ehrlich in sich hineinhorchen und Ihrem wahren Selbst zugestehen, sich Gehör zu verschaffen. Dieses wahre Selbst kann sich stark von der Person unterscheiden, die andere zurzeit in Ihnen sehen. Es ist jedoch die eigentliche Seele Ihrer Marke und weist Ihnen mehr als alles andere Ihren Weg zum Erfolg. Wenn Sie Ihr wahres Selbst gefunden haben, können Sie anfangen, ihm Rechnung zu tragen und der Welt seine Dynamik zu enthüllen. Es wird Sie dafür mit allem belohnen, was Sie sich in Ihren kühnsten Träumen vorgestellt haben.

Was fällt Menschen spontan ein, wenn sie Ihren Namen aussprechen? Was empfinden sie bei Ihrem Anblick? Wenn es Ihnen schwer fällt, diese Fragen zu beantworten, heiße ich Sie im Klub willkommen. Woher sollen Sie auch wissen, was andere von Ihnen denken? Und wie objektiv können Sie sich selbst betrachten? Die Wahrheit ist: Sie können tatsächlich wissen, was Menschen über Sie denken – wenn Sie ihnen bestimmte Gedanken in den Kopf gesetzt haben.

Was ist das Besondere an Ihnen?

Branding ermöglicht zwar keine Gedankenkontrolle. Trotzdem nehmen Sie mit Branding starken Einfluss darauf, wie andere Sie wahrnehmen. Schauen Sie sich an, wie die besten Marken uns tagtäglich mit Werbemaßnahmen bombardieren, die in ihrer Unübersehbarkeit einzig und allein darauf ausgerichtet sind, unsere Gedanken und Gefühle über Produkte zu beeinflussen. Coca-Cola will, dass wir beim bloßen Klang des Namens ein Prickeln fühlen. Um diese Wirkung zu erzielen, gibt das Unternehmen viel Geld dafür aus, die Marke als erfrischend und belebend zu promoten. Den Namen Disney assoziieren wir unweigerlich mit Familienwerten und kindgerechter Unterhaltung. MTV hat uns dazu gebracht, an hippe, junge Menschen und angesagte Musik zu denken. Volvo steht für Sicherheit, Jeep für Abenteuer.

Wendet man die Prinzipien der Markenwerbung auf Individuen an, so sehen die Ergebnisse ähnlich aus. Welche Worte fallen Ihnen zum Beispiel ein, wenn Sie an Madonna denken? An Oprah Winfrey? Oder an die »Superhausfrau« Martha Stewart? Vor nicht allzu langer Zeit forderte ich eine Gruppe von Frauen auf, diese starken Persönlichkeiten zu beschreiben. Heraus kamen die drei folgenden Listen:

organisisiert	dreist	mitfühlend
kreativ	sexy	niveauvoll
akribisch	chamäleonartig	intelligent
einschüchternd	unverfroren	echt

Nicht wahr, es ist leicht zu erraten, welche Liste sich auf welche Person bezieht? Das liegt daran, dass nach Marketingbegriffen alle drei Frauen extrem gut eingeführte Marken sind. Ihre Namen rufen in uns starke, emotionale Reaktionen hervor und wir wissen ziemlich genau, was wir von jeder von ihnen zu erwarten haben. Deshalb erinnern wir uns an sie. Sie sind konsistent.

Konsistenz ist eines der wichtigsten Gesetze des Branding. Madonna, Oprah und Martha bauen ihre Marken auf, indem sie Karriereentscheidungen treffen, die das verstärken, wofür sie bekannt sind.

Madonna verändert ihren Look fast genauso oft, wie Oprah ein neues Buch vorstellt oder Martha ein Sofa neu bezieht. Oprah wird nicht müde, Frauen mit Fragen zu konfrontieren, die Aufmerksamkeit verdienen, und Sie werden nie erleben, dass Marthas Anregungen rund um Küche, Haus und Garten weniger als perfekt sind.

Madonna hat ihre *extreme* Inkonsistenz zu ihrem Markenzeichen gemacht: Ein Beispiel dafür ist ihre Verwandlung von der blonden Sexbombe, als die sie sich Anfang der Neunzigerjahre während der Dreharbeiten zum Film *Dick Tracy* mit Warren Beatty präsentierte, hin zu der in exotische Saris gehüllten Hinduistin mit rabenschwarzem Haar, als die sie im Jahr 1999 zu sehen war.

Ich persönlich halte von diesen äußeren Veränderungen wenig. Markenkonsistenz ist eine wesentliche Voraussetzung für Markenloyalität, während Inkonsistenz Vertrauen aushöhlt. Deshalb könnte Madonnas chamäleonartiges Vexierspiel eines Tages ihren Erfolg unterminieren. Möglicherweise kann sie es sich nie mehr erlauben, innezuhalten und zur Ruhe zu kommen – weil die Gefahr zu groß ist, dass ihr an konsistente Inkonsistenz gewöhntes Publikum gelangweilt reagiert.

Konsistenz, Klarheit und Authentizität
sind die heilige Dreieinigkeit jeder starken Marke.

Wenn mich ein Kabelsender oder ein Internetunternehmen mit der Entwicklung seiner Marke beauftragt, analysiere ich zunächst die Unterscheidungsmerkmale der Marke, ihre Schlüsseleigenschaften und ihre kennzeichnenden Charakteristika. Wenn ich zum Beispiel Markenanalysen für Martha oder Madonna durchführen würde, sähe das Ergebnis in etwa so aus:

Martha Stewart

MARKENBESCHREIBUNG

Als Gebieterin über ihr Imperium Omnimedia (Zeitschrift, in verschiedenen Zeitungen erscheinende Kolumne und Fernsehshow) herrscht Martha unangefochten über alle Bereiche des häuslichen Lifestyles: Einrichten und Dekorieren, Kochen und Gastlichkeit, Renovieren und Do-it-yourself. Jetzt, nach dem Börsengang, ist ihr Unternehmen Milliarden wert und ihre Allgegenwart ist für den Rest ihrer backenden Jahre und darüber hinaus sichergestellt. Martha macht alles richtig, Martha erledigt alles peinlich genau, Martha ist erbarmungslos – sie kennt keinen Spaß und erwartet, dass wir ihrem gestrengen Beispiel folgen. Man kann sie nur lieben oder hassen.

WERTE

Ihre Kernwerte reflektieren ihr Streben nach Perfektion und ihre Liebe zu Qualität und Schönheit. Sie spricht den neuen amerikanischen Traum vom schöner Wohnen an: Je mehr, desto besser – und was sie macht, sieht zugegebenermaßen großartig aus.

SCHÜSSELEIGENSCHAFTEN

- Vision gepaart mit tadellosem Geschmack

- Eine Liebe zum Detail, die selbst eine Nebensächlichkeit wie das Umstellen eines Sofas faszinierend erscheinen lässt
- Eine zupackende Persönlichkeit

Verpackung
Bodenständiger Look, Hosen, Overalls, Gartenschuhe, hochgeschlossene Blusen, wetterfeste Jacken, wenig Make-up; praktischer Kurzhaarschnitt. Ein auffallend zwangloser, unaufwändiger Look bildet das Gegengewicht zu einem bis ins letzte Detail durchdachten Produkt.

Markenstärke
- Martha in einem Supermarkt – das sagt alles.
- Fantastischer Börsenwert
- Frauen in ganz Amerika sind von ihr und der von ihr geschaffenen Welt hingerissen.

Slogan
»It's a good thing!«

Positionierung
Das amerikanische Orakel für schöneres Wohnen und schöneres Essen

Fazit
Ihre Arroganz ist grenzenlos, ihr Auftreten Furcht einflößend, ihr Geschmack und ihr Talent sind beneidenswert.

Madonna

Markenbeschreibung
Innovativ, einflussreich und inspirierend, Sängerin, Tänzerin, Komponistin, Produzentin, Schauspielerin, Managerin,

Menschenfreundin und Mutter. Als Ikone der befreiten, körperbetonten, sexuell aktiven Frau ist Madonna Teil unserer Popkultur und unseres kollektiven Bewusstseins. Immer originell, manchmal unverfroren, kennt sie keine Scheu, alle Fassetten ihres Ichs darzustellen.

Schlüsseleigenschaften

- Schwindel erregend, verlockend, unübersehbar!
- Sie füllt Säle rund um die Welt mit einer extravaganten, explosiven Mischung aus Musik, Theatralik und Tanz.
- Sie spricht etwas Urzeitliches in uns an und ruft extrem emotionale Reaktionen hervor.
- Sie ist mehr als selbstbewusst – sie ist draufgängerisch. Es gibt nichts, wovor sie zurückschrecken würde.
- Unverwechselbare kreative Vision, die von ihrem Gespür für Trends aller Art – Mode, Design, Musik – genährt wird.

Markenstärke

- Sie verkauft CDs ohne Ende! In den letzten vierzehn Jahren waren sage und schreibe neunzehn ihrer Singles unter den Top Ten, elf davon als Nummer Eins.
- Ihr Einfluss auf die Mode ist revolutionär.
- Sie weiß um die kreative und kommerzielle Wirkung von Videoclips und vereinigt Musik und Bilder wie niemand sonst.

Zitat

- »Ich lebe schneller als alle anderen … aus Neugier und aus Hunger nach Informationen und Veränderungen.«

WAS MAN ÜBER MADONNA DENKT
Ihre Selbstvermarktung ist großartig.

WAS MANCHEN AN IHR MISSFÄLLT
Sie ist ein erstaunliches Talent und eine Verkörperung dessen, was viele Frauen insgeheim gerne wären. Viele Leute finden das erschreckend.

Weil wir beim Branding keine Ausstechförmchen verwenden wie beim Plätzchenbacken, weisen diese Analysen leichte Unterschiede im Aufbau auf. Trotzdem ist der Prozess des Branding übertragbar und von der Marke unabhängig. Martha, Madonna und Oprah schaffen ihren persönlichen Erfolg auf die gleiche Weise wie jede andere erfolgreiche Marke: Sie konzentrieren sich darauf, wer sie sind und was sie unverwechselbar macht, wen sie ansprechen und wie sie wahrgenommen werden möchten, und verpacken und promoten sich im Einklang mit ihren Zielen.

Der Erfolg Ihrer Marke kommt auf die gleiche Weise zustande: indem Sie, das ist der erste Schritt, Ihre Marke nach Ihrem authentischen Selbst modellieren. Ihr Selbst ist einmalig in seiner Art und damit erstens anders als alle anderen und zweitens etwas, das nur Sie allein in die Waagschale werfen können. Schürfen Sie also tief und erkennen Sie, wer Sie sind, wofür Sie stehen und woran Sie glauben.

MARY BETH

Mit 28 glaubte Mary Beth, endlich die Antwort auf die uralte Frage »Wer bin ich?« zu kennen. Weder war sie die privilegierte Debütantin aus dem amerikanischen Süden geblieben, als die ihre Eltern sie gerne gesehen hätten, noch zur Nutznießerin der vielfältigen Annehmlichkeiten geworden, die Großunternehmen young professionals wie ihr boten. Mary Beth war anders – schon von klein auf. Mit sieben verwandelte sie die Lieblingstischdecke ihrer Mutter in ein riesiges Puzzle. In der achten Klasse färbte sie sich ihre hellen Haare leuchtend rot – mit den Wasserfarben in ihrem Malkasten. Sie hatte Flair. Und jetzt, nachdem sie erwachsen war, überstiegen ihre Ambitionen bei weitem alle Aufstiegsmöglichkeiten, die Grey Advertising, die Werbeagentur, bei der sie arbeitete, den Account-Managern bot, auch wenn ihre Familie ihr energisch zuredete, auf diesem Weg zu bleiben.

Mary Beth hatte an der Emory University in Atlanta Kommunikationswissenschaften studiert, einen MBA an der Kellogg Graduate School of Management erworben und war dann mit einer Freundin nach Manhattan gezogen. Dort war sie als Account-Coordinator bei Grey eingestiegen. Obwohl sie dem Unternehmen mehrere Jahre lang treu blieb, konnte sie sich nie sonderlich für die Vertriebsarbeit begeistern. Ihrer Meinung nach hatten sich traditionelle Agenturen wie Grey angesichts der Medienrevolution überlebt und konnten die Ansprüche ihrer Kunden nicht mehr voll erfüllen. Dazu kam, dass ihr Gehalt, verglichen mit dem, was ihre ehemaligen Studienkollegen inzwischen verdienten, nicht eben berauschend war. Und ihr Einkommen war Mary Beth durchaus wichtig.

Sie wusste intuitiv, dass eine Neupositionierung weg von der »Kostümträgerin« hin zur »Kreativen« finanziell lukrativ sein würde. Ungeachtet der düsteren Warnungen ihrer Eltern kündigte sie bei Grey und schrieb sich an der angesehenen Parsons School of Design ein.

Sehen Sie sich selbst als Marke

Auch ohne Mary Beth zu kennen, können Sie sich vermutlich gut vorstellen, wie sie entschlossen nach einer Aufgabe sucht, die sowohl ihrer Persönlichkeit als auch ihren Überzeugungen entspricht. Die Definition dieser beiden wichtigen Elemente fällt nicht allen Menschen leicht. Deshalb spiele ich mit meinen Seminarteilnehmerinnen gern ein Spiel, das sie zum Nachdenken über solche Grundsatzfragen anregen soll. Meine Frage lautet:

Angenommen, Sie wären ein Produkt:
Welches Produkt wären Sie – und warum?

Ohne mein Zutun bekomme ich als Antwort auf diese Frage unweigerlich ein Produkt mit einem bekannten Markennamen genannt, verbunden mit einer Begründung, in der fast immer der Slogan der Marke oder eine Variation davon anklingt – jene kurze, griffige Formel also, die jeder mit der Marke assoziiert. Niemand antwortet: »Hühnersuppe.« Die Frauen sagen: »Ich bin die Hühnersuppe von Knorr – weil ich allem die ideale Würze gebe.« Sie sagen nicht: »Champagner«, sondern »Veuve Cliquot – weil ich überschäumend und teuer bin und von Leuten geschätzt werde, die einen ganz besonderen Geschmack haben.« Sie sehen sich nicht als »Auto«, sondern als »BMW – weil ich eine treibende Kraft bin.«

Übrigens: Die getroffene Wahl wird immer positiv begründet: »Ich gebe die ideale Würze …«, »Ich bin überschäumend …«, »Ich bin eine treibende Kraft.« Und genau das ist auch der Sinn dieses Spiels: so positive Worte wie irgend möglich für die eigene Person zu finden. Branding ist von Natur aus positiv. Es holt das Beste aus Ihnen heraus.

Nun sind natürlich nicht alle Menschen unerschütterlich selbstbewusste, kontaktfreudige Alles-ist-super-Optimisten. Sollen wir in unserem Bemühen um Authentizität so tun, als gäbe es keine dunkleren Seiten?

Machen Sie aus dieser Frage kein moralisches Dilemma. Spielen Sie im Geschäftsleben niemals das Opfer. Spielen Sie nie die Verliererin, das Zärtelchen oder das Biest, nur um eine Reaktion hervorzurufen. »Lass andere,« wie mein Vater sagt, »nie sehen, dass dir der Schweiß auf der Stirn steht.«

Obwohl wir natürlich manchmal ins Schwitzen geraten. Obwohl Niederlagen ein unvermeidlicher Teil unseres Lebens sind. Obwohl wir manchmal *tatsächlich* schwach sind oder nicht so freundlich, wie wir sein sollten. Normalerweise empfiehlt es sich, Berufs- und Privatleben voneinander zu trennen. Es ist in der Regel weder ratsam noch notwendig, alles preiszugeben.

Vielleicht sind Sie im Job kompetent, engagiert und hochspezialisiert, hatten aber eine schwierige Kindheit und sind daher leicht verletzbar. Oder Sie sind im Grunde Ihres Herzens ein wütender oder deprimierter Mensch. Solche Eigenschaften sind im Arbeitsleben nicht von Vorteil. Ungehindert ausgelebt, werden sie den Erfolg Ihrer Marke nicht stärken, sondern schwächen. Es ist etwas grundsätzlich anderes, Ihrem authentischen Selbst gerecht zu werden und andere an Ihrer Weltsicht teilhaben zu lassen, als zu klagen, zu jammern oder zu explodieren.

Nehmen Sie sich die Zeit, eine Marke zu finden, mit der Sie sich identifizieren können. Marken gehören Produktkategorien an. Denken Sie deshalb als Erstes darüber nach, in welche Gruppe Sie sich einordnen wollen. Sehen Sie sich als Nahrungsmittel, das Menschen Kraft und Stärke gibt? Und wenn ja, als welche Art von Nahrungsmittel: Ist es frisch und knackig, zergeht es auf der Zunge, handelt es sich um flüssige oder feste Nahrung, ist das Produkt neu auf den Markt gekommen oder eine verbesserte Version einer altbekannten Marke? Spricht eine dieser Beschreibungen Sie an?

Oder sind Sie ein Elektrogerät, das technisch zu den Spitzenmodellen in seiner Klasse zählt? Ist das Gerät praktisch oder extravagant, netz- oder batteriebetrieben, Hightech, Hand-held oder digital? Enthält eine dieser Beschreibung ein Element, in dem Sie sich selbst in irgendeiner Weise erkennen können? Versuchen Sie, Ihre Marke und den Grund, warum Sie sich in dieser Marke wiederfinden, so spezifisch und detailliert wie möglich herauszuarbeiten. Solche Details sagen uns weit mehr über die Bedeutung, die eine Marke für Sie hat, als der Markenname.

Vielleicht sehen Sie sich als Modemarke: Sind Sie dann eher ein Versace- oder ein J.-Crew-Typ? Oder identifizieren Sie sich mit einer Medienmarke wie CNN oder MTV oder einer Internet-Marke wie AOL oder Amazon? Ihre Markenkategorie kann ein Fahrzeug sein, ein Finanzunternehmen oder eine große Metropole. Marken gibt es in allen Formen und Größen und im Grunde kann fast jedes Substantiv eine Marke sein.

Wenn Sie eine Marke gefunden haben, deren Beschreibung auf Ihre Person zuzutreffen scheint, setzen Sie versuchsweise Ihren eigenen Namen an die Stelle des Markennamens. Die Seminarteilnehmerin, die sich als Knorrs Hühnersuppe sah, weil sie allem die ideale Würze gibt, würde also jetzt sagen: »Ich bin Kate Watkins. Ich gebe allem die ideale Würze!« Oder: »Ich bin Lori Deck – ich bin überschäumend, teuer und werde von Leuten geschätzt, die einen ganz besonderen Geschmack haben.«

Vielleicht haben Sie ja auch geantwortet: »Ich bin eine Maytag-Waschmaschine, weil ich zuverlässig und belastbar bin.« Können Sie das auch im wahren Leben von sich behaupten?

MARY BETH

Beeindruckt von den Aufsehen erregenden Bildern von John Lennon und Yoko Ono, Albert Einstein, Alfred Hitchcock und anderen Visionären, die Apple Computer auf klar gestalteten Plakatwänden mit seiner Marke assoziierte, entschied sich Mary Beth, den Computerhersteller Apple und dessen Slogan »Think different« als Vorbild für ihre persönliche Marke zu nehmen: »Ich bin Mary Beth, ich denke anders.«

Lassen Sie nicht locker, wenn eine gewählte Marke Sie nicht genau beschreibt. Suchen Sie nach einer Marke, die besser zu Ihnen passt. Die Arbeit an dieser Übung wird einige Ihrer grundlegenden Charaktereigenschaften enthüllen. Sie benötigen dieses Wissen, um weiter hinten in diesem Kapitel eine für Sie maßgeschneiderte Markenbeschreibung zu formulieren.

Spüren Sie die Seele Ihrer Marke auf

Wie die meisten erfolgreichen Marken legt Apple mit seiner Werbung seine Unternehmensseele offen. Mit den außergewöhnlichen, vorausblickenden Persönlichkeiten, die das Unternehmen in Verbindung mit seinem Logo auf Plakatwänden zeigt, demonstriert es seine eigenen visionären Qualitäten: Leidenschaft und Kreativität. Welche Wörter drücken Ihr persönliches Wertesystem aus, das Metronom Ihres persönlichen Verhaltens – die Grundsätze, für die Sie stehen, denen Sie gerecht werden wollen, die Sie als unerlässlich für Ihr Glück und Ihr inneres Wohlbefinden erachten?

*Ihre Werte sind ein integraler Bestandteil
Ihrer Markenqualität.*

Mary Beth sagt, sie schätze Geld, Mut, Kreativität und Visionen. Kate Watkins, die im Workshop über sich gesagt hat, sie gebe die »ideale Würze«, zählt vielleicht Vielseitigkeit und Lebenslust zu ihren Werten. Für Lori Deck, die sich als »überschäumend« bezeichnete, sind Spaß und Enthusiasmus am wichtigsten. Und die Seminarteilnehmerin, die sich als »treibende Kraft« sieht, hält Arbeit und Hartnäckigkeit für unverzichtbare Werte.

Erfolgreiche Marken setzen auf Kernwerten auf und festigen und stärken diese Kernwerte ein Leben lang. Sie veranschaulichen ihre Werte durch ihr Logo; sie geben ihre Werte mit ihrem Slogan kund; sie promoten ihre Werte mit jeder PR-Anstrengung.

Die Quaker Oats Company, die unter anderem Frühstückszerealien produziert, möchte die hausgemachte, altmodische, durch und durch amerikanische Qualität ihrer Produkte betonen. Das Logo des Unternehmens zeigt einen rechtschaffenen, freundlich lächelnden Quäker, der diese Werte personifiziert. Jeder weiß, dass Nike ein Synonym für einen aktiven Lebensstil ist. Genau das drückt auch der Slogan des Unternehmens aus: »Just do it!«. Pepsi Cola hat seine Marke überarbeitet. Mit dem Slogan »The Joy of Cola« stellt das Unternehmen den Spaßfaktor in den Mittelpunkt seines Brandings und löst die schwerer vermittelbaren Werte des früheren Mottos »Generation Next« ab. Home Depot, der größte Bauholz-Anbieter in den USA, kündigte vor kurzem an, das Unternehmen werde künftig kein Holz mehr aus gefährdeten Wäldern ein- oder verkaufen. Dem Unternehmen ist daran gelegen, dass seine Kunden seine Werte kennen. Volvo schätzt Sicherheit mehr als alles andere und vermarktet sich entsprechend.

Meine eigenen Werte sind Integrität, Liebe und Empowerment – andere zu stärken und mein eigenes Potenzial voll auszuschöpfen. Ich fühle mich am wohlsten, wenn diese drei Werte in meinem Leben gleichzeitig zum Tragen kommen, und unvollständig, wenn ich einen davon vernachlässige. Empowerment, Integrität und Liebe sind die Werte, für die ich einstehen und bekannt sein möchte und deshalb muss ich sie zu einem Teil meiner Marke machen.

Ich habe eine Freundin, die ihr Leben ganz in den Dienst anderer stellt – in den Dienst der Menschheit, ihrer Familie, ihrer Gemeinde. Wenn ich an sie denke, muss ich unwillkürlich an Mutter Teresa denken. Dieser Eindruck drängt sich übrigens nicht nur mir auf, er ist Teil der Marke meiner Freundin. Einer anderen Bekannten kommt es in erster Linie darauf an, »echt« zu sein – ein Anspruch, den auch Coca Cola mit seinem Slogan »The real thing« erhebt. Authentizität und Aufrichtigkeit sind die Werte, mit denen sie sich identifiziert, und genau das bringt sie mit ihrem klaren, unbeirrten Blick, ihren unverblümten Kommentaren und ihrem unbefangenen, erfrischend unprätentiösen Auftreten zum Ausdruck.

Anhand der folgenden Wortliste können Sie herausfinden, welche Werte Ihrem Leben Bedeutung geben. Verwenden Sie die Vorschläge als Anregung, sich über Ihre eigenen Werte bewusst zu werden.

Persönliche Werte

Authentizität	Großzügigkeit	Aufrichtigkeit
Erfolg	Liebe	Liebenswürdigkeit
Loyalität	Gemeinsamkeit	Verbundenheit
Mut	Ethik	Kreativität
Inspiration	Dankbarkeit	inneres Wachstum
Wohltätigkeit	Glück	Weisheit
Wärme	Abenteuer	Zufriedenheit
Wissen	Wohlstand	Sicherheit
Freundschaft	Empathie	Dienst am Nächsten
gute Laune	Hingabe	Spiritualität
Moral	Gesundheit	Spaß
Familie	Freiheit	Engagement
Aufgeschlossenheit	Gerechtigkeit	Toleranz
Optimismus	Menschenfreundlichkeit	Integrität

Welche dieser Werte betrachten Sie als Ihre *Kernwerte*, das heißt, welche drei oder vier bedeuten Ihnen am meisten? Nach welchen Werten leben Sie? Welche würden Sie bis zum letzten Atemzug verteidigen? Sean Mason, ein Berater für verschiedene Fortune-500-Unternehmen, definiert in seinen Führungsseminaren Kernwerte als »einmalig« – weil sie auf der persönlichen Lebenserfahrung jedes Einzelnen basieren: Wenn Sie und ich *Integrität* als Kernwert nennen, verstehen wir darunter nicht dasselbe. Des Weiteren sind Kernwerte »essenziell«: Sie haben das Gefühl, ohne diese Werte nicht leben zu können. Und sie sind »universell«: Sie gelten für Sie unter allen Umständen und zu jeder Zeit.

Stellen Sie sich jetzt die beiden folgenden Fragen:

Auf welche Weise lebe ich meine Kernwerte Tag für Tag?
Auf welche Weise verleugne ich mein Wertesystem?

Ein Beispiel: Einer meiner Kernwerte heißt Liebe. Ich lebe diesen Wert in meinem Alltagsleben unter anderem durch meine Arbeit aus, die mich begeistert; mit meinem Mann, den ich vergöttere; und mir selbst gegenüber, indem ich vernünftig esse, Sport treibe und auf meine Gesundheit achte. Ich würde diesen Wert verleugnen, wenn ich das, was mir wertvoll ist, als selbstverständlich betrachten und meine Arbeit, meinen Mann oder mich selbst vernachlässigen würde. Ein anderer meiner Kernwerte heißt *Empowerment*. Ich lebe ihn aus, indem ich meine Kunden bestätige und motiviere, meine Mitarbeiter coache und mein Potenzial voll ausschöpfe, ohne mir Grenzen aufzuerlegen. Ich würde diesen Wert verleugnen, wenn ich mich als Einsiedlerin aus der Welt zurückziehen oder mich verhalten würde, als gäbe es etwas Wichtigeres, als der beste Mensch zu sein, der ich sein kann.

MARY BETH

Mary Beth ist der Meinung, ihre Werte unter anderem dadurch auszuleben, dass sie trotz der Vorbehalte ihrer Eltern eine Karriere im Kreativbereich anstrebt. Dabei ist ihr persönlicher Wohlstand ebenso wichtig wie ihren Eltern. Das zusätzliche Designstudium war für sie eine Möglichkeit, beide Werte unter einen Hut zu bekommen. Sie ist fest davon überzeugt, dass das Studium ihr den Weg in ein künstlerisches Umfeld ebnen und sich finanziell für sie auszahlen wird. Es gelang ihr, ihre Eltern davon zu überzeugen, sie in ihren Zielen zu unterstützen, und sie weiß es zu schätzen, dass sie sich die berufliche Extratour leisten konnte. Wir haben darüber gesprochen, dass manche ihrer Werte eher »materieller« als »geistiger« Natur sind. Ihre Reaktion darauf: »Die Leute haben kein Problem damit, wenn man zeigt, dass man ein starkes ›Arbeitsethos‹ besitzt. Aber sie runzeln die Stirn, wenn man wie ich offen zu seinem Ehrgeiz steht. Ich bin momentan total getrieben. Wahrscheinlich lebe ich aus diesem Grund zurzeit nicht in einer Beziehung, obwohl ich mich eigentlich nach einem seelenverwandten Partner sehne. Andererseits ist dies jetzt der Zeitpunkt, wo ich Karriere machen will. Ich glaube, dass mich beruflicher Erfolg und Verliebtheit auf ähnliche Weise beflügeln – beides stärkt mein Selbstvertrauen und gibt mir ein Gefühl der persönlichen Sicherheit. Letztendlich bin ich fest davon überzeugt, dass mich mein Erfolg reifer werden lässt für den Partner, mit dem ich eines Tages mein Leben teilen werde.«

Zweifeln Sie daran, dass Mary Beth Erfolg haben wird? Nein, ich auch nicht.

Wie würde Mary Beth sich verhalten, wenn sie ihre Werte verleugnen würde? Sie könnte zum Beispiel ihr Geld vergeuden und in Las Vegas um hohe Summen pokern oder sich bei Daytrading-Geschäften verspekulieren. Sie könnte ihre Karriere vernachlässigen, Termine versäumen oder weniger Einsatz zeigen als bisher. Sie könnte sich selbst untreu werden und sich an den Wertvorstellungen ihrer Eltern orientieren statt an ihren eigenen.

Was treibt Sie morgens aus dem Bett?

Was macht Sie wirklich glücklich? Was tun Sie wirklich *gern*? Wer Sie sind, lässt sich an Ihren Interessen und Leidenschaften ablesen, die vermutlich in eine ähnliche Richtung wie Ihre Werte weisen: Für Mary Beth zum Beispiel ist Mut sehr wichtig, und zu ihren Leidenschaften gehören unter anderem Skifahren, Windsurfen und Bergsteigen.

Werte haben für mich in erster Linie eine *innere* Bedeutung, während Leidenschaften etwas eher »Weltliches« sind. Ein Beispiel: Obwohl ich leidenschaftlich gern koche, würde ich nicht behaupten wollen, Kochen sei mir so wichtig wie Liebe. Trotzdem sagt dieses Hobby etwas über mein Bedürfnis aus, Menschen, die mir lieb sind, zu verwöhnen, und gibt damit wertvolle Aufschlüsse über meine Person.

Eine andere meiner Leidenschaften war und ist das Fernsehen. Als ich fünf Jahre alt war, brach in unserem Haus ein Feuer aus, und ich bestürmte meine Mutter, zurückzurennen und meinen kleinen weißen, tragbaren Sony-Fernseher aus den Flammen zu retten. Statt einer Puppe, die ich heiß und innig liebte, hatte ich meinen Sony.

Suze Orman, Autorin von *Trau dich, reich zu werden*, erzählt eine eindringliche Geschichte über eine todesmutige Aktion, die ihr die Bedeutung von Geld deutlicher vor Augen führte als jede Theorie. Auch sie war ein kleines Mädchen, als im Geschäft ihrer Eltern ein Feuer ausbrach. Ihr Vater rannte damals in das brennende Gebäude zurück, um die Registrierkasse zu retten, und trug die glühend heiße Geldkassette in seinen bloßen Händen heraus. So ähnlich muss sich für mich meine Leidenschaft für meinen Fernseher und seine Bedeutung in meinem Leben angefühlt haben.

Bei dem Feuer damals brannte unser Haus bis auf die Grundmauern nieder. Kurze Zeit danach verließ uns meine Mutter und meine Schwester und ich wurden Schlüsselkinder. Bis unser Vater abends von der Arbeit nach Hause kam, leistete uns hauptsächlich der Fernseher Gesellschaft. Ich schaltete ihn an, um zu lachen, zu lernen und Geborgenheit zu finden.

Millionen von Ereignissen – große wie ein brennendes Haus, kleine wie ein Schlüssel, der an einer Kette um den Hals hängt – spielen zusammen und machen uns zu dem, was wir sind und was uns wichtig ist.

Stellen Sie eine Liste der Dinge auf, die Sie am liebsten mögen. Es spielt keine Rolle, wie lang sie ist. Ich kenne ein paar wissbegierige Leute, die sich für unglaublich viele verschiedene Sachen begeistern. In meinem Bekanntenkreis gibt es eine Frau, die leidenschaftlich Tennis spielt, einen wunderschönen Garten in Schuss hält, diszipliniert Flöte übt, mit Hingabe Französisch lernt, gerne reist und alle möglichen Wassersportarten betreibt. Andere Menschen haben sich dagegen nur *einer* großen Leidenschaft verschrieben. Sie sollen mit Ihrer Liste lediglich herausfinden, wo Ihre Interessen liegen und was sie über Ihre Person aussagen. Eine Frau, die Geld, Auto, Kleidung und Prestige zu ihren Top-Ten-Leidenschaften zählt, ist eine ganz andere Marke als eine Frau, die ehrenamtliches Engagement, Landschaftsmalerei und Meditation anführt.

Eine *andere* Marke. Keine bessere oder schlechtere. Nur eine andere.

Bei diesen Übungen geht es nicht darum, dass Sie sich als Mensch verändern. Es geht darum, dass Sie sich Ihrer selbst bewusst werden und ehrlich zu sich sind. Nicht Selbstkritik ist gefragt, sondern Selbstbeobachtung. Aber natürlich steht es Ihnen frei, Veränderungen vorzunehmen, falls Ihnen das, was Sie sehen, nicht gefällt.

Branding gibt Ihnen die Gelegenheit,
brandneu zu werden.

Der Prozess, eine Brücke von Ihrem aktuellen Selbst zu Ihrem authentischen Ich zu bauen, nimmt seinen Anfang tief in Ihrem Inneren. Je breiter die Schlucht ist, die Ihre Brücke überspannen soll, desto wichtiger ist die geleistete Grundlagenarbeit als Garant für Stabilität und Erfolg.

Möglicherweise gibt es viele Gebiete, auf denen Sie potenziell erfolgreich sein können. *Ihre größte Erfolgschance aber liegt auf den Gebieten, für die Sie sich leidenschaftlich interessieren.* Trotzdem reiben sich viele Menschen in einem Job auf, der sie weder begeistert noch in irgendeiner Weise ihre persönlichen Werte reflektiert oder vervollkommnet.

Wie viele Menschen kennen Sie, die nach der Ausbildung den ersten angebotenen Job annahmen, ohne zu überlegen, ob er ihren Werten und Leidenschaften entsprach? Beim Einstieg ins Berufsleben ist das nichts Ungewöhnliches. Aber wie viele Menschen begegnen auch späteren beruflichen Neuanfängen und Veränderungen gleichgültig, nach der Devise: Ich nehme alles?

Viel mehr, als Sie denken.

Wenn Sie eine erfolgreiche Marke für Ihr Berufsleben schaffen möchten, sollten Sie alles daran setzen, Ihre Werte und Leidenschaften in Ihre Tätigkeit einbringen zu können. Ich selbst habe hart daran gearbeitet, eine direkte Beziehung zwischen meinen Leidenschaften und meinem Arbeitsleben herzustellen. Ich glaube, durch meine Liebe zum Fernsehen war mein Erfolg bei Turner Broadcasting so gut wie sichergestellt.

Die Beziehung zwischen Job und persönlichen Leidenschaften muss aber nicht immer so klar auf der Hand liegen. Nehmen wir zum Beispiel das Kochen. Ich kenne viele Frauen, denen es einen Riesenspaß macht, Gäste zu bewirten: sich ein Menü auszudenken, einzukaufen, zu kochen, den Tisch zu gestalten und Menschen, die sie mögen, mit einem guten Essen zu verwöhnen. Auf eine ganz ähnliche Weise macht mir meine Arbeit als Markenstrategin Spaß: mir Werbekampagnen auszudenken, Ressourcen aufeinander abzustimmen wie Rezeptzutaten, mich um die künstlerische Gestaltung zu kümmern und schließlich meinen Kunden ein Ergebnis vorzulegen, das ihnen das Wasser im Mund zusammenlaufen lässt.

Gibt es auch zwischen Ihren Leidenschaften solche Verknüpfungen und begrifflichen Übereinstimmungen? Finden Sie manche Ihrer Leidenschaften in Ihrem derzeitigen oder angestrebten Job wieder? Oder legen Sie darauf keinen Wert?

Vielleicht glauben Sie ja, es wäre ein Luxus, Ihren Lebensunterhalt mit einer Tätigkeit zu verdienen, die Ihnen auch Spaß macht? Vielleicht halten Sie es für unmöglich, jemals so viel Glück zu haben? Dann ist es mein Job, Ihnen zu sagen, dass »Glück« weniger mit der Erfüllung Ihrer Träume zu tun hat, als Sie meinen. Eine bewusste, konzentrierte Anstrengung ist bei der Verwirklichung von Zielen ein verlässlicherer Weg als Glück. Mehr dazu im nächsten Kapitel.

Was bringen Sie mit?

Neben Ihren Werten und Leidenschaften bestimmen Ihre Talente und Fähigkeiten die charakteristischen Eigenschaften Ihrer Marke. Fragen Sie sich deshalb, was Sie wirklich gut können. Beschränken Sie Ihre Überlegungen nicht auf karrierebezogene Eigenschaften.

Meine Talente haben alle etwas mit der Kunst des Vortragens zu tun: singen, tanzen, schauspielern. Eine meiner Freundinnen ist eine talentierte Pianistin, eine andere eine wunderbare Malerin. Ich kenne eine Frau, die einen Raum voller gereizter, missgelaunter Menschen betritt und innerhalb kürzester Zeit für eine warmherzige, fröhliche Atmosphäre sorgt. Ich weiß nicht, wie sie das schafft, auf jeden Fall hat sie ein Talent dafür.

Abgesehen von ihrer natürlichen sportlichen Begabung und ihrer Risikofreudigkeit gehört Mary Beth zu den Leuten, die ein ausgeprägtes Vorstellungsvermögen besitzen und Ideen spontan skizzieren können. Bereits als Kind fiel ihr natürliches Gefühl für Perspektive und Design auf und wurde von ihrer Familie gefördert – bis zu einem gewissen Grad jedenfalls. Als Mary Beth als Teenie mit dem Gedanken spielte, Kunst zu studieren, wehrte ihre Mutter entschieden ab: »Glaub mir, es ist wirklich nicht schön, eine hungernde Künstlerin zu sein.«

Als Erwachsene können wir alle ein paar Dinge aufzählen, die wir besonders gut können. Möglicherweise aber übersehen wir Talente, die im Lauf der Jahre auf der Strecke geblieben sind. Denken Sie an Ihre Kindheit zurück. Wofür wurden Sie von Ihren Lehrern und Eltern gelobt? Was waren Ihre Lieblingsfächer in der Schule? Welche Neigungsgruppen haben Sie am liebsten besucht?

Leider enden mit der Kindheit meistens auch die sorgfältige Beobachtung und das regelmäßige Feed-back durch unsere Eltern und Lehrer und wir verlieren unsere besten Informationen über die Entfaltung unserer natürlichen Talente. Deshalb ist es extrem wichtig, dass Sie sich eine Art Zielgruppe aus nahe stehenden Freunden oder Familienmitgliedern schaffen. Betrachten Sie sie als Ihre ganz persönlichen Markenberater.

Unternehmen setzen ständig Zielgruppen ein, um die Wirkung ihrer Marken in der Öffentlichkeit zu erforschen. Wenn es darum geht, sich einen Namen als Individuum zu machen, ist die Zielgruppe mindestens genauso wichtig. Und weil Ihre Zielgruppe sich aus Freunden zusammensetzt, die Sie und Ihre Herkunft kennen, werden Sie ein viel relevanteres Feed-back bekommen als eine Firma, die auf die Hilfe von unbeteiligten, distanzierten Zielgruppen angewiesen ist. Bitten Sie jede einzelne Zielperson, Ihnen das *wichtigste Talent* zu nennen, das Sie ihrer Meinung nach besitzen. Nach den Gesprächen notieren Sie, was Sie erfahren haben.

Auf diese Weise bekommen Sie wertvolle Markeninfomationen, die normalerweise etwas Tieferes enthüllen als die Fähigkeiten, die Ihnen selbst bereits bewusst sind. Unter Umständen sind diese Informationen wertvoller für Ihren Erfolg als ein MBA-Abschluss. Als Nächstes bitten Sie Ihre Zielgruppe, sich die folgende Liste karrierefördernder Eigenschaften anzusehen. Wenn einige dieser Qualitäten zu Ihren Talenten zählen, sollten Sie sie in Ihrer Markenbeschreibung hervorheben:

EIGENSCHAFTEN, DIE IM BERUFSLEBEN GEFRAGT SIND

qualifiziert	verantwortungsbewusst	ehrgeizig
analytisch	durchsetzungsstark	fröhlich
kompetent	wettbewerbsorientiert	kooperativ
kreativ	entschieden	voll bei der Sache
verlässlich	initiativ	entschlossen
leistungswillig	effizient	enthusiastisch
extravertiert	flexibel	positiv
am Ball bleibend	gute Zuhörerin	gutmütig
hilfsbereit	interessiert	kenntnisreich
loyal	motiviert	organisiert
geduldig	professionell	schnell
schnell im Denken	empfänglich	verlässlich
zuverlässig	ökonomisch	erfahren
geschäftstüchtig	strategisch denkend	stark
strukturiert	teamorientiert	rücksichtsvoll
vielseitig	eloquent	aufgeschlossen
zugänglich	ehrlich	unparteiisch
erfinderisch	maßvoll	kommunikativ
visionär	intelligent	voller Energie
engagiert	integer	risikofreudig

Business ist eine Talentshow

Im Geschäftsleben gelten diese Einstellungen ebenso sehr als Ausdruck eines Talents wie die Fähigkeit, Geige zu spielen. Sie sind Persönlichkeitseigenschaften, die bei Arbeitgebern aller Branchen, potenziellen Kunden und überhaupt ganz allgemein im öffentlichen Leben gut ankommen. Möglicherweise zählen sie zu Ihren »Schlüsselattributen« und damit zu den charakteristischen Eigenschaften Ihrer Marke.

Wie für andere natürliche Talente – zum Beispiel Ihre Fähigkeit zu zeichnen oder Ihre mathematische oder naturwissenschaftliche Begabung – gilt auch für Ihre Schlüsselattribute: Wenn Sie auf einem dieser Gebiete ein »Naturtalent« sind, ist Ihnen möglicherweise nicht einmal bewusst, dass Sie über eine besondere Gabe verfügen. An dieser Stelle kommt die Zielgruppe ins Spiel. Vielleicht haben Sie sich nie als sonderlich engagiert wahrgenommen und erkennen erst im Gespräch mit Ihrer Zielgruppe, dass andere Ihren Einsatz für ein Projekt als ungewöhnlich groß empfinden. Oder: Vielleicht stellen Sie sich leicht auf veränderte Umstände wie eine Firmenfusion oder einen neuen Chef ein. Dann würden Sie sich unter Wert verkaufen, wenn Sie weiter mit der Meinung lebten, nicht flexibler zu sein als andere auch.

Nehmen Sie die oben aufgeführte Liste als Anregung und fügen Sie die Begriffe hinzu, die Ihre einmaligen Markenqualitäten bezeichnen – Ihre Werte, Leidenschaften, besonderen Fähigkeiten. Filtern Sie fünf Schlüsseleigenschaften heraus, die Sie Ihrem Publikum gegenüber hervorheben möchten: zum Beispiel gegenüber Ihrer Chefin, Ihren Kollegen, Ihren Kunden oder gegenüber einem potenziellen Arbeitgeber.

Ich bin fest davon überzeugt, dass wir neben den Talenten, die uns bekannt sind, und den Begabungen, die andere in uns sehen, Fähigkeiten und Fertigkeiten besitzen, die weder wir noch andere bisher erkannt haben. Wir können diese Fähigkeiten unter anderem freilegen, indem wir neues Terrain erkunden. Das heißt nicht, dass Sie Ihren Job kündigen und sich der Selbstfindung verschreiben sollen. Aber wenn in Ihrem Kopf immer eine Melodie erklingt und Sie bei einem Konzert automatisch die verschiedenen Instrumente auseinander halten, Sie aber bisher nie im Traum daran gedacht haben, musikalisches Talent zu besitzen – warum sollten Sie dann nicht einfach ein Instrument erlernen und abwarten, was sich daraus ergibt?

Wenn etwas Ihre Seele zum Klingen bringt, sollten Sie dieser inneren Stimme vertrauen. Denken Sie zum Beispiel an Sting: Obwohl er bereits ein erfahrener Musiker war, arbeitete er jahrelang als Lehrer. Als er sich endlich hinsetzte und sich von der Musik durchfluten ließ, wurde »Roxanne« geboren. Der Rest ist Musikgeschichte. Es geht also nicht nur darum, Ihre Talente zu finden – Sie müssen Ihnen auch Rechnung tragen.

Jedes Jahr am Neujahrstag stelle ich eine Liste der Dinge auf, die ich lernen oder zuwege bringen möchte. Letztes Jahr standen auf meiner Liste unter anderem Malen und Boxen. Daraufhin habe ich an einem wunderbaren Mal-Workshop in Big Sur teilgenommen. Ich habe mich zwar nicht als begnadete Malerin erwiesen, aber der Kurs machte mir viel Spaß und öffnete mir auf ganz unerwartete Weise den Blick auf mein kreatives Selbst. Auch die Boxstunden, die ich genommen habe, waren ein Gewinn für mich: Danach habe ich mich unglaublich stark und selbstbewusst gefühlt. Beide Erfahrungen haben meiner Marke gut getan, weil sie *mir* gut getan haben. Um Ihren verborgenen Talenten näher zu kommen, empfehle ich Ihnen, jedes Jahr zwei oder drei neue Dinge auszuprobieren.

Etablieren Sie sich als Spezialistin

Die Angabe eines Spezialgebiets ist von höchster Bedeutung für den Erfolg Ihrer Marke am Arbeitsplatz. Spezialisten verdienen grundsätzlich mehr als Generalisten – wobei das Spezialgebiet selbst kaum eine Rolle spielt. Wenn Sie an einem klaren Persönlichkeitsprofil interessiert sind, das die Kunden, Klienten oder Zuschauer anzieht, die Sie sich wünschen, ist Spezialisierung ein Königsweg zum Erfolg.

Generalistin zu sein
ist von vorgestern.

Im Kabelfernsehen ist Spezialisierung das A und O. In den USA haben wir unter anderem das Food Network, den History Channel, den Discovery Channel, ESPN und Comedy Central. Es gibt Einkaufskanäle, Kirchenkanäle, Frauensender wie Lifetime und reine Kinderprogramme wie Nickelodeon. Die Sender, die eine breite Masse ansprechen, begreifen allmählich, dass auch sie sich in irgendeiner Weise abheben müssen.

Mir als Markenstrategin geht es ähnlich. Es gibt draußen im Lande eine Menge Markenstrategen. Indem ich mich auf den Fernsehbereich spezialisiert habe, habe ich mir eine Nische geschaffen, die mir erstklassige Kunden und höhere Honorare einbringt.

Wir gehen davon aus, dass eine Frau, die einen MBA-Abschluss vorweisen kann, grundlegende betriebswirtschaftliche Kenntnisse besitzt, doch was wirklich zählt, ist ihr besonderes Fachgebiet. Ärzte spezialisieren sich als Onkologen, Kinderärzte, Psychiater. Anwälte bearbeiten unterschiedliche Gebiete: Zivilrecht, Strafrecht, Patentrecht, Unternehmensrecht. Lehrer spezialisieren sich nach Unterrichtsfach und Schulart. Jemand, der seit Jahren begeistert gärtnert, hat vermutlich ebenfalls Spezialkenntnisse erworben, zum Beispiel über Gemüseanbau, Baumschnitt oder das Pflanzen von Frühjahrsblühern. Das Gleiche gilt für Menschen, die einen Sport betreiben, ein Spiel beherrschen oder sich intensiv in ein Thema einlesen. Manche Leute sagen, dass jemand, der sieben Bücher über ein Thema gelesen hat, ein Experte auf diesem Gebiet sei.

Mary Beth

Für Mary Beth war es schwierig, sich auf ein Spezialgebiet einzulassen, weil ihre Talente in so viele verschiedene Richtungen weisen. Sie hatte zwar schon auf dem College Kunst als Nebenfach belegt, mit den Schwerpunkten Kunsthandwerk und Design. Als Hauptfach hatte sie auf Drängen ihrer Eltern aber Kommunikationswissenschaften gewählt. Ohne großes Nachdenken war sie davon ausgegangen, dass sie sich auf Werbung oder Marketing spezialisieren würde. Später, an der Parsons School of Design, war sie dann von den Möglichkeiten fasziniert, die das Internet Künstlern eröffnete. Ihr kam der Gedanke, dass Webdesign sich womöglich zur Volkskunst des 21. Jahrhunderts entwickeln würde.

Dann lernte sie bei einer ausgelassenen Party zum 4. Juli Jim kennen, einen Drehbuchautor aus Hollywood, der mit einem der großen Studios zusammenarbeitete, und sie sprachen unter anderem über ihre Jobsuche. »Komm nach L.A.«, sagte er.

In Hollywood war das digitale Zeitalter angebrochen. Für Technofreaks, die in der Lage waren, Websites zu entwerfen, einzurichten und mit Inhalten zu füllen, herrschte Goldgräberstimmung. Jim wollte sie mit ein paar Leuten in seiner Branche bekannt machen. Sie werde in L.A. doppelt so viel Geld machen, wie sie bei Grey verdienen könne, versicherte er ihr.

Mary Beth war höchst interessiert. Der Gedanke, an die Westküste zu ziehen, erschien ihr aufregend und abenteuerlich. Kalifornien konnte die Chance für sie sein, ihr Glück zu machen und als Stern in einer von ihr selbst geschaffenen Galaxie aufzugehen. Vermutlich gab es in Los Angeles Tausende von Webdesignern, aber wie viele von ihnen arbeiteten exklusiv in der Unterhaltungsbranche?

Ihr Fachgebiet – Ihre Spezialität – muss nichts mit Kunst oder Wissenschaft zu tun haben. Es kann eine Besonderheit Ihrer Persönlichkeit sein oder eine der gefragten Eigenschaften, über die wir bereits gesprochen haben. Sie können sich einen Ruf als gute Zuhörerin erwerben oder sich auf Firmenpolitik verstehen. Sie können eine Drehbuchautorin sein, die auf romantische Komödien oder Science-Fiction-Filme abonniert ist; oder jemand, der sich auf Marktforschung spezialisiert hat und sich im Internet bestens auskennt. Überlegen Sie, welche Ihrer Werte, Leidenschaften und Talente sich in bare Münze umsetzen lassen, und verengen Sie Ihren Blickwinkel dann auf einen Bereich, den Sie zu Ihrer Nische oder Spezialisierungsrichtung ausbauen können.

Just do it! Entwickeln Sie ein Motto!

Wir alle haben eines gemeinsam: Wir sind einzigartig. Es gibt niemanden, der Ihnen aufs Haar gleicht: Ihre Art, die Dinge zu sehen, Ihr Sinn für Humor, Ihr Wertesystem und Ihre Leidenschaften, Ihre Geduld oder Konzentrationsfähigkeit, Ihre Detailgenauigkeit oder Ihr Blick für das große Ganze sind einmalig. Wenn Sie keine Zwillingsschwester haben, sieht niemand genauso aus wie Sie. Niemand reiht Wörter auf genau die gleiche Art aneinander wie Sie. Niemand hat in allen Dingen den gleichen Geschmack wie Sie, die gleiche Art, auf Menschen oder Ereignisse zu reagieren, niemand hat die Erfahrungen gemacht, auf die allein Sie zurückblicken. Niemand entwickelt sich auf die gleiche Weise wie Sie.

Eine unglaubliche Mischung unendlich vieler Kleinigkeiten macht Sie absolut einzigartig und die gleiche magische Kombination sorgt auch dafür, dass Ihre Marke sich von allen anderen unterscheidet.

Ihre Marke ist wie Ihr Fingerabdruck,
etwas, das ganz allein Ihnen gehört.

Sie haben Ihre praktischen Fertigkeiten und besten Eigenschaften identifiziert. Sie haben eine Liste der Wörter und Begriffe aufgestellt, die Ihr professionelles Selbst adäquat beschreiben. Sie haben erkannt, was Sie einmalig macht. Und Sie haben eine Spezialisierung gewählt. Damit liegt im Prinzip die Rohdefinition Ihrer Marke bereits vor. Am Ende dieses Kapitels werde ich Sie auffordern, diese Definition aufzuschreiben.

Die Definition Ihrer Marke sollte so gewählt sein, dass Sie ihr Tag für Tag gerecht werden können. Sich als super intellektuell zu geben, wenn man es nicht ist – obwohl man es gerne wäre –, ist keineswegs cool. Wenn ich die Leute damit beeindrucken wollte, wie tough ich bin, müsste ich scheitern. Selbst wenn ich es versuchen würde, wäre es ziemlich anstrengend, diese Scharade lange aufrechtzuerhalten.

Menschen, die im Job eine Fassade aufbauen oder sich unecht verhalten, haben in der Regel Zweifel an ihrem Knowhow oder Talent. Zwischen Arroganz und Selbstvertrauen verläuft ein schmaler Grat und dieser Grat heißt Angst. Sie können eine unechte Marke eine Zeit lang vortäuschen, aber nicht auf Dauer aufrechterhalten. Irgendwann durchschaut jemand das Spiel und Ihre Glaubwürdigkeit ist dahin. Ihre Markenbeschreibung muss deshalb so gehalten sein, dass sie ihr Tag für Tag gerecht werden können. Das ist kein Problem, wenn die Selbstverpflichtung, die Sie damit eingehen, Ihrem wahren Ich entspricht.

Möglicherweise ist Ihre Beschreibung im Moment einen ganzen Absatz lang und enthält viel mehr Informationen, als Menschen, die Ihren Namen hören, überhaupt erinnern können: Robin Fisher Roffer. Ach ja, das ist diese fernsehverrückte Person, die sich für Integrität, Empowerment und Liebe einsetzt, motiviert und intelligent ist, gerne kocht, singt und tanzt, optimistisch ist, enthusiastisch und so weiter und so weiter und so weiter.

Verdichten Sie deshalb Ihre Definition auf eine Kernbotschaft, die Sie Ihrer Berufs- oder Tätigkeitsbezeichnung als Slogan anhängen können – als verbales Äquivalent eines Logos, das andere Menschen automatisch mit Ihrem Namen assoziieren.

Damit Sie sich in die geeignete Stimmung versetzen können, um sich einen eigenen Slogan auszudenken, finden Sie hier die Slogans einiger Marken, die Sie vielleicht kennen:

Melitta: »Macht Kaffee zum Genuss.«
DeBeers: »Ein Diamant ist unvergänglich.«
Apple: »Think different.«
Grüne Erde: »Produkte für einen gesunden Planeten.«
BMW: »Freude am Fahren.«
L'Oreal: »Weil ich es mir wert bin.«
Federal Express: »The world, on time.«
Jaguar: »The Art of Performance.«
RTL: »Wir zeigen's Ihnen.«
Wirtschaftswoche: »Nichts ist spannender als Wirtschaft. Woche für Woche.«
Klassik-Radio: »Musik zum Entspannen und Genießen.«
Sony: »It's a Sony!«
Avis: »We try harder.«
Nike: »Just do it!«
Audi: »Vorsprung durch Technik.«
McDonald's: »McDonald's ist einfach gut.«

Slogans sind nutzenorientiert, ambitioniert oder deskriptiv. Sie versuchen, die Leistung des Produkts auf den Punkt zu bringen, oder verdeutlichen, was der Konsument von einem Produkt erwarten darf oder worauf das Produkt abzielt. Der Slogan von DeBeers ist eindeutig nutzenorientiert. Der Kunde soll erfahren, dass ein Diamant seinen materiellen und ideellen Wert nie verliert. Apples »Think different« und Nikes »Just do it!« sind ambitioniert – in ihren Slogans schwingen Ehrgeiz und Anspruch mit. Der Slogan von RTL ist deskriptiv (und ein Wortspiel) und das Gleiche gilt für den Slogan von Klassik-Radio – der Sender verwöhnt seine Hörer mit Klassik light.

Manchmal gehört ein Slogan mehr als einer Kategorie an. Der Slogan des Magazins *Wirtschaftswoche* erfüllt zum Beispiel alle drei Kriterien: Er ist zugleich ambitioniert, deskriptiv und nutzenorientiert.

Weiter fällt auf, dass alle diese Beschreibungen, die eine wirksame Botschaft über ein Produkt senden, sehr einfache und positive Aussagen sind und verkaufsfördernde Wörter enthalten. DeBeers ist »unvergänglich«, die *Wirtschaftswoche* »spannend«, Grüne Erde verspricht eine »gesunde« Umwelt, Audi strebt nach technischem »Vorsprung«.

Der persönliche Slogan, mit dem Sie sich vermarkten, sollte ebenfalls einfach und positiv formuliert sein. Idealerweise ist er nutzenorientiert, ambitioniert oder deskriptiv beziehungsweise eine Kombination aller drei Eigenschaften. Je kürzer der Slogan, desto besser.

Sicher erinnern Sie sich an das Markenprodukt, das Sie weiter vorn in diesem Kapitel auf Ihre eigene Person übertragen haben. Nun sollen Sie anstelle Ihrer persönlichen Eigenschaften Ihre professionellen Fähigkeiten beschreiben. Ihr Slogan sollte klar und präzise auf den Punkt bringen, wer Sie sind und was Sie tun.

Eine meiner Freundinnen ist »Öko-Journalistin«, eine andere »Bücherärztin« und eine Dritte, eine Content-Redakteurin für das Internet, bezeichnet sich als »digitale Geschichtenerzählerin«. Ich kenne eine Frau, die Persönlichkeits-Coaching anbietet und mit dem Motto »Ich bin Geld auf der Bank« arbeitet, eine Bibliothekarin bei CNN, die sich als »Informationsgöttin der Popkultur« bezeichnet, und eine IT-Beraterin, die sich »Cybertherapeutin« nennt.

Mary Beth

Mary Beths vollständige Beschreibung ihrer selbst sieht so aus:

Ich bin verantwortungsbewusst, motiviert und entschlossen und eine extrem kreative Existenzgründerin. Meine Abenteuerlust und meine Liebe zur Kunst – von der westafrikanischen Volkskunst bis hin zur modernen digitalen Kunst – ergänzt mein Gespür für Design um eine zeitgemäße, unverbrauchte Perspektive.

Diese Beschreibung spitzte sie zu dem Slogan zu:

Kreatives Design für kühne Inhalte

Mit diesem Slogan ist ihr ein fantastischer Wurf gelungen: eine perfekte Beschreibung ihrer selbst und einiger ihrer Schlüsselattribute. In fünf kurzen Wörtern vermittelt sie: Ich bin kreativ. Ich bin Designerin. Ich begegne Kühnheit mit Kühnheit.
Trotz seiner Kürze sagt der Slogan viel aus. Er ist deskriptiv und lenkt das Augenmerk auf Mary Beths Persönlichkeit und Dienstleistungsangebot. Alternativ dazu hätte er ihre Marktnische oder ihr Spezialgebiet in den Mittelpunkt stellen können, aber das ist nicht notwendig. Mary Beth wird sich zwar auf die Unterhaltungsbranche konzentrieren, muss sich aber in ihrem Slogan nicht darauf festlegen.

Mein eigener Slogan lautet: »Markenstrategin für das Digitalzeitalter.« Ich werde mit diesen Wörtern bei Konferenzen vorgestellt und verwende sie in all meinen Werbeunterlagen. Glauben Sie mir, sie klingen um Welten besser als das Etikett »Gewinnspiel-Queen«. Mein Slogan ist deskriptiv und ambitioniert: Er kommuniziert mein Interesse an und meine Verbundenheit mit neuen, richtungsweisenden Medien. Er betont mein Talent für strategisches Denken – eine Qualität, die im Job gefragt ist und zu meinen Schlüsselattributen zählt. Er evoziert eine ganz neue Industrie, die die Welt revolutioniert, und stellt mich in die Reihe derer, die diese Welt prägen.

Ein Slogan sollte ebenso präzise wie prägnant formuliert sein. Ich habe mich in meinem Motto für die Präzisierung »Digitalzeitalter« entschieden, weil Branding zwar in allen Branchen ein Thema ist, mein besonderes Interesse aber dem Fernsehen und dem Internet gilt, die beide sehr stark mit der digitalen Welt verbunden sind. Begnügen Sie sich also nicht mit »Ann Chambers, kreatives Marketing«. Werden Sie deutlicher. Sagen Sie: »Ann Chambers, ideenreiche Promotion für ideenreiche Produkte.« Vermarkten Sie sich nicht als Lektoratsservice, sondern bezeichnen Sie sich wie Carol Costello als »Bücherärztin« und listen Sie die Palette Ihrer Dienstleistungen auf: »Erste Hilfe (Redigieren auf Stil und Klarheit); Ambulante Versorgung (Ausführliche Änderungsvorschläge); Operationen am offenen Herzen (Neustrukturieren des gesamten Materials)«.

Leisten Sie Detektivarbeit und finden Sie heraus, wie sich Ihre Arbeitskollegen und andere Experten auf Ihrem Gebiet bezeichnen, sodass Sie sich davon abheben können. Lassen Sie dann Ihre Werte, Leidenschaften und Talente Revue passieren. Sie können eine Inspiration für Ihren Slogan sein. Vor allem aber sollten Sie versuchen, einige Ihrer Schlüsselleistungen oder -attribute in das Motto einzubringen, in Begriffen, die Sie aus der Masse herausragen lassen. Die Herausforderung liegt darin, die Essenz dessen, was Sie anbieten, einzufangen, Interesse und Begeisterung dafür zu wecken und Ihr Image im Geschäftsleben zu stärken.

Nehmen Sie sich sehr viel Zeit, um dieses wichtige Wortbild für sich zu entwickeln. Wie wird es als eine Art Überschrift über Ihrem Namen aussehen? Wie werden Sie sich fühlen, wenn andere Sie mit Ihrem Slogan vorstellen und in Verbindung bringen? Auch wenn Unternehmen ihre Slogans mit der Entwicklung ihrer Marken ändern, liegt es in Ihrer und unserer Absicht, dass Ihr Motto zumindest die nahe Zukunft überdauert. Wählen Sie einen Spruch, mit dem Sie gut leben und wachsen können, und Sie werden immer eine schnelle, klare Antwort auf die allgegenwärtige Frage haben: »Was machen Sie beruflich?«

Schritt 1: Übungen

Entwicklung Ihrer Markenbeschreibung

1. Angenommen, Sie wären ein Produkt: Welches wären Sie und warum?

Notieren Sie die Marke, die Sie ausgewählt haben, und Ihre Begründung dafür:

Ich bin ________________,weil ________________.

meine Marke *meine Begründung*

Ersetzen Sie jetzt das gewählte Markenprodukt durch Ihren Namen und vewenden Sie die Begründung als Beschreibung Ihrer Person.

Ich bin ________________. Ich bin ________________.

2. Identifizieren Sie Ihre Kernwerte.

- Listen Sie drei oder vier Kernwerte auf.
- Auf welche Weise lebe ich jeden dieser Werte im Alltag aus?
- Inwiefern handle ich meinen Werten zuwider?

3. Identifizieren Sie Ihre Leidenschaften.

Listen Sie die Dinge auf, für die Sie sich leidenschaftlich interessieren:

4. Identifizieren Sie Ihre Talente.

- Wofür haben Ihre Eltern Sie gelobt?
- Was waren Ihre Lieblingsfächer in der Schule?
- Welche außerschulischen Aktivitäten haben Sie am liebsten gemocht?

- Worin sehen Sie Ihre Talente?
- Worin sehen andere Ihre Talente?
- Drei neue Dinge, die Sie in den nächsten sechs Monaten gern ausprobieren würden:

5. Was sind Ihre fünf Schlüsseltalente oder -eigenschaften?

6. Was werden Sie als Ihr persönliches Spezialgebiet entwickeln?

7. Schreiben Sie Ihre Markenbeschreibung auf.

Ihre Markenbeschreibung sollte verdeutlichen, wie Sie Ihre Kernwerte, Leidenschaften und natürlichen Talente zur Marke bündeln, und Ihre Schlüsseleigenschaften benennen. Außerdem können Sie darin auf Ihr Spezialgebiet eingehen.

8. Identifizieren Sie Ihre Marke mit einem Slogan.

Verdichten Sie Ihre Markenbeschreibung zu einer prägnanten Zeile, die deskriptiv, ambitioniert und/oder nutzenorientiert ist.

SCHRITT

— 2 —

Definieren Sie Ihre Träume und realisieren Sie sie

Ich habe zwar nicht jeden Ratgeber gelesen, der je geschrieben wurde, vermutlich enthalten jedoch die meisten unabhängig vom Thema irgendwo am Anfang ein Kapitel über Ziele (die wahlweise auch Träume, Vorsätze oder Ambitionen heißen können). Das liegt daran, dass ein Mensch – wie Yogi Berra einmal sagte –, der nicht weiß, wo er hingeht, woanders ankommt. Klare, bis ins kleinste Detail visualisierte Ziele sind für jede Art von Erfolg unverzichtbar. *Jede angesehene Marke verfolgt genau definierte Absichten.*

Lassen Sie uns einen Augenblick darüber nachdenken, was es für eine Marke bedeutet, ein »Erfolg« zu sein. Natürlich heißt Erfolg von Marke zu Marke und von Mensch zu Mensch etwas anderes. In allen Fällen aber gilt der Grundsatz: Eine erfolgreiche Marke dient grundsätzlich zwei Herren. Der eine Herr ist das Unternehmen, zu dem die Marke gehört, der andere ihr Kunde. Kellogg's Frosties müssen sowohl dem Hersteller Kellogg als auch den Menschen dienen, die gezuckerte Cornflakes essen. Der Explorer von Ford muss für den Autohersteller Ford Gewinne einfahren und zugleich die Erwartungen seiner Käufer an Leistung und Lebensdauer erfüllen.

Wenn Sie Markenstrategien auf Ihre berufliche Karriere anwenden, konzentrieren Sie sich auf den Nutzen, den Sie Ihrem Arbeitgeber beziehungsweise – als Unternehmerin – Ihren Kunden bieten. Damit erfüllen Sie sozusagen die Kundenerwartungen. Genauso wichtig ist es jedoch, den Nutzen zu identifizieren, den Sie für sich selbst anstreben. Auf welche Weise wollen *Sie* als Ihr eigener »Alleinbesitzer« aus Ihrer Marke Kapital schlagen?

Ziele gibt es in allen Größen

Es ist für Sie von höchster Bedeutung, Ihre Ziele genau zu kennen und als messbare Größen festzuhalten. Nur so können Sie abschätzen, wie effektiv Ihre Markenstrategie von Jahr zu Jahr arbeitet. Vielleicht ist es Ihr Ziel, in diesem Jahr 100 000 Dollar zu verdienen, drei erstklassige Projekte zu akquirieren, zum Vice President ernannt oder ins gehobene Management befördert zu werden, einen Industriepreis zu gewinnen oder in der Fachpresse Erwähnung zu finden. In manchen Berufen wird Erfolg weniger in Form von Geld, sondern eher in Form von Ansehen, Titeln oder Ämtern gemessen. Dann könnte Ihr momentanes Markenziel darin bestehen, einen Fachartikel zu veröffentlichen oder zu einer bestimmten Konferenz eingeladen zu werden. Oder Sie könnten sich darauf konzentrieren, einen wertvollen Kunden zu gewinnen (»Marktanteile zu vergrößern«), staatliche Fördermittel zu beschaffen oder einen wichtigen Vertrag zu erneuern.

Unternehmen heuern häufig Marketingexperten und Markenstrategen an, um sich einem bestimmten Markt oder einer bestimmten demografischen Zielgruppe bekannt zu machen. Genau das Gleiche könnte auch Ihr Markenziel sein – Beachtung zu finden. Vielleicht besteht Ihr Ziel aber auch darin, den Sprung in die Selbstständigkeit zu schaffen. So war es bei Jillian.

Jillian

Jillian und ihr Mann hatten alle Hände voll zu tun, ihren angenehmen Lebensstil aufrechtzuerhalten. Er ist preisgekrönter Autor, sie arbeitet seit dreizehn Jahren als Buchhalterin. Sie besitzen ein Haus in einer bevorzugten Feriengegend in Nordkalifornien.

Jillian, die Hauptverdienerin der Familie, erledigt für eine ortsansässige, überaus erfolgreiche Gastronomin die Verwaltung für fünf gut gehende Restaurants. Als Jillian mich aufsuchte, wollte sie sich verändern. Sie hatte es satt, Angestellte mit einem Gehalt zu sein, das sie nicht zufrieden stellte. Sie war 51 und hatte das drängende Gefühl, ihrem Leben eine neue Wendung geben und stärker als bisher für ihre Zukunft vorsorgen zu müssen.

Ihr Ziel war es, in absehbarer Zeit in ihre eigene Tasche zu wirtschaften und sich in die Liga der zehn bis zwölf Millionen selbstständig tätiger Frauen in den USA einzureihen. Sie wollte anderen kleinen bis mittelgroßen Betrieben in ihrer Küstenstadt ähnliche Finanz- und Managementdienstleistungen anbieten, die sie bisher für die Restaurantchefin erbracht hatte.

Nach dem gleichen Prozess, den Sie selbst im vorigen Kapitel durchlaufen haben, definierte Jillian ihre Schlüsselattribute und entwickelte eine Markenbeschreibung:

Jillians Schlüsselattribute

- Betriebswirtschaftliche Unterstützung aus einer Hand
- Detailorientiert, exakt, professionell
- Erfüllt praktisch die Aufgaben einer Prokuristin
- Ausgezeichnete Referenzen, langjährige nachweisbare Erfolge
- Beherrscht die Softwareprogramme Quick Books Pro und Multi Ledger

Jillians Markenbeschreibung

Kleine Unternehmen finden bei Jillian ein breites Spektrum an Dienstleistungen von der Buchhaltung über die Beratung in Versicherungs- und Rentenfragen bis hin zu Unterstützung in Personalangelegenheiten. Als Managerin für finanzielle Angelegenheiten aller Art ist Jillian von unentbehrlichem Wert. Mit ihrer enormen Erfahrung und ihrem Talent entlastet sie viel beschäftigte Kleinunternehmer effizient und effektiv von der Büroarbeit.

Jillians Slogan

Finanzlösungen für kleine Betriebe

Große Marken = großes Geld

Wenn ich das Branding einer Website oder eines Fernsehsenders übernehme, erwarten meine Kunden und ich, dass sich die Ergebnisse meiner Arbeit direkt und positiv auf die langfristige wirtschaftliche Situation der Marke auswirken. Wenn ein Unternehmen sich fragt, »Was sind unsere Ziele?«, lautet eine offensichtliche Antwort: »Netto mehr zu verdienen.« E-Toys will viel Geld einnehmen. Das Gleiche gilt für The Gap, Campbell's Soup, Fox Network und Procter & Gamble.

Als Markenmanagerin meiner eigenen Person erwarte ich ebenfalls, dass mein persönlicher Erfolg finanzielle Früchte trägt. Die meisten Menschen möchten mit ihrer Arbeit genug Geld verdienen, um gut zu leben und sich wohlversorgt zur Ruhe setzen zu können. Wobei es zu den Herausforderungen des Lebens gehört, eine befriedigende Antwort auf die Frage zu finden, was man braucht, um »gut« zu leben und sich »wohlversorgt« zur Ruhe zu setzen. Jahrzehntelang haben sich viele Frauen genau diese Frage nie gestellt. Jemand anderer pflegte sich um all diese Dinge zu kümmern.

Heute ist finanzielle Unabhängigkeit eine Hauptmotivation für unser berufliches Engagement.

Nageln Sie Ihre finanziellen Ziele fest

Wie viel Geld brauchen Sie, um leben zu können? Welches Einkommen schwebt Ihnen in Ihren kühnsten Vorstellungen vor? Alle Unternehmen wissen auf Heller und Pfennig genau, wie viel eine Marke einbringen muss. Gleichzeitig arbeiten sie unaufhörlich darauf hin, besser abzuschneiden und mehr zu erreichen. Für den Anfang sollten Sie zunächst einmal die übliche Gehaltsbandbreite für die Position, die Sie anstreben, ermitteln. Sie erhalten diese Information bei den Standesvertretungen der angepeilten Branche. Auch im Internet sind Gehaltsübersichten für viele verschiedene Berufe zu finden, zum Beispiel unter www.internetfocus.net/de/gehaelter/.

MARY BETH

Nachdem Mary Beth Informationen über die üblicherweise gezahlten Gehälter eingeholt hatte, kam sie zu dem Schluss, dass Jims Behauptung, sie könne ihr bisheriges Gehalt in L.A. verdoppeln, übertrieben war. Sie rief mehrere frühere Studienkollegen an, die in der digitalen Welt arbeiteten, und führte eine informelle Marktbeobachtung durch. Website-Gestalter fielen wie die Heuschrecken in Kalifornien ein. Üblicherweise hält so viel Wettbewerb die Verdienstmöglichkeiten in Grenzen. Aber Mary Beth ließ sich von der Konkurrenz nicht einschüchtern. Sie genoss die Herausforderung. Für sie war Angst ein Fremdwort, wenn es darum ging, das zu bekommen, was sie wollte. Außerdem hielt sie eine Verdoppelung ihres Einkommens tatsächlich für durchaus möglich, wenn es ihr gelänge, sich als erfolgreiche Marke zu etablieren.

Wenn Sie Existenzgründerin sind: Was verdienen vergleichbare örtliche Unternehmen? Wenn Sie freiberuflich arbeiten: Was verlangen andere in Ihrer Branche für ähnliche Dienstleistungen?

JILLIAN

Jillian wollte gerne 40 000 bis 50 000 Dollar jährlich verdienen. Sie war und ist zwar die Hauptverdienerin in der Familie. Dank der niedrigen Hypothek auf ihr Haus und der unverhofften Tantiemen, die Philip ab und zu erhält, hat sie aber das Gefühl, mit dieser Summe »hinzukommen«, die eine oder andere Reise und ein paar Extras ohne Schuldgefühle zu finanzieren und vielleicht sogar einen kleinen Betrag für das Alter auf die hohe Kante zu legen.

Gemeinsam beschlossen wir, dass sie sich durchaus ein Jahreseinkommen von 60 000 bis 70 000 Dollar vornehmen konnte.

Von hier aus war es eine einfache Rechenaufgabe zu ermitteln, wie viele Kunden Jillian für welches monatliche Honorar benötigte, um ihr Ziel zu erreichen.

Allerdings hatte sie sich seit langem nicht mehr dem Wettbewerb stellen müssen und war nicht auf dem Laufenden, was für Dienstleistungsangebote wie ihre gezahlt wurde. Deshalb griff sie sich die Gelben Seiten, schrieb die Telefonnummern einer repräsentativen Gruppe von Buchführungsbüros, Steuerberatern und Finanzplanerinnen heraus und rief sie an.

Die Informationen, um die es ihr ging, sind nicht geschützt. Jeder kann sie erfragen. In kurzer Zeit hatte Jillian eine Reihe sehr hilfreicher Gespräche geführt und erfahren, dass sie je nach Dienstleistungspaket zwischen 1000 und 2000 Dollar im Monat fordern konnte.

Obwohl 49 Prozent der amerikanischen Arbeitskräfte weiblich sind, fällt es Frauen viel schwerer als Männern, sich Klarheit über den Wert ihrer Arbeit zu verschaffen. Statt Geld als Maß für den Wert unserer Tätigkeit und unserer Schlüsselattribute zu sehen, verstricken wir Honorare und Gehälter auf unglückselige Weise mit Fragen des Selbstwertgefühls. Viele Frauen wissen ein Lied davon zu singen!

Dazu kommt, dass Frauen in der Regel erheblich weniger verdienen als Männer. Beim Privatfernsehen erhalten sie durchschnittlich 15 Prozent weniger als ihre männlichen Kollegen, die die gleiche Arbeit genauso gut oder schlecht erledigen – und schneiden damit immer noch erheblich besser ab als Frauen in anderen Branchen. Offiziellen Arbeitsmarktstatistiken zufolge verdienen Frauen branchenübergreifend 23 Prozent weniger als Männer, die die gleiche Arbeit leisten. Was sagt das über die Wertschätzung aus, die man uns entgegenbringt?

Eine weitere Komplikation in unserer Beziehung zum Geld ist die Tatsache, dass viele berufstätige Frauen in Familien aufwuchsen, wo noch der Mythos vom Märchenprinzen galt. Berufstätigkeit und Karriere waren für sie ein Vorspiel zur Ehe und Ehe bedeutete, dass ein anderer die Brötchen verdienen würde. Sie entwickelten nie ein Gefühl für ihr persönliches finanzielles Potenzial und sahen häufig nicht einmal die Notwendigkeit, wirtschaftlich unabhängig zu sein.

Für mich selbst hat dieses Problem nie existiert. Ich wusste immer, dass ich für mich sorgen konnte – weil ich als Kind für mich sorgen *musste* und mein Vater mir nie den Eindruck vermittelte, meiner Karriere könnten Grenzen gesetzt sein.

Es ist gut möglich, dass ich das erste »Büro-Kind« war. Mein Vater war Werbefachmann. Er nahm mich mit, wenn er einen Kunden akquirierte, und brachte mir bei, wie man Anzeigen layoutet und Werbetexte schreibt. Er führte mich mit sicherer Hand in die Werbung ein. Es war nie eine Frage, welchen Pfad ich im Leben einschlagen würde.

Trotzdem habe auch ich meine ganz persönlichen Schwierigkeiten mit Geld. Als kleines Mädchen lebte ich in extrem ärmlichen Verhältnissen und ich wusste eines ganz sicher:

Dorthin wollte ich nie mehr zurück. In gewisser Weise ergab sich daraus mein erstes Lebensziel: nie arm zu sein; immer genug zum Leben zu haben; möglichst so viel zu verdienen, dass ich Rücklagen bilden und ein Sicherheitsnetz knüpfen konnte. Selbst heute, wo mich wohl jeder als erfolgreich einschätzen würde, achte ich darauf, fünfzig Cents von jedem verdienten Dollar zu sparen.

Wahrscheinlich habe ich noch immer Schwierigkeiten mit Geld. Ich würde sagen, die meisten Frauen haben Probleme damit – aber wir sind dabei, Fortschritte zu machen. Wenn wir uns als »Marken« sehen und daran arbeiten, unseren Produktwert im Berufsleben zu steigern, gibt dies unserer Selbstachtung nach meiner Erfahrung enormen Aufschwung: Branding ist ein unglaublich positiver, proaktiver Prozess, der zu konkret messbaren Ergebnissen führt. Trotzdem müssen wir nach wie vor härter und besser arbeiten als die Jungs, um die gleichen Gehälter zu erzielen. Man kann es nicht besser ausdrücken als die ehemalige texanische Gouverneurin Ann Richards in einem Kommentar über Ginger Rogers und Fred Astaire: Ginger tat genau das Gleiche wie Fred, nur rückwärts und in hochhackigen Schuhen.

Was sind Sie wirklich wert?

Zum Teil ist das Wissen, wie viel man verlangen kann, Erfahrungssache. Effizienter gelangen wir durch Gespräche mit Leuten aus derselben Branche an Informationen: Sie geben uns ein Gefühl dafür, was zu viel und was zu wenig ist und wann es sich lohnen kann, auf ein paar Dollar zu verzichten. Networking ist in dieser Hinsicht wirklich unverzichtbar. Übrigens finden Firmen den angemessenen Preis für ihr Markenprodukt auf ganz ähnliche Weise heraus: Sie verschaffen sich als Erstes einen Überblick über alle anderen Produkte in der gleichen Kategorie. Dann positionieren sie sich in Relation zu diesen Produkten. Einige Marken werden zu einem niedrigeren Preis angeboten als die der Konkurrenz, um einen möglichst großen Kundenkreis anzusprechen; andere werden sehr teuer verkauft und als Produkt der Oberklasse vermarktet.

Der Nimbus, einen Mercedes zu fahren, hat viel mit seinem Preis zu tun: Nicht jeder kann sich einen Mercedes leisten. Das ist ein Teil der Anziehungskraft der Marke. Wenn Sie »Mercedes« denken, dann denken Sie automatisch »teuer«. Mittlerweile produziert das Unternehmen allerdings auch preiswertere Autos – und verfolgt damit eine Strategie, die sich auf lange Sicht als verhängnisvoll erweisen kann. Mercedes hat zwar durch die Produktion eines weniger hochpreisigen Produkts seinen Kundenkreis erweitert. Möglicherweise wird aber die Tatsache, dass heute mehr Kunden als je zuvor einen Mercedes fahren können, die Identität der Marke, die ja zum Teil von ihrer Exklusivität lebt, gefährden. Die Zeit wird es weisen.

Kunden glauben, das Beste zu bekommen, wenn sie am meisten dafür zahlen, und das gilt auch für die Kunden *Ihrer* Marke. Dieses Vertrauen darf jedoch nicht enttäuscht werden. Vergessen Sie deshalb nie, wie wichtig Authentizität und Konsistenz für den Erfolg Ihrer Marke sind. Geben Sie nicht vor, der Branchenprimus zu sein, wenn Sie sich dessen nicht hundertprozentig sicher sind. Fordern Sie nur mehr als die Konkurrenz oder ein Gehalt über dem Industriestandard, wenn Sie einen »Mehrwert« liefern – mehr als das Standardprodukt oder die Standardleistung – und dies auf Dauer durch kompetentere, zuverlässigere, flexiblere, schnellere Leistungen oder einen anderen Zusatznutzen, den Sie für sich in Anspruch nehmen, belegen können.

Die Automarke Infiniti bietet ihren Kunden Pannenhilfe, einen kostenlosen Abholdienst und Leihwagen. Sie ist teurer als andere vergleichbare Autos der Mittelklasse, hebt sich aber gleichzeitig von der Konkurrenz ab. Die elegante Kaufhauskette Nordstrom unterscheidet sich nicht sonderlich von anderen Warenhäusern, aber sie bietet den Service einer

»persönlichen Einkaufsberaterin« und berechnet wegen dieser Besonderheit einen etwas höheren Preis.

Gleichzeitig sollten Sie Ihre Arbeit aber auch nicht unter Wert verkaufen, es sei denn, Sie stehen ganz am Anfang Ihrer Karriere und bekommen den Fuß nur in die Tür, wenn Sie weniger als das gewünschte Gehalt oder Honorar in Kauf nehmen. Auf gar keinen Fall – von außergewöhnlichen Umständen abgesehen, die nur Sie beurteilen können – sollten Sie umsonst arbeiten. Es ist eine psychologische Tatsache, dass Arbeit, die ohne Gegenleistung erbracht wird, vom Nutznießer nicht geschätzt wird. Tauschen Sie meinetwegen Dienstleistung gegen Dienstleistung, vereinbaren Sie Ratenzahlung, verlängern Sie das Zahlungsziel oder akzeptieren Sie ein niedriges Anfangsgehalt, das nach drei Monaten automatisch erhöht wird – aber arbeiten Sie nicht umsonst. Sie tun sich keinen Gefallen, wenn Sie den Wert Ihrer Marke mit null beziffern.

Ich habe diese Lektion von meiner Freundin Lucane gelernt. Lucane ist Irin und kam mit dem Wunsch in die USA, im Eventmarketing zu arbeiten. Sie brachte nicht besonders viel Erfahrung mit. Als eine Agentur, bei der sie sich vorstellte, sie aufforderte, einen Veranstaltungsplan für eine Softwarefirma als unbezahlte Probearbeit zu entwickeln, sah sie sich deshalb nicht in der Position, Nein zu sagen. Sollte ihr Vorschlag Anklang finden, so wurde ihr versichert, könne sie ihn gegen ein Honorar verwirklichen.

Sie können sich den Rest vermutlich denken. Lucane steckte viele Stunden Arbeit in das Projekt und legte die Ergebnisse mit großen Erwartungen vor, um dann nie wieder ein Wort von der Agentur zu hören. Willkommen in Amerika.

Unter anderen Vorzeichen betrachtet, können Vorleistungen aber durchaus vertretbar sein: Als Mary Beth sich entschlossen hatte, an Jims Beziehungen zu einer jungen Webdesign-Agentur anzuknüpfen, nahm sie sich die Zeit, die aktuelle Website des Unternehmens zu evaluieren. Eine Woche vor ihrem Vorstellungstermin schickte sie der Firma ein durchdachtes, dreiseitiges Dokument über ihre Eindrücke. Ihr Kommentar mir gegenüber zu diesem Vorgehen:

> Ich halte nichts davon, etwas zu verschenken. Den Zeitaufwand betrachte ich als Vorbereitung auf das Vorstellungsgespräch. Ich habe durch die Analyse der Website mehr gelernt, als ich sonst erfahren hätte. Sie hat meinen Wunsch vergrößert, für das Unternehmen zu arbeiten, und mir gleichzeitig reichlich Stoff für das Vorstellungsgespräch geliefert. Ich hatte Ideen parat und konnte mich als informiert und zielorientiert präsentieren.

Natürlich gehen Sie mit jeder Art von unbezahlter Vorleistung ein Risiko ein. Zum eigenen Vorteil zu arbeiten, wie Mary Beth es tat, ist jedoch etwas ganz anderes, als zum Vorteil eines potenziellen Arbeitgebers zu arbeiten, der alles (Ihre Ideen, Ihre Zeit, Ihre Mühe) zu gewinnen und nichts zu verlieren hat – während für Sie genau das Gegenteil gilt.

Das gute Leben leben

Unsere Vorstellungen von Lebensqualität sind einer ständigen Veränderung unterworfen. In den Sechzigerjahren, als meine Schwester und ich fünf und sechs Jahre alt waren und arm in L.A. lebten, hätte »gut zu leben« für mich wohl bedeutet, genug zu essen zu haben. In den Siebzigerjahren empfanden wir das geordnete Leben der amerikanischen Mittelklasse, das wir mit meinem Vater in Cleveland führten, als Lebensqualität: Es vermittelte uns nach Jahren der erschreckenden Ungewissheit Sicherheit und Geborgenheit.

Noch heute bedeutet Lebensqualität Sicherheit für mich – aber auch Abenteuer und schöne Dinge. Ich reise leidenschaftlich gern und fühle mich gut, wenn ich Geld für neue Erfahrungen und schöne Erinnerungen ausgebe. Gut zu leben bedeutet für mich darüber hinaus, Zeit kaufen zu können: Mir eine Haushaltshilfe zu leisten, die einmal die Woche kommt und das Haus auf Hochglanz bringt. Eine Assistentin einzustellen, die Besorgungen erledigt, Kopien macht und ans Telefon geht.

Welche Voraussetzungen müssen für Sie erfüllt sein, damit Sie so leben können, wie Sie leben möchten? Wie *möchten* Sie leben? Auf dem Land oder in der Stadt? Verheiratet oder als Single? Formulieren Sie Ihre Wünsche sehr präzise. Vielleicht kennen Sie das Sprichwort: »Geben Sie Acht, was Sie sich wünschen – vielleicht bekommen Sie es ja!«

Tatsächlich ist es sehr wahrscheinlich, dass Ihre Wünsche in Erfüllung gehen, denn sobald Sie Ihre Sehnsüchte erkennen und ernst nehmen, wird die Welt sie auch hören.

Wenn Sie sich also ein Haus auf dem Land wünschen, geben Sie explizit an, ob Sie ein Sanierungsobjekt wollen. Wenn Sie sich die Liebe eines Mannes in Ihrem Leben wünschen, vergessen Sie nicht zu spezifizieren, dass er unverheiratet sein muss. Und wenn Berühmtheit Ihr Herzenswunsch ist, sollten Sie auf tumultartige Szenen, Hysterie und das Ende Ihres bisherigen Lebens gefasst sein – oder Berühmtheit *und* Privatheit als Ziel nennen.

Was bedeutet ein gutes Leben für Sie? Ich meine materiell, aber auch ideell. Gut zu leben heißt, sich wohl zu fühlen, glücklich zu sein und das Leben zu genießen. Die meisten Menschen sind sich darüber einig, dass diese Ziele noch wichtiger sind als finanzielle Ambitionen. Glücklicherweise müssen wir uns nicht für das eine oder das andere entscheiden – wir können beides haben. Wenn wir *wirklich* erfolgreich sind, ergänzen sich unsere Lebensziele und unsere finanziellen Ziele.

In letzter Konsequenz bedeutet gut zu leben, die Leidenschaften und Werte ausleben zu können, die Sie in Kapitel 1 als Teil Ihrer Markenbeschreibung identifiziert haben.

Jillian

Jillian nannte Haus und Garten, schöne Kleidung und Musik als ihre Leidenschaften. Am wichtigsten sind ihr Harmonie, Ausgeglichenheit und Gleichmut – der innere Frieden, den sie empfindet, wenn sie in ihrem Garten arbeitet. Für Jillian bedeutet gut zu leben, in Harmonie mit ihrem Zuhause und ihrem Beruf, ihrem Mann und ihrer Mutter zu sein und keine Geldsorgen zu haben.

Mary Beth

Mary Beths Vorstellung von Lebensqualität besteht darin, »eine Eigentumswohnung in Aspen und einen Bungalow in den Hollywood Hills zu haben und alle paar Tage hin- und herzufliegen«.

Für Menschen, die neue Karrierewege erobern, hat Lebensqualität viel mit der Qualität ihrer Arbeit zu tun. In einem Umfeld zu arbeiten, das der Persönlichkeit und dem Lebensstil entspricht, ist immens wichtig und sollte eines Ihrer vorrangigsten Ziele sein. Sehen Sie sich die folgende Liste an. Von welchen Aussagen fühlen Sie sich am meisten angesprochen? Nehmen Sie sie als Sprungbrett, um Ihre Wünsche detailliert zu beschreiben. Versuchen Sie, die für Sie ideale Situation vor Ihrem inneren Auge erstehen zu lassen.

Vorlieben, basierend auf Persönlichkeit und Lebensstil

ICH würde gern in einem Großunternehmen arbeiten.

ICH ziehe es vor, zu Hause zu arbeiten.

ICH möchte mich mit 45 zur Ruhe setzen.
ICH möchte eine Arbeit, die mir Spaß macht, nie aufgeben.
ICH möchte in einer kreativen Branche arbeiten.
ICH ziehe eine strukturierte Umgebung vor.
ICH möchte mit Menschen arbeiten, die denken wie ich.
ICH möchte mit Menschen arbeiten, die anders sind als ich.
ICH schätze es, wenn eine Arbeit mich fordert.
ICH mag am liebsten Arbeiten, bei denen ich nicht viel denken muss.
ICH arbeite gern unter Druck.
ICH hasse Termine.
ICH möchte meine eigene Chefin sein.
ICH reise gern.
ICH lege Wert auf eine flexible Arbeitszeit.
ICH möchte nicht pendeln.

Es ist erstaunlich, wie wenige Menschen sich ihre beruflichen Vorlieben eingestehen. Das liegt daran, dass viele Menschen sich eine Verwirklichung ihrer Wünsche überhaupt nicht vorstellen können und sich oft schon glücklich schätzen, überhaupt einen Job zu haben.

Trotzdem rate ich Ihnen dringend, eine detaillierte Wunschliste Ihrer persönlichen Anforderungen und Ansprüche an Ihr Arbeitsumfeld aufzustellen – der Dinge, die Ihr Wohlgefühl ausmachen.

Meine Freundin Kim Youngblood, President und Kreativstrategin bei Youngblood, Sweat & Tears, wusste, dass sie ein gewisses Maß an Erfolg errungen hatte, als ihre berufliche Stellung es ihr erlaubte, 1. ihren Hund mit ins Büro zu bringen, 2. im Frühling ihre Bürofenster zu öffnen, um die laue Luft hereinzulassen, und 3. keine Strumpfhosen oder hochhackigen Schuhe mehr tragen zu müssen.

Jillian

Jillian war klar, dass sie auf keinen Fall mehr in einem Büro hinter einem Restaurant arbeiten wollte. Eine strukturierte Arbeitsumgebung war ihr wichtig, aber sie war diszipliniert genug, um sich auch zu Hause einen geeigneten Rahmen dafür schaffen zu können. Natürlich war sie bereit, Zeit in jedem ihrer Kundenbetriebe zu verbringen. Aber sie würde ihr Gästezimmer zu einem Büro für sich umgestalten, einen Rückzugsort, in dem sie die Ruhe und Ordnung fand, die sie für ihre Arbeit brauchte.

Mary Beth

Mary Beth hatte andere Ziele. Sie wollte Leute und Leben um sich herum. Jim hatte ihr vorgeschlagen, als freiberufliche Webdesignerin zu arbeiten. Sie zog es jedoch vor, als fest angestellte Mitarbeiterin für ein Internet-Start-up-Unternehmen oder ein auf Webdesign spezialisiertes Grafikstudio zu arbeiten.

Auch kleine und große Firmen haben bestimmte Vorlieben. Manche Unternehmen sehen ihre Mitarbeiterinnen am liebsten in Kostüm, Feinstrumpfhose und halbhohen Pumps. Smalltalk neben der Espressomaschine ist verpönt, stattdessen wird eine Atmosphäre ruhiger Produktivität gepflegt. Private Kontakte der Mitarbeiter untereinander sind nicht sonderlich erwünscht. Ich kenne eine große, wichtige Firma in San Francisco, die so ist. Um sich als Mitarbeiterin dort wohl zu fühlen, muss man wirklich eine bestimmte Art von Mensch sein.

Am anderen Ende des Spektrums stehen Unternehmen wie der Fernsehsender House & Gardens TV (HGTV), der den Women in Cable's Accolades Award für Frauenfreundlichkeit gewonnen hat. Mit seiner familienfreundlichen Philosophie trägt HGTV dem Lebensstil der Mitarbeiter Rechnung und bietet unter anderem Gleitzeit, hilft bei der Organisation von Kinderbetreuung, begleitet sogar Adoptionsverfahren und fördert das ehrenamtliche Engagement der Mitarbeiter. Es ist wenig überraschend, dass im oberen Management von HGTV 14 Frauen vertreten sind.

Es gibt Websites, in denen Sie Insiderinformationen über das *wahre* Arbeitsklima der beschriebenen Firmen finden. Gehen Sie zum Beispiel zu www.vaultreports.com oder www.wetfeet.com.

Dharma und das Mission-Statement

Außer einer finanziellen Zielsetzung hat jedes Unternehmen, das hinter seiner Marke steht, eine Mission, die Sinn und Wesen der Marke kommuniziert. Um einem Unternehmen zu helfen, den Sinn seiner Marke zu definieren und fest im Blick zu behalten, entwickelt die Marketingabteilung oder ein Markenstratege ein Mission-Statement – ein Leitbild, das die Ziele eines Unternehmens für sein Produkt beschreibt.[1]

Während der Slogan einer Marke als flottes Worthäppchen konzipiert ist, der die Kunden über Art, Nutzen oder Leistung des Produkts informiert, soll das Mission-Statement vor allem das Unternehmen und den Produktmanager der Marke motivieren und in seinem Engagement bestätigen.

Das Mission-Statement drückt die höchsten Ideale aus, die das Unternehmen mit seiner Marke verfolgt. In diesen Statements finden wir Ziele jenseits des finanziellen Gewinns, nämlich die Werte des Unternehmens, die das Produkt verkörpert. Allein beim Gedanken an ein Mission-Statement sollten Sie im Geiste Trompetenfanfaren und Trommelwirbel hören.

Unternehmen mit starken Mission-Statements und Mitarbeiter,
die sich diesen Statements verpflichtet fühlen,
sind in Sprache und Gangart unverwechselbar.

Während ein Unternehmen versucht, seinen Slogan einer breiten Öffentlichkeit bekannt zu machen, wird das Mission-Statement im Allgemeinen nicht für Werbezwecke eingesetzt. Auch wenn der Bekleidungshersteller Eddie Bauer sein »Credo« in Anzeigen abdruckt, bleibt den Kunden das Mission-Statement eines Unternehmens in der Regel verborgen. Es ist wichtiger, dass das Unternehmen, die Markenmacher und die Werbefachleute die Mission kennen und mit Leben erfüllen, als dass die Kunden darüber Bescheid wissen.

Andererseits: Ist es nicht schön zu wissen, dass große Unternehmen höhere Ziele verfolgen als den Nettogewinn? Schauen Sie sich als Beispiel die folgenden Mission-Statements an:

> EDDIE BAUER: »Wir verpflichten uns, Ihnen vorzügliche Qualität zu attraktiven Preisen anzubieten. Zusammen mit unserem Service und unserer Garantie wollen wir uns Ihrem Vertrauen würdig erweisen.«
>
> NIKE: »Als Staatsbürger und Unternehmen proaktive Programme anzustoßen, die unsere Sorge um die Weltfamilie widerspiegeln.«
>
> COCA-COLA: »Eine durstige Welt zu erfrischen.«
>
> WALT DISNEY: »Die Macht der Unterhaltung für Bildung und Aufklärung zu nutzen.«
>
> MARY KAY COSMETICS: »Frauen in noch nie da gewesener Weise die Möglichkeit zu geben, finanzielle Unabhängigkeit, beruflichen Erfolg und persönliche Erfüllung zu finden.«
>
> MCDONALD'S: »Die führende Restaurantkette der Welt zu sein.«

IBM: »Eine vernetzte Welt zu ermöglichen, die die Art, wie Menschen arbeiten, kommunizieren, lernen und Geschäfte machen, tiefgreifend verändert.«

Im Idealfall wird das Mission-Statement zur sich selbst erfüllenden Prophezeihung. Wenn Eddie Bauer sein Ziel erreicht, wird die Wertschätzung, die das Unternehmen seinen Kunden entgegenbringt, es schließlich reich machen. Erweist sich Nike als guter Staatsbürger, werden viele Sportler, so viel ist sicher, ihre persönliche Marke gerne mit Nike assoziieren wollen. Wenn McDonald's zur führenden Restaurantkette der Welt aufsteigt, wird McDonald's sehr wahrscheinlich auch die einträglichste Restaurantkette der Welt sein.

Für Individuen ist das Mission-Statement wichtig, weil es sie ihren Potenzialen und Träumen näher bringt. Meine Freundin Kim sagt, es lässt uns mit Worten nach den Sternen greifen.

Das Mission-Statement sollte Ihre Kernwerte widerspiegeln und Ausdruck Ihrer höchsten Ideale sein.

Ich persönlich bin der Meinung, dass ein Mission-Statement höchstens zehn Wörter oder weniger umfassen sollte. Auf diese Weise prägt es sich leichter ins Gedächtnis ein und erinnert Sie gegebenenfalls wie ein Motto daran, wer Sie sind und wofür Sie stehen. Kims Mission-Statement lautet: »Mir und anderen Raum für ein Höchstmaß an Kreativität zu schaffen«. Meine Selbstverpflichtung heißt: »Frauen zu beflügeln, ein zielgerichtetes Leben zu führen.« Das klingt vielleicht ein bisschen hochfliegend – aber so ist es auch gedacht. Das persönliche Mission-Statement kommt aus tiefstem Herzen.

Die Medien bezeichnen die amerikanische Fußballspielerin Mia Hamm als »Leitfigur des Frauenfußballs«. Ihre Mitspielerinnen nennen sie dagegen die »widerstrebene Diva«, weil sie nie nach Ruhm oder Reichtum gestrebt hat. Stattdessen hält die 27-jährige Worldcup-Gewinnerin ihre Augen fest auf ihre Mission gerichtet: »Dem Frauenfußball mehr Sichtbarkeit zu verschaffen.« Bisher setzt sie dieses Ziel ziemlich gut um: Nike hat ein Gebäude nach ihr benannt, es gibt eine fußballspielende Barbie-Puppe, die Mia heißt, und sie war auf den Titelblättern von *Time* und *Newsweek* als Vertreterin ihres Sports zu sehen.

Eine meiner Freundinnen ist Anwältin und ihr Mission-Statement lautet: »Andere bei der Verwirklichung ihrer Ziele zu unterstützen.« Einfach, treffend, sachgemäß. Diese Wörter drücken aus, was sie tut, und erinnern sie daran, in den Diensten anderer zu stehen. Anna Garcia, deren ganze Familie in der Stahlindustrie gearbeitet hat, ist President der ANKO Metal Services, Inc., in Denver. Ihre Business-Maxime hört sich so an: »Stahl ist nicht nur mein Job, sondern mein Erbe«.[2] Das Statement erinnert sie an die Wurzeln, die sie mit ihrer Arbeit verbinden.

Bei einem Durchhänger oder nach einem beruflichen Rückschlag sollte der Gedanke an Ihre Mission Sie wieder aufrichten und ins rechte Gleis bringen.

Mary Beth

Mary Beth entwickelte für sich das folgende Mission-Statement: »Einen tiefgreifenden Einfluss auf das digitale Design auszuüben.«

Jillian

Jillians Mission-Statement hängt gerahmt über ihrem Schreibtisch und lautet: »Kleine Betriebe zum Wachsen und Blühen zu bringen.«

Entwickeln Sie ein Mission-Statement für sich selbst und schreiben Sie es nieder. Unterschätzen Sie nie die Kraft des geschriebenen Wortes. Wenn Sie einen Traum zu Papier bringen, lassen Sie ihn auf die Welt los. Sie lösen ihn heraus aus der Welt der Gedanken und rücken ihn ein paar Zentimeter näher an die Realität heran. Er existiert jetzt in Ihrem Kopf *und* auf dem Papier. Wenn Sie dann über Ihren Traum *sprechen*, rücken Sie ihn wieder ein Stück näher an die Realität heran. Er existiert jetzt in Ihrem Kopf, auf dem Papier und draußen in der Welt. Andere Menschen hören davon und Ihre Idee nimmt mehr und mehr Gestalt an. Wenn Sie dann beginnen, Ihren Traum in die Tat umzusetzen, ist er schon fast real geworden.

Drucken Sie deshalb als Erstes Ihr Mission-Statement in einer schönen Schriftart aus und hängen sie es irgendwo auf, wo Sie es häufig sehen, zum Beispiel im Büro oder über dem Spiegel. Bringen Sie es in Magnetbuchstaben an der Kühlschranktür an. Basteln Sie einen Bildschirmschoner oder ein Mouse-Pad daraus. Verwenden Sie es als Lesezeichen. Machen Sie es zu einem Teil Ihrer Umgebung. Ergreifen Sie davon Besitz.

Vielleicht können wir nicht alles haben, was wir uns wünschen, jedenfalls nicht alles zugleich. Oder vielleicht doch? So oder so, wenn unsere Träume sich erfüllen sollen, müssen wir sie als Erstes der Welt bekannt machen.

Ich habe eine Freundin, Gerry Graff, die Autorin ist. Sie erzählte mir, wie sie 1982 ihren ersten Computer bekam.

»Visualisierung« war damals ein Fremdwort für mich. Aber die Methode war mir so dringend empfohlen worden, dass ich sie zumindest einmal ausprobieren wollte. Also schnitt ich das Bild eines Computers aus einer Zeitschrift aus und hängte es an der Wand über meiner Schreibmaschine auf, wo ich es praktisch von morgens bis abends vor mir sah. Wenig später begann ich zusammen mit einem Bekannten ein Buchprojekt. Er gab mir seinen Entwurf als Computerausdruck und ich schrieb ihn um und gab ihm ein neu getipptes Kapitel zurück. Dann musste er meinen Text neu in den PC eingeben und immer wenn ich einen neuen Ausdruck bekam, bearbeitete ich ihn mit Schere und Kleber, um den Text schließlich wieder neu abzutippen usw. Nach ein paar Monaten sagte er: »Wäre es nicht toll, wenn wir beide kompatible Computer hätten? Dann könnten wir einfach Disketten austauschen.« Ich sagte: »Ja, das wäre super.« Und dann bot er mir an, mir für einen Monat Arbeit einen Computer zu überlassen. Ehe ich es mich versah, stand ein Apple II unter dem Bild, das ich an die Wand gepinnt hatte.

Die Welt wartet darauf, dass Sie sagen, was Sie wollen.

Sie müssen lediglich kooperieren – Ihre Wünsche formulieren und dann Augen und Ohren offen halten. Wenn Ihr Wunsch Hand und Fuß hat, durchdacht und klar definiert ist und im Einklang mit Ihrem Mission-Statement steht, wird die Welt ihren Teil dazu beitragen, dass er in Erfüllung geht. Alles, was Sie suchen, sucht auch Sie. Wenn Sie Ihre Ziele und Träume der Welt bekannt geben, ziehen Sie das Gesuchte an: eine Beförderung, einen neuen Kunden oder eben einen neuen Computer.

Führen Sie ein Doppelleben

In den Übungen am Ende dieses Kapitels werde ich Sie bitten, nicht nur Ihr Mission-Statement aufzuschreiben, *sondern alles, was Sie von Ihrer Karriere erwarten.* Damit meine ich alle Ihre Ziele und Träume.

Welche finanziellen Wünsche haben Sie? Was möchten Sie materiell erreichen? Fragen Sie sich, ob Sie in jeder Hinsicht »gut leben«: Leben Sie Ihren Erwartungen gemäß? Erfüllt Ihr Leben Sie mit Leidenschaft? Oder haben sich Ihre

Erwartungen geändert? Ihre Leidenschaften? Was wünschen Sie sich emotional? Wie sieht Ihr Berufs- und Privatleben in Ihrer Idealvorstellung aus?

Was möchten Sie wirklich und wahrhaftig mit Ihrem Leben anfangen? Denken Sie einmal nicht an Ihre Karriere. Was würden Sie *wirklich* gerne tun? Lassen Sie Ihren Träumen freien Lauf. Und bereiten Sie Ihnen dann den Boden, sich zu erfüllen – selbst wenn Sie dafür wie meine Freundin Vivien ein Doppelleben führen müssen.

Vivien Stone war Vice President für Marketing bei einem Pay-TV-Sender in Kalifornien. Sie ist sehr erfolgreich und überaus talentiert, doch ihre wahre Leidenschaft ist es, Theaterstücke zu schreiben und zu verkaufen. Sie träumt davon, eines ihrer Stücke am Broadway aufgeführt zu sehen. Und sie lebt diesen Traum. Sie steht in aller Frühe auf, fährt zur Arbeit und schafft es so, jeden Morgen von sieben bis neun Dramatikerin zu sein. Sie lernt und vervollkommnet ihr Handwerk und hält ihren Traum lebendig, indem sie mit Freunden und Kollegen darüber spricht und Theaterstücke für lokale Theater schreibt und produziert. Sie *offenbart* ihren Traum.

Vivien könnte alles in ihrem Job erreichen. Sie ist unglaublich gut und würde praktisch wie von selbst an die Spitze gelangen. Ihr echtes, wahres Ziel aber ist es, für die Bühne zu schreiben.

Warum hält sie dann weiter an der Nine-to-five-Plackerei fest, statt hauptberuflich zu schreiben? Dafür gibt es einen guten Grund: Sie ist alleinerziehende Mutter und liebt ihren Sohn über alles. Ihre persönliche Mission ist es, ihm ein Umfeld zu schaffen, in dem er Geborgenheit und optimale Förderung erhält. Deshalb gibt sie im Job ihr Bestes, ohne dabei ihren Traum aus den Augen zu verlieren. Sie bewegt sich auf der Karriereleiter seitwärts statt aufwärts und bleibt so ihren Prioritäten treu.

Vor kurzem zog Vivien mit ihrem Sohn nach New York und übernahm eine neue Aufgabe im Marketing eines großen

Broadway-Theaters, die sie enger mit einem kreativen Umfeld in Kontakt bringen wird.

Viele Menschen leben diese Art von »Doppelleben«: Sie möchten in einer Band singen, haben aber eine Familie zu ernähren oder andere Verpflichtungen zu erfüllen. Deshalb arbeiten sie tagsüber als Programmierer und treten abends in einem Klub auf. Oder sie fahren Taxi, um den Anfang einer Karriere als Schauspielerin zu finanzieren. Oder sie besuchen abends einen Fortbildungskurs – um ihrem Traum näher zu kommen. Sie wissen, es liegt in ihrer Hand, ihre Träume wahr zu machen.

Schritt 2: Übungen

Ziele definieren

1. Definieren Sie Ihre Ziele.

Machen Sie genaue Angaben zu den folgenden Zielen:

- in ___ Jahren _________ Euro zu verdienen (Legen Sie Standardhonorare oder die Gehaltsbandbreite für Ihre angestrebte Position zugrunde.)
- mich mit ___ Jahren aus dem Berufsleben zurückzuziehen
- in diesem Jahr ____ neue Kunden zu gewinnen oder
- _____ Renommierprojekte an Land zu ziehen
- Aufmerksamkeit zu finden bei ____________
- Anerkennung zu finden, indem ich _____________ erwerbe oder erhalte.

2. Definieren Sie, was »Lebensqualität« für Sie bedeutet.

Seien wir realistisch: Es ist gut möglich, dass dieses Leben das einzige ist, das wir je haben werden. Geben Sie Ihren Träumen eine Chance, indem Sie sie zu Papier bringen. Möglicherweise haben Ihre Wünsche nichts mit Ihrem Job zu tun. Schreiben Sie sie trotzdem auf. Wie sieht ein gutes Leben aus, was beinhaltet es? Seien Sie sehr präzise und formulieren Sie Ihre Träume genau aus.

____

____

____

____

____

Es macht den Job zum Vergnügen und erhöht die Lebensqualität, persönliche Vorlieben am Arbeitsplatz ausleben zu können. Schreiben Sie Ihre beruflichen Vorlieben hier auf:

____

____

____

3. Formulieren Sie Ihr Mission-Statement.

Entwickeln Sie ein kurzes Statement, aus dem Ihre wichtigsten Ziele und Werte hervorgehen. Das Statement soll Sie an Ihre Philosophie erinnern und inspirieren. Idealerweise ist es nicht länger als sieben Wörter. Schreiben Sie das Statement hier auf und hängen Sie es dann gut sichtbar zu Hause und am Arbeitsplatz auf. Machen Sie es zu einem Teil Ihres Alltags.

____

____

____

4. Entwickeln Sie eine Strategie, Ihre Träume wahr zu machen.

Müssen Sie dazu ein »Doppelleben« führen (zum Beispiel abends als Studentin, tagsüber als Abteilungsleiterin)?
Notieren Sie mögliche Szenarien, wie Sie Ihren Zielen näher kommen können, selbst wenn Sie sie nicht aktiv verfolgen.

____

____

____

____

SCHRITT

— 3 —

Gehen Sie entschlossen auf Ihr Zielpublikum zu

Wie immer die Mission Ihrer Marke, Ihre finanziellen Ziele oder Ihre persönlichen Träume aussehen mögen: Das Bindeglied zur Erfüllung Ihrer Pläne ist das Zielpublikum. Diese Gruppe von Menschen gilt es auszumachen, ihr Vertrauen müssen Sie gewinnen.

Eine der goldenen Regeln des Markenmarketings besteht darin, das angepeilte Zielpublikum in- und auswendig zu kennen. Bevor eine Marke der Öffentlichkeit vorgestellt wird, wird deshalb eine sorgfältige Marktanalyse durchgeführt. Sie gibt dringend benötigte Antworten auf die folgenden Fragen:

- Wer ist das Zielpublikum?
- Wo ist das Zielpublikum?
- Was denkt es über unsere Marke?
- Was soll es unserer Meinung nach darüber denken?
- Wie können wir es für unser Produkt gewinnen?
- Wer bemüht sich sonst noch um seine Loyalität?

Wie Lifetime Television sein Zielpublikum identifizierte

Auch wenn es heute kaum mehr vorstellbar ist, galten reine Frauenprogramme, die nicht in die Sparte Seifenoper fielen, weder den TV-Machern noch den Werbekunden als lohnende Investition – Waschmittel- und Tamponhersteller ausgenommen. Lifetime war der erste Sender, der Frauen als Zielpublikum ins Visier zu nehmen wagte – Hausfrauen, berufstätige Frauen und Frauen, die sich für mehr als nur Familienserien interessierten.

Das Zielpublikum war leicht auszumachen: Es war überall vorhanden und wurde bis zu diesem Zeitpunkt komplett ignoriert.

Lifetime hatte eine klare Vorstellung davon, was die Zuschauerinnen über den Sender denken sollten: endlich ein Programmangebot, das Fraueninteressen aller Art abdeckt!

Und auch die Frage, wie das Zielpublikum gewonnen werden konnte, ließ sich kinderleicht beantworten: Macht ein Frauenprogramm und setzt die PR-Maschinerie in Gang! Rührt die Werbetrommel und die Frauen werden zwangsläufig zuschalten – schließlich gab es damals keinen Sender mit einem vergleichbaren Programm. So begann Lifetime, sich als »Fernsehen für Frauen« zu bezeichnen und mit diesem Slogan überall, angefangenen vom eigenen Trailer bis hin zu Plakatwänden am Sunset Strip, zu werben. Innerhalb eines Jahres zog Lifetime ein großes und ständig wachsendes Publikum an und die Einschaltquoten wiesen den Erfolg des Senders eindrucksvoll nach. Als das Zielpublikum gewonnen war, folgten die Werbekunden, und als die Werbekunden an Bord waren, stand der Profitabilität des Senders nichts mehr im Weg. So weit die Geschichte von Lifetime TV.

Bis vor kurzem hatte Lifetime keine nennenswerte Konkurrenz. Der Sender war der erste, der sich entschlossen hatte, ein Vakuum zu füllen und rund um die Uhr ein

Programm für Frauen anzubieten. Mittlerweile ist der Wettbewerb härter geworden. The Food Network und HGTV wenden sich zwar nicht speziell an Frauen, haben aber einen hohen weiblichen Zuschaueranteil. Romance Classics, der Seifenopernkanal von ABC, und Oxygen, Gerry Laybourne, Marcy Carsey und Oprah Winfreys 24-Stunden-Kanal für Frauen wetteifern darum, sich ihr Stück vom Kuchen abzuschneiden. Es ist nur eine Frage der Zeit, bis Lifetime den Druck zu spüren bekommen wird. Weil das Zielpublikum von Lifetime TV unter immer mehr Programmen wählen kann, ist der Sender ständig gefordert, ein zeitgemäßes Programm zu bieten, seine Markenposition auszubauen und durch Spitzenquoten nachzuweisen, dass Lifetime nach wie vor die Nummer 1 unter den Fernsehkanälen für Frauen ist.

Auf wen kommt es an?

Wenn wir unsere eigene Karriere durch die Anwendung von Markenstrategien fördern wollen, stehen wir vor der gleichen Frage wie jedes Industrieunternehmen: Wer wird kaufen, was wir im Angebot haben? Unser Zielpublikum sind Wirtschaftsunternehmen und -organisationen beziehungsweise, wenn wir selbstständig sind, unsere Kunden. Das Zielpublikum, so wie wir es hier verstehen, ist also der Käufer.

Deshalb müssen wir unser Zielpublikum genauso gut kennen wie unser Produkt- oder Dienstleistungsangebot. Pierre Mornell, ein Personalberater für Firmen und Universitäten, verdeutlicht diesen Punkt in seinem Buch *Games Companies Play* mit der Geschichte von Mickey Searles.[1]

Erforschen Sie Ihr Publikum

Mickey, 35 und erfolgsverwöhnter President einer Kaufhauskette, hatte bereits eine Blitzkarriere hinter sich, als er zum Vorstellungsgespräch bei Charles Lazarus, dem

legendären Gründer von Toys R Us und Kids R Us, erschien. Mickey strebte eine Position im Top-Management einer großen Kaufhauskette an. Sein Interesse für einen neuen Fachhändler für Kinderkleidung hielt sich daher in Grenzen, selbst wenn er Charles Lazarus hieß.
Trotzdem sprang, wie Mickey sagte, bei dem Interview ein Funke über – bis er zugeben musste, nie in einem Kids R Us-Geschäft gewesen zu sein, und Charles Lazarus das Interview abrupt beendete.
Mickey fürchtete, die Chance seines Lebens vertan zu haben. Er schrieb an Lazarus und versicherte ihm, dass er, wenn sie sich jemals wiedersähen, mehr über die Kids R Us-Kette wissen werde als Lazarus selbst. Mr. L. wertete Mickeys Bußfertigkeit und Beharrlichkeit als gute Zeichen und erklärte sich zu einem zweiten Gespräch bereit.
Dieses Mal war Mickey vorbereitet. Er hatte es sich zur Aufgabe gemacht, alles über Charles Lazarus und seine Unternehmen in Erfahrung zu bringen, was man darüber nur wissen konnte. Über Jahre hinweg war Mickey Searles danach President von Kids R Us.

Erforschen Sie das Unternehmen oder Umfeld, dem Sie angehören möchten, so gründlich wie möglich. Besuchen Sie den Ort, an dem Sie arbeiten möchten. Lesen Sie die Broschüren und Prospekte, die das Unternehmen oder der Kunde bereithält, und holen Sie sich Informationen über das Internet. Verfolgen Sie Zeitungsberichte über das Objekt Ihrer Begierde. Neben der Fachpresse gehören auch Zeitschriften wie *Manager-Magazin* und *Capital* zur Pflichtlektüre.

Befassen Sie sich intensiv mit der Firmengeschichte des angepeilten Unternehmens. Lernen Sie seine Werte kennen. Ich kaufe grundsätzlich Aktien meiner Firmenkunden, um Geschäfts- und Vierteljahresberichte zu erhalten und über das aktuelle Geschehen auf dem Laufenden zu bleiben.

MARY BETH

Mary Beth wird sich künftig gezielt nach für sie interessanten Firmen umsehen. Einiges könnte sich aus dem *Wall Street Journal* ergeben. Zusätzlich wird sie im Internet surfen und sich die Kundenlisten von Grafikdesignern im Großraum Los Angeles ansehen, Fachzeitschriften wie *Daily Variety, The Hollywood Reporter, Wired* und *The Industry Standard* abonnieren, nach neuen Meldungen und Finanzanalysen über die Firmen Ausschau halten, die für sie von Interesse sein könnten, und sich Infomaterial von Firmen schicken lassen, die ihr zusagen.

Darüber hinaus wird sich Mary Beth künftig vor Vorstellungsterminen nach den Namen ihrer Gesprächspartner erkundigen und vor dem Treffen so viel wie möglich über die betreffenden Personen in Erfahrung bringen. Sie wird nach Möglichkeit erkunden, welches Auto sie fahren, ob sie viel reisen, welche Restaurants sie gerne besuchen – alles, was ihr ein Gefühl dafür gibt, mit welcher Art von Menschen sie es zu tun hat. Schließlich sind die Gesprächspartner in einem Vorstellungsgespräch Mary Beths Zielpublikum – die Personen, denen sie ihre Marke verkaufen möchte. Deshalb ist es ihr wichtig zu wissen: Was hat ein Gesprächspartner erreicht? Für welche Werte steht er ein? Hat er sich deshalb für das Unternehmen entschieden, in dem er heute arbeitet? Seit wann ist er in der Firma beschäftigt? Wie alt ist er? Wenn sie weiß, dass ihr Gegenüber leidenschaftlicher Skifahrer oder Bergsteiger ist, braucht sie nur ihre eigene Begeisterung für eine dieser Sportarten zu erwähnen, um einen bleibenden Eindruck zu hinterlassen.

Je mehr Sie wissen, desto entspannter werden Sie sich fühlen, desto leichter werden Sie einen Draht zu Ihrem Gegenüber finden und desto besser werden Sie den richtigen Ton treffen. Aber bleiben Sie Sie selbst. Versuchen Sie nicht, etwas zu sein, was Sie nicht sind. Wenn Sie und Ihr Gesprächspartner nicht zueinander passen, wäre eine Zusammenarbeit ohnehin nicht erstrebenswert gewesen.

Ich habe Zielpublikumsdefinitionen für viele Unternehmen geschrieben, auch für meine eigenen. Diese Zielpublikumsdefinition kann beliebig detailliert sein; und je mehr Fassetten Sie ansprechen, desto besser. Für mich sehen die Idealkunden exakt so aus, wie ich es im Folgenden beschrieben habe:

Zielpublikum von Big Fish Marketing

Vice Presidents und Marketingleiter von Fernsehsendern und Technologieunternehmen, die:

- erfahrene Profis sind,
- politisch ausgefuchst sind,
- offen für neue Ideen sind,
- herausragende Qualität anstreben,
- genau wissen, was sie wollen,
- dem kreativen Prozess aufgeschlossen gegenüberstehen.

Das Ganze lässt sich noch vertiefen. Ich habe auch die für mich ideale Kundenbeziehung präzise definiert:

Gewünschte Beziehung zum Zielpublikum

Langfristige Zusammenarbeit auf Projektbasis oder Erfolgshonorar, abhängig von den erreichten Wachstumszielen, grundsätzlich keine Ad-hoc-Problemlösungen. Gegenseitige Wertschätzung als Grundlage der Zusammenarbeit. Was besprochen ist, gilt. Von besonderer Wichtigkeit sind Flexibilität und zügige Abstimmungsprozesse.

Schließlich habe ich auch darüber nachgedacht, welche Art von Projekten ich bearbeiten möchte, und das Ergebnis schriftlich festgehalten:

ZIELPROJEKT-BESTIMMUNG
Erstellung vielfältiger, Branding-bezogener Kommunikationskomponenten wie Marketingpläne, Branding-Richtlinien, Unterlagen zur Vertriebsunterstützung und Werbekampagnen, um den Bekanntheitsgrad und den Ertrag eines Senders, einer Website oder eines Technologieprodukts zu steigern.

Seien Sie eine evolutionäre Marke

Wenn Sie schon eine Weile im Geschäft sind, wissen Sie, dass sowohl Sie (und damit Ihr Produkt) als auch Ihr Zielpublikum sich im Laufe der Zeit verändern werden. Markenkonsistenz ist zwar ein unverzichtbarer Faktor, doch der Lebenszyklus einer langjährigen Marke ist fast immer auch von Evolution geprägt.

Wenn das Produkt eines Unternehmens die Generation X anspricht, stellt sich dem Unternehmen die Frage, ob die gleichen Kunden auch als Vierzigjährige noch scharf auf die Marke sein werden. Und falls nicht, wird dann die nächste Kindergeneration das Produkt wieder »cool« oder »geil« finden?

Wir sprechen über Stehvermögen, ein entscheidendes Kennzeichen jeder Marke. Manche Marken besitzen es, andere nicht. Pet Rocks – Kieselsteine als Haustierersatz, das Tamagotchi der Siebzigerjahre sozusagen – waren eine Eintagsfliege. Cabbage-Patch-Puppen kamen und gingen. Eines unserer Ziele ist es, langfristig am Markt zu bleiben – wie Crayola-Buntstifte, die in den USA jedes Kind kennt.

Zur Pflege einer guten Marke gehört deshalb ein Evaluationsprozess, der unter anderem eine regelmäßige Überwachung des Produkts in Bezug auf das Zielpublikum und gesellschaftliche Denk- und Lebensstile vorsieht. Die Crayola-Stifte bieten dafür ein gutes Beispiel. In den Fünfzigerjahren wurde der Buntstift »Preußischblau« in »Mitternachtsblau« umbenannt, weil sich Lehrer beklagt hatten, dass die Kinder nicht wüssten, wo Preußen gelegen habe. In den Sechzigerjahren änderte das Unternehmen, beeinflusst durch die Bürgerrechtsbewegung, die Bezeichnung »Hautfarben« in »Pfirsich«. Und es ist noch gar nicht so lange her, dass die Farbe »Indianisch Rot« als Reaktion auf Kundenhinweise in »Kastanie« umbenannt wurde.

Die Notwendigkeit, mit Geschehnissen außerhalb des eigenen Spezialgebiets in Verbindung zu bleiben, darf keinesfall unterschätzt werden. Sonst passiert es, dass Sie sich in Ihre Arbeit vergraben und Buntstifte produzieren, ohne zu merken, wie sich die Welt um Sie herum verändert. Unternehmen setzen Zielgruppen ein, um sicherzustellen, dass neue Trends nicht an ihnen vorbeilaufen. Sie können das Gleiche tun, indem Sie zum Beispiel regelmäßige Treffen mit Ihrer Gruppe zuverlässiger Markenberater vereinbaren – jenen Freunden und Verwandten, mit denen Sie berufliche Angelegenheiten besprechen. Ihre Perspektive von jenseits des Bretterzauns ist für die Evolution Ihrer Marke unverzichtbar.

Es reicht also nicht aus, unsere Kunden korrekt zu identifizieren, wir dürfen sie auch nicht aus den Augen verlieren. Unsere Marke und unser Publikum bedürfen einer ständigen kritischen Überprüfung: »Funktioniert das?« – »Habe ich vor kurzem Kunden verloren?« – »Wurde ich bei einer Beförderung übergangen?« – »Freut sich der Kunde, von mir zu hören oder mich zu sehen?« – »Ist mir ein Vorzeigeprojekt entgangen?« – »Wurden Mitarbeiter abgezogen?« Wir müssen uns nicht nur fragen: »Wer ist mein Zielpublikum?«, sondern auch: »Wie geht es meinem Zielpublikum – und was denkt es über mich?«

LAURA

Laura arbeitete seit vier Jahren in einem Großunternehmen, das Verpackungsmaterialien herstellt. Sie stand vor dem Problem, dass die Firma, also ihr wichtigstes Zielpublikum, ihr zu wenig Anerkennung zollte. Laura machte Überstunden, nahm Arbeit mit nach Hause, ließ sich auf absurde Termine ein, arbeitete an den Wochenenden. Währenddessen wurden ihre Kinder groß und vermissten ihre Gesellschaft. Ihr Einsatz wurde zwar wahrgenommen, das wusste sie, doch ihr Jahresgehalt von 60 000 Dollar spiegelte weder ihr zeitliches Engagement noch ihr beachtliches Talent für den Job wider. Das wollte sie ändern. Laura war 35, seit 13 Jahren verheiratet und hatte zwei Kinder im Alter von zehn und zwölf Jahren. Die Familie lebte relativ angenehm in einem unprätentiösen Haus im Kolonialstil in einem Vorort von Philadelphia. An den meisten Tagen fuhren Laura und ihr Mann zusammen in die Stadt zur Arbeit. Laura ist Präsentationsspezialistin für ihr Unternehmen. Als Multimedia- und Kommunikationsexpertin unterstützt sie die Führungskräfte bei der Vorbereitung von Präsentationen, bringt ihre Ideen und Unterlagen in eine visuell ansprechende Form und berät sie dabei, ihr Thema informativ und mitreißend zu vermitteln.

Dabei gehen ihr acht feste Mitarbeiter zur Hand, die sie bei Bedarf um freie Grafiker aufstockt. Branding sollte für Laura eine Hilfe sein, den Beitrag, den sie für ihr Unternehmen leistet, zu verdeutlichen und eine signifikante Gehaltserhöhung zu erwirken.

Was soll mein Publikum von mir denken?

Genauso wichtig wie die Frage »Was denkt mein Publikum von mir?« ist die Frage »Was *soll* es von mir denken?«. Ist das Branding gelungen, lautet die Antwort auf beide Fragen gleich. Erfolgreiche Markenstrategen setzen sich mit beiden Fragen intensiv auseinander und halten die Antwort darauf schriftlich fest – genau so, wie sie auch die Ziele für ihre Marke in die Welt hinaustragen.

Ich forderte Laura auf, sich in ihr »Publikum«, also in die Manager, deren vermehrte Anerkennung sie anstrebt, hineinzuversetzen. Wie sollten sie sich nach ihrer Vorstellung über sie äußern? Zu den gleichen Überlegungen ermutigte ich auch Mary Beth und Jillian. Ich bat sie, diese Wunschresonanz auf sich so positiv wie möglich zu formulieren. Wir wollten Begeisterungsstürme. Hier sind die Ergebnisse:

LAURAS PUBLIKUMSRESONANZ:

Laura ist eine extrem gewissenhafte, hart arbeitende und qualitätsbewusste Mitarbeiterin. Sie ist kundenorientiert und ihre Anregungen sind überaus hilfreich. Vor allem versteht sie sich darauf, Wissen didaktisch aufzubereiten und die optimale Kommunikationsform zu finden. Laura sorgt für eine interessante und attraktive Gestaltung meiner Unterlagen – selbst bei trockenen Themen wie einem laufenden Patentverfahren oder einer Zulassung durch die Gesundheitsbehörde. Sie ist die geborene Trainerin und vermittelt mir gekonnt die Präsentationsfähigkeiten, die ich brauche, um meine Anliegen durchzusetzen.

MARY BETHS PUBLIKUMSRESONANZ

KÜNFTIGER ARBEITGEBER: Ich brauche jemanden, der weiß, was Arbeit heißt. Ich finde viele dieser Leute von Anfang bis Mitte zwanzig nachlässig und arrogant. Mary Beth hebt sich davon wohltuend ab. Sie macht ihre Arbeit und treibt gleichzeitig die kreativen Fähigkeiten meines Unternehmens in neue Höhen.

KÜNFTIGE KUNDEN: Innovatives Design ist der Grundstock meiner Marke. Ich brauche jemanden, der den von mir kreierten Look aufnimmt und in ein digitales Format umsetzt. Mary Beth ist dafür genau die richtige Person. Sie geht kreative Risiken ein, ohne die geschäftliche Seite aus den Augen zu verlieren!

Jillians Publikumsresonanz

Meine Buchhaltung ist eine echte Herausforderung. Ich will mich aufs Geschäft konzentrieren und habe keine Zeit, mich mit Lohn- und Gehaltsabrechnung, Rechnungen und Außenständen herumzuschlagen. Mit Jillian ist das alles kein Problem mehr. Mit ihrer Diplomatie und Gewissenhaftigkeit hat sie Kunden und Lieferanten fest im Griff. Ich vertraue ihr hundertprozentig. Sie wickelt den Verwaltungskram super ab und ich kann mich mit jedem geschäftlichen Problem an sie wenden und auf ihre Diskretion und Unterstützung zählen.

Bevor Sie versuchen, Ihr Publikum anzusprechen, machen Sie eine Kehrtwendung und versetzen sich an seine Stelle.

Im Übungsteil am Ende dieses Kapitels werde ich Sie bitten, so zu tun, als wären Sie Ihr Publikum. Fragen Sie sich, was Ihr Publikum über Sie denken soll. Oder stellen Sie sich zur Einstimmung auf Ihre Präsentation vor den Abteilungsleitern vor, Sie wären eine der Zuhörerinnen. Dann könnten Sie zum Beispiel schreiben:

Beeindruckend. Sie hat in diesen Bericht wirklich eine Menge Arbeit gesteckt. Es ist offenkundig, dass sie ein Talent dafür hat, die Beiträge vieler anderer Leute zu koordinieren. Wieso ist mir eigentlich ihre Ausdrucksstärke nicht schon längst aufgefallen? Jemanden wie sie könnte ich gut in meinem Team gebrauchen. Vielleicht könnte ich sie mit einem besseren Gehalt dazu bewegen, in meine Abteilung zu wechseln.

Wieder tun Sie der Welt Ihre Wünsche kund – indem Sie Ihre Träume und Absichten zu Papier bringen, sodass sie plötzlich mehr sind als nur flüchtige Ideen. Sondern etwas klar Definiertes, etwas, das Sie *sehen* können. Viel näher an der Realität als vorher.

Wie komme ich an?

Nickelodeon, einer der angesehensten US-Kabelsender und gleichzeitig einer der drei profitabelsten Sender in der Geschichte des Fernsehens, setzt Kinder an erste Stelle und tut alles für eine kindgerechte Programmgestaltung. Während seiner gesamten Wachstumsphase hat Nickelodeon Hunderte von Zielgruppenbefragungen und groß angelegten Studien über die Vorlieben und Abneigungen, die Interessen und die Belange von Kindern durchgeführt. Nickelodeon weiß genau, wie Kinder den Sender beurteilen, weil er sie bei jeder Gelegenheit danach fragt und sein Programm so gestaltet, dass es genau das bietet, was Kinder wollen. Dank seiner engen Beziehung zum Publikum hält Nickelodeon trotz der wachsenden Konkurrenz durch andere Kinderprogramme den Markenstatus aufrecht, führend in seiner Sparte zu sein.

Auch Sie müssen ein wachsames Auge darauf haben, wie gut Sie ankommen. Bei amerikanischen LKWs ist manchmal ein Aufkleber mit der Frage »Wie fahre ich?« an der Stoßstange angebracht, verbunden mit der Aufforderung an den Hintermann, eine kostenlose Telefonnummer anzurufen und sich dazu zu äußern. Die Antworten, die Sie auf die Frage »Wie komme ich an?« erhalten, sind von höchster Bedeutung. Sie können Ihnen einerseits wie ein Frühwarnsystem signalisieren, dass Sie dabei sind, vom Weg abzukommen, andererseits aber auch Bestätigung und Balsam für Ihre Seele sein. Nehmen Sie jede Rückmeldung Ihres Publikums sehr ernst: die halbjährlich stattfindende Mitarbeiterbeurteilung ebenso wie ein beiläufiges »Mensch, das sieht toll aus!« oder einen fehlenden Kommentar bei einer Gelegenheit, die eigentlich einen Kommentar verlangt hätte.

Es gibt Situationen, in denen Sie offen um ein Feed-back bitten können. Achten Sie aber darauf, dass sich Ihre Bitte nicht anhört, als bräuchten Sie Hilfe oder als wollten Sie Komplimente oder Bestätigung einheimsen. Reichen Sie Ihr Storyboard mit einer Notiz ein, auf der steht »Ich freue mich auf Ihre Anregungen«, oder sogar: »Was meinen Sie?« Wenn Sie bei einem Abteilungsleitertreffen Ihre Abteilung mit einer Präsentation vertreten, nehmen Sie nicht nur die Kommentare Ihrer Zuhörer, sondern auch Hinweise auf ihre emotionalen Reaktionen in sich auf. Hat Ihr Publikum enthusiastisch, überrascht, verärgert gewirkt? Oder angenommen, die Agentin, um deren Vertretung Sie sich bemüht haben, lehnt Ihr Drehbuch mit der Begründung ab: »Tut mir Leid, aber das ist nicht das, wonach ich suche.« Dann sollten Sie zum Telefon greifen, solange sie sich noch an Ihr Manuskript erinnert, und um genauere Informationen bitten. Es ist gut möglich, dass die Agentin Ihre Bitte abschlägt. Vielleicht gibt sie Ihnen aber auch einen wichtigen Hinweis darauf, warum sie an Ihrem Produkt kein Interesse hat.

Wo finden Sie Ihr Publikum?

Denken Sie daran: Nicht nur Sie brauchen Ihr Publikum, Ihr Publikum braucht Sie ebenfalls. Überlegen Sie, wo es wahrscheinlich nach Ihnen suchen wird, und sorgen Sie dafür, dort vertreten zu sein. Mary Beth wird nach Webdesign-Firmen im Internet Ausschau halten. Sie wird das *411 Directory* und die Ausgabe des *Hollywood Creative Directory* für neue Medien konsultieren, zwei unschätzbare Informationsquellen über die US-Unterhaltungsindustrie. Sie wird Kontakt zu ehemaligen Studienkollegen und Klienten aus früheren Jobs aufnehmen. Sie wird Networking betreiben, um Hinweise auf offene Stellen zu erhalten. Sie wird bei Online-Headhuntern vorbeischauen. (Online-Headhunter finden Sie zum Beispiel unter www.monster.de, www.absolute-career.de oder www.wwwork.de.) Sie wird den Mut aufbringen, Studioleiter und Webdesign-Abteilungsleiter von Fernsehsendern anzurufen. Und falls gerade keine Vollzeitstellen verfügbar sind, wird sie nach Aufträgen für Freiberufler fragen.

Jillian hat eine Liste aller Geschäfte in ihrer Gemeinde zusammengestellt, die sie kennt oder die ihr gefallen – die Gärtnerei, die Buchhandlung, die teureren Boutiquen und Geschenkeläden, das führende Bekleidungsgeschäft am Ort, der Juwelier, die verschiedenen Galerien und natürlich die anderen örtlichen Restaurants, weil sie sich auf diesem Gebiet bestens auskennt.

Ich selbst habe neue Kunden in all den Jahren am häufigsten auf Messen gefunden. In meiner Branche sind Messen eine Art Schaufenster der diversen Kabelsender und Technologiefirmen, sodass ich dort genau die Leute treffe, für die ich arbeiten möchte. Neben den riesigen Messeständen, die das Programmangebot und Werbematerial jedes Senders zur Schau stellen, gibt es Podiumsdiskussionen und Seminare, wo ich mich mit Leuten austauschen kann, die genauso fernsehverrückt sind wie ich. Was dabei herauskommt, ist Networking in seiner höchsten Form.

Als ich noch bei Turner arbeitete, war es mir wichtig, bei diesen Messen meine Kollegen von anderen Sendern kennen zu lernen. Ich brannte darauf, Ideen auszutauschen und zu erfahren, was in ihren Jobs abging. Mein Interesse war echt und meine Authentizität kam gut an. Ich fand bei Messeempfängen, Workshops und Tagungen eine Menge Freunde, und wenn ich jemanden nicht kannte, bat ich darum, ihm vorgestellt zu werden. Manchmal stellte ich mich selbst vor.

Nachdem ich beschlossen hatte, bei Turner Broadcasting zu kündigen, um eine eigene Agentur zu gründen, nutzte ich bei einer Tagung die Gelegenheit, Freunde von anderen Sendern zu fragen, ob sie auf mich zurückgreifen würden, wenn ich selbstständig wäre. Auf diese Weise hatte ich Monate, bevor ich den Sprung in die Selbstständigkeit unternahm, Verträge mit Discovery Networks und Hanna-Barbera (einem Turner-eigenen Anbieter von Zeichentrickfilmen) in der Tasche. Diese beiden Startprojekte waren meine finanzielle Rückversicherung und erfüllten mich mit Mut. Ohne sie wäre der Schritt zur eigenen Agentur nicht möglich gewesen.

In den Monaten nach meinem Ausscheiden bei Turner dienten mir die Messen als Plattform, meine Marke und mein Geschäft alten und neuen Freunden aus dem Kabelbereich bekannt zu machen. Selbst heute, fast zehn Jahre später, schleppe ich meine Mappe von Stand zu Stand, um vorhandene Kunden zu pflegen und neue zu finden.

Gewinnen Sie einen Kunden einmal
und dann immer wieder neu.

Sobald Sie wissen, was Sie anbieten, und Ihr Zielpublikum identifiziert haben, genügt ein Minimum an Spürsinn, um herauszufinden, wo Sie Ihr Publikum treffen können. Fast jede Branche, von der Agrartechnik bis zur Zoologie, hat ihre eigenen Messen. Websites wie tsnn.com sind eine unglaubliche Informationsquelle über Messen und listen Tausende von Business-Events auf. *Fahren Sie auf Messen.* Sie sorgen dafür, dass Sie am Ball und mit Ihrem Zielpublikum verbunden bleiben. Ich sage jeder Frau, die ich kennen lerne: Gehen Sie auf sämtliche Tagungen, Foren, Seminare und Workshops, für die Ihre Firma bereit ist zu zahlen. Bringen Sie dann den Mut auf, so viele Leute wie möglich zu beeindrucken. (Wie Sie Eindruck machen können, erfahren Sie in Schritt 6 und 7 in diesem Buch.) Ihr Engagement wird Ihnen helfen, neue Ideen zu entwickeln, einen neuen Job zu finden, in Ihrer Branche voranzukommen oder Ihr eigenes Geschäft aufzubauen.

Nur wer rausgeht, kommt rein.

Für die meisten Branchen gibt es entsprechende Fachzeitschriften. Ich kenne viele Frauen, die mehrere Fachzeitschriften abonniert haben. Sie lesen sie nicht nur zu Hause, sondern haben immer auch eine in ihrer Mappe und im Auto dabei, um Wartezeiten sinnvoll zu überbrücken.

Darüber hinaus sind die meisten Branchen im Internet vertreten. Die Online-Jobangebote von Cisco Systems werden 500 000-mal pro Monat angewählt! Vielfach werden Seminare, die für Sie von Interesse sein können, in Regionalzeitungen oder im Lokalfunk angekündigt. Ortsansässige Hochschulen bieten karriereförderliche Kurse an und es gibt Jobmessen, Seminare, Coaches und Berater, die sich auf Jobsuche, Unternehmensgründung und Karriereplanung spezialisiert haben. (Übrigens spezialisieren sich auch immer mehr Therapeuten auf Karriereberatung. Sie setzen ihr Wissen über Persönlichkeitsprofile dazu ein, Klienten bei der Suche nach dem optimal geeigneten Job zu unterstützen.)

Sie werden feststellen: Sobald Sie sich darauf konzentrieren, Ihr Publikum zu identifizieren, werden Sie plötzlich überall auf Hinweise, Tipps und Anhaltspunkte stoßen. Die Wegweiser sind vorhanden – Sie müssen ihnen nur folgen. Von den genannten Quellen aus können Sie Ihre Suche verfeinern und nach Namen von Unternehmen, Betrieben und Dienstleistern Ausschau halten, die für Ihre Karriere relevant sind. Von da aus ist es nur noch ein kurzer Schritt, den Namen der Person ausfindig zu machen, zu der Sie Kontakt aufnehmen müssen, um den Fuß in die Tür zu bekommen.

In vielen Berufszweigen hängt es entscheidend von der geografischen Lage ab, ob Sie die größtmögliche Kundenbasis erreichen können. Trotzdem ist es selten notwendig umzuziehen, um einen Job zu finden, der Ihnen Spaß macht, oder eine erfolgreiche Karriere aufzubauen. Auch wenn die Wall Street in New York als das Finanzzentrum der USA gilt, gibt es in jeder Stadt Banken und andere Finanzdienstleister, und jedes große Unternehmen unterhält eine Finanzabteilung.

Die Filmindustrie ist hauptsächlich in Los Angeles angesiedelt, tatsächlich werden aber an vielen Orten im In- und Ausland Filme gedreht und produziert. Noch ist Silicon Valley das Herz der Computerindustrie. Doch auch in Texas, Massachusetts, Colorado und im Süden der Vereinigten Staaten nimmt die IT-Industrie zunehmend eine Vorrangstellung ein und mittlerweile hat sie in jeder amerikanischen Stadt ihre Ableger. Wenn Sie ganz groß rauskommen wollen, müssen Sie vermutlich dorthin gehen, wo die Action ist. Aber Mary Beth, Jillian und Laura können sich an jedem Ort zu starken Marken entwickeln. Genau wie Sie.

Meistern Sie das Gesetz der Anziehungskraft

Je nach Produkten und Kunden kann ein Unternehmen seine Marke über traditionelle Werbeträger wie Presse, Funk und Fernsehen oder online auf einer Vielzahl von Websites bewerben. Reklametafeln machen Kunden auf Markenprodukte aufmerksam. Das Stadtmuseum, das sich als Marke zu etablieren versucht, bringt Werbung an den Seitenflächen der städtischen Busse an.

Gleichzeitig fließen immer mehr Marketinggelder in untraditionelle Werbemaßnahmen direkt an der Basis. In einigen der ländlichen Gemeinden in der San Francisco Bay, die von der Marke Clover mit Milchprodukten versorgt werden, verteilt Clo, die für ihre schlechten Witze bekannte Zeichentrick-Kuh, Gratiseis bei Volksfesten und Paraden. Die Kunden stehen Schlange vor der Kuh.

Einige Unternehmen lancieren diese unorthodoxen Guerilla-Kampagnen, um Aufmerksamkeit zu erregen und ihr Produkt ins Gespräch zu bringen. Mundpropaganda ist Gold wert und genau das, was auch Ihre Marke braucht. Pierre Mornell berichtet in seinem Buch *Games Companies Play* über jemanden, der einen Brief und eine Kopie seines Lebenslaufs unter die Scheibenwischer jedes Autos auf dem Parkplatz klemmte.[2] Er bekam sein Vorstellungsgespräch (den Job allerdings nicht). Diese Art von Eigenwerbung entspräche zwar nicht meinem Stil, sagt aber viel über die Marke der betreffenden Person aus: Hier ist jemand, der – ganz im Sinne des Apple-Slogans – anders denkt und vor gelegentlichen Frechheiten nicht zurückscheut.

Im Folgenden finden Sie eine weitere ungewöhnliche Methode, die eine Freundin von mir für ihre Selbst-PR einsetzte:

Der Wert eines Namensschilds

Connie war erfolgreiche Schauspielerin und hatte vor kurzem ihr MBA-Diplom erworben. Ihr Ziel war es, mehr über die Produktionsseite des Filmgeschäfts zu erfahren. Durch einen Industriekontakt erhielt sie die Gelegenheit, sich die Dreharbeiten zu der Mini-Serie *Mama Flora's Family* auf dem Set in Atlanta anzusehen und den Produktionsprozess zu beobachten. Weil sie dachte, es könnte nicht schaden, wenn die Leute ihren Namen kennen, trug sie ein selbstklebendes Namensschild. So wussten ihre Gesprächspartner, mit wem sie es zu tun hatten, als sie auf dem Set herumlief, Fragen stellte und die Abläufe verfolgte. Nach ein paar Tagen erhielt Connie einen Anruf des Produktionsleiters: Ein Crew-Mitglied war morgens nicht zur Arbeit erschienen und der Produktionsleiter hatte an sie gedacht. Obwohl sie nie um einen Job gebeten hatte, bekam sie das Angebot, für den Rest der Dreharbeiten am Set mitzuarbeiten.

Auch Rosalie Osias scheute sich nicht, auf sich aufmerksam zu machen. Sie hat sich als Anwältin auf Grundstücke und Immobilien spezialisiert. Mit Blick auf die Bankenbranche, die sie als Kunden gewinnen wollte, schaltete sie ein Jahr lang eine Serie provozierender Anzeigen in verschiedenen konservativen Bankzeitschriften. In einer Anzeige posierte sie in Frack und Stilettos und schwang einen Golfschläger. Eine andere stellte sie als Cowboy mit Zigarre dar. In der vielleicht Aufsehen erregendsten Anzeige lag sie mit Bluse und Ally-McBeal-Minirock bekleidet auf einem Konferenztisch. Darüber stand: »Hat diese Kanzlei eine Reputation? Darauf können Sie wetten!«[3]

Diese gewagte Kampagne wurde kontrovers diskutiert und trug ihr nationale und internationale, wenn auch nicht immer nur schmeichelhafte Aufmerksamkeit ein. Rosalie Osias konnte genau die Banken als Kunden gewinnen, auf die es ihr ankam, und sich durch die Kampagne eine Marke aufbauen, die ihre nonkonformistische Ader widerspiegelte.

Die meisten von uns würden weder Hunderte von Autos mit Broschüren zupflastern noch Werbeflächen anmieten. Wir würden unser Produkt nicht wie Clo, die Milchkuh, verschenken und Rosalie Osias in puncto Kühnheit nicht das Wasser reichen können. Trotzdem müssen wir uns definitiv im direkten Sichtfeld unseres Zielpublikums positionieren.

Wenn Ihr potenzieller Kunde oder Arbeitgeber den Ruf eines Arbeitstiers hat, lassen Sie ihm oder ihr ein kleines Mittagessen und eine Notiz mit der Bitte um einen Termin an den Schreibtisch liefern – vielleicht sogar zusammen mit einer »Menükarte« Ihrer Fähigkeiten.

Meine Freundin Barbara erzählte mir eine Geschichte über die Freundin einer Freundin, die in den Sechzigerjahren versuchte, einen Job bei der Marketingorganisation Young & Rubicam in New York an Land zu ziehen. Ihr Bruder züchtete als Hobby Brieftauben. Also borgte sie sich eine Taube aus und ließ sie zusammen mit einem Brief mit der Bitte um ein Vorstellungsgespräch an den President von Y & R liefern. »Bitte geben Sie einen Tag und eine Uhrzeit an, die für Sie günstig sind«, schrieb sie, »und stecken Sie die Information in den Behälter am Knöchel der Taube. Dann werfen Sie die Taube aus dem Fenster.«

Aber auch mit weniger guerillaartigen Taktiken können wir für uns »Werbung« machen: zum Beispiel auf der Website eines Headhunters, auf virtuellen schwarzen Brettern für Jobsuchende im Internet, in Fachzeitschriften und im Wirtschaftsteil von Zeitungen. Wir machen für uns Werbung, wenn wir bei einer Messe umfassend informiert auftreten. Unsere Bewerbungsunterlagen und unsere Mappen mit Arbeitsproben sind reine Werbung. (Viel mehr dazu in Kapitel 6, wo es um Verpackung geht.) Auch die freiwillige Mitarbeit in einem Ausschuss Ihrer Berufsorganisation erhöht Ihre Sichtbarkeit beträchtlich. Das Gleiche gilt für öffentliche Vorträge.

MARY BETH

Mary Beth überlegte sich, dass sie als Webdesignerin am besten für sich Werbung machen konnte, indem sie eine spektakuläre Website für sich selbst entwickelte. Unter anderem waren dort Videoaufnahmen von ihr zu finden, wie sie in einem schwarzen Pulli und einer schwarze Caprihose, das lange, glatte blonde Haar mit einer Schildpattspange zusammenhaltend, den Besucher durch ein buntes Wunderland geometrisch angeordneter Gänge und verschieden farbiger Türen geleitete, hinter denen unterschiedliche Aspekte ihrer Person dargestellt waren: ihr beruflicher Werdegang, ihre Ausbildung, ihre Gedanken über die Zukunft des Internets, ihr Interesse für Kunst, ihre Schlüsseleigenschaften.

Außerdem waren dort ihr Mission-Statement nachzulesen und ihre Vision, was sie für einen künftigen Arbeitgeber oder Kunden zu leisten vermochte. Im »Mail-Raum« konnte man sie direkt von der Website aus kontaktieren, indem man ein Fenster öffnete und ihr eine E-Mail schickte oder auf ein Icon »Lassen Sie uns reden« klickte, um ihr eine Voice-Mail zu senden. Die Website war animiert und farbenprächtig und Mary Beth spielte ihre Rolle als Führerin mit einer anmutigen Sicherheit, von der sie selbst überrascht war.

Dann schickte Mary Beth ihren Zieladressen eine E-Mail, um sich vorzustellen und auf ihre Website einzuladen, die über einen Link in der Mail aufgerufen werden konnte. Unter den Angemailten befanden sich, wie sich herausstellte, mehrere Webdesign-Agenturen, die sich darauf spezialisiert hatten, neue Websites für die Unterhaltungsindustrie zu entwerfen.

Jede Einzelne von ihnen schickte ihr eine E-Mail, um einen Termin zu vereinbaren.

JILLIAN

Nachdem Jillian eine Liste kleiner und mittlerer Unternehmen am Ort zusammengestellt hatte, für die sie gerne arbeiten wollte, schickte sie an jede Firma einen Brief, in dem sie ihr Dienstleistungsangebot vorstellte und zu Anfragen einlud. Auf Jillians Liste standen etwa ein Dutzend Kunden, mit denen sie wirklich gerne zusammengearbeitet hätte, und weitere sechs oder sieben, die ihr ebenfalls verlockend erschienen. Wenn nur fünf Kunden ihre Dienste in Anspruch nehmen würden, hätte sie ihr Ziel bereits erreicht. In den meisten Fällen kannte sie die Geschäftsinhaber persönlich, sodass sie sie mit Vornamen ansprechen und ihren Anschreiben eine persönliche Note verleihen konnte. Unabhängig davon, ob sie eine Antwort bekam, hatte sie vor, auf jeden Brief einen Anruf folgen zu lassen. Selbst wenn die meisten der Geschäftsinhaber keinen Bedarf für ihre Dienste haben würden, boten ihr die Anrufe eine Möglichkeit, sich bekannt zu machen und die Maschinerie der Mundpropaganda in Gang zu setzen.

LAURA

Laura beschloss, ihre Chefs mit einer Markenkampagne zu bombardieren, die ihnen ihren Namen ständig vor Augen führen und ihrer Bedeutung als Coach und Kommunikationsspezialistin Ausdruck verleihen würde. Als Ers-

tes bat sie die Manager, die ihre Dienste in den letzten sechs Monaten in Anspruch genommen hatten, kurze, anerkennende Referenzen über sie zu schreiben.
Dann stellte sie ein monatlich erscheinendes Mitteilungsblatt über die Kraft wirkungsvoller Präsentationen zusammen. Es enthielt neben einem interessanten Artikel aus der Presse oder dem Internet und Highlights der jüngsten Firmenpräsentationen auch eine Kolumne »Mein peinlichster Moment«, die Mitarbeiter und Manager des Unternehmens auf Lauras Bitte hin beisteuerten und die mit immer neuer Begeisterung aufgenommen wurde.
Außerdem konnte sie die Firmenleitung überzeugen, einen halbjährlich stattfindenden Management-Workshop zur Entwicklung von Präsentationsfähigkeiten und zur Einschätzung von Publikumsreaktionen einzurichten.

Sie können Ihr Publikum auch gewinnen, indem sie es für den Bedarf sensibilisieren, den Sie decken, das Problem, das Sie lösen, den Nutzen, den Sie bieten – selbst wenn dem Publikum bisher entgangen war, dass es überhaupt ein Problem gab, das einer Lösung bedurfte. Ich habe auf diese Weise meinen ersten »echten« Job bekommen und viele Aufträge an Land gezogen.

Mein erster Job

Vorsitzende einer Studentinnenverbindung an der University of Alabama zu sein brachte mir eine Reihe von Vorteilen ein, unter anderem den, dass ich die sehr erfolgreichen Eltern der Anwärterinnen zu Gesicht bekam. Im Februar meines letzten Studienjahrs war es wieder einmal so weit: Ein Vater stand vor meiner Tür, eine schützende Hand auf die Schulter seiner Tochter gelegt. Er präsentierte sie mir wie ein Geschenk. »Das ist Ann«, sagte er. »Ich würde gerne mit der Vorsitzenden sprechen.« Wir aßen zusammen zu Mittag und ich pries die Universität und die Verbindung an. Anns Vater, Al Levenson, fragte mich nach meinen Zukunftsplänen. Ich erzählte ihm von meinem Traum, ins Musikgeschäft einzusteigen, und ein Leuchten ging über sein Gesicht. »Das ist ja fantastisch,« sagte er. »Ich besitze eine der größten Ketten von Schallplattengeschäften hier im Süden!« Spontan forderte er mich auf, mich bei ihm wegen eines Jobs vorzustellen, sobald ich so weit war.

Mein Vater hatte mir beigebracht, eine sich bietende Gelegenheit beim Schopf zu ergreifen. Deshalb setzte ich mich ein paar Tage später ins Auto und besuchte Anns Vater in Atlanta. Er empfing mich sehr nett, gestand mir aber, an keinen bestimmten Job gedacht zu haben und nicht so recht zu wissen, was er mit mir anfangen solle. Ich beschloss auf der Stelle, einen Job für mich zu erfinden.

Also begann ich, ihm Fragen über seine Geschäfte, Turtle's Records & Tapes, zu stellen. Es gab vierzig davon. Welche Art von Werbung setzte er ein? Wer koordinierte die Werbeanstrengungen der Läden? Welche Art von Sonderaktionen hatte man bisher durchgeführt? Ich erfuhr, dass es niemanden gab, der die Werbung koordinierte, Sonderaktionen managte und für einen einheitlichen Auftritt der Läden sorgte. Begeistert stürzte ich mich auf die Chance, all das für ein Anfangsgehalt von 15 000 Dollar zu erledigen, eine Summe, die mir als kleines Vermögen erschien und damals für eine Einstiegsposition tatsächlich ziemlich gutes Geld war. Vor allem aber: Ich musste nicht ganz unten als Assistentin oder Verkäuferin anfangen.

Ich arbeitete fast drei Jahre lang für Mr. Levenson in einem Job, der sich als unglaublich aufregend und abwechslungsreich erwies. Als ich das Unternehmen verließ, hatten wir über einhundert Läden in drei Staaten, ein internes Mitteilungsblatt, das ich verfasste, und eine

Werbeabteilung, die ich aufgebaut und gemanagt hatte. Ich war 23 Jahre alt und auf dem Weg nach oben.

Sich im Blickfeld des Zielpublikums aufzustellen, bedeutet eine Menge Einsatz: Vorstellungsgespräche zu führen, wenn Ihr Zielpublikum ein Großunternehmen ist. Vor einem Vorstellungstermin die Zeit zu finden, ein Unternehmen im Internet zu recherchieren. Intensives Networking – denn 75 bis 85 Prozent aller Jobangebote sind das direkte Ergebnis von Kontaktpflege. Sich selbst anders und entschieden besser zu positionieren. Laura will mit ihrem Plan, sich einen Namen zu machen, ihre Position in den Augen ihrer Vorgesetzen aufwerten: weg von der kompetenten, bemühten Mitarbeiterin und hin zu der unverzichtbaren Partnerin im Gesamtmarketing des Unternehmens. Obwohl sie offiziell als interne Beraterin bezeichnet wird, versucht sie, sich als Unternehmensstrategin zu positionieren. Jillian verändert ihre Position von der Buchhalterin zur Business-Managerin. Und Mary Beth strebt sogar eine radikale Veränderung ihrer Position an: von der Account-Managerin zur Designerin, von einer Seite des Landes auf die andere.

Das mag Ihnen als Wortklauberei erscheinen. Tatsache ist jedoch: Begriffe sind das Werkzeug, eine Marke so zu definieren und zu positionieren, dass sie für ihr Zielpublikum attraktiv ist.

Studieren Sie die Konkurrenz

Der Markt hat noch eine weitere Dimension, mit der sich jede gute Marke befassen muss: Ihre Mitbewerber, die ähnliche Leistungen wie Sie erbringen. Nicht nur andere Bewerber und Unternehmen, sondern auch Ihre Kollegen und Mitarbeiter sind darauf aus, Ihre Kunden für sich zu gewinnen.

So, wie wir unser Publikum gründlich kennen müssen, müssen wir auch über das Tun und Treiben unserer Konkurrenten informiert sein, unabhängig davon, ob wir bewusst im Wettstreit mit ihnen liegen oder nicht. Sie dürfen sicher sein, dass Pepsi Coca-Cola mit Argusaugen beobachtet.

Kurz: Es gilt, am Ball zu bleiben. Halten Sie sich über die Neuigkeiten in Ihrer Branche auf dem Laufenden. Und behalten Sie bei den Messen, auf denen Sie Ihre Ware feilbieten, auch die anderen Mitspieler unauffällig im Auge.

Anders als Sie vielleicht denken, muss Wettbewerb nicht unbedingt von Nachteil sein. Marken brauchen den Wettbewerb. Sie können sich nur voneinander abheben, indem sie besser sind oder mehr oder anderes anbieten als die Konkurrenz. Darüber hinaus können die Wettbewerber von heute die Partner von morgen sein, denn das Fusionsfieber hält auch im 21. Jahrhundert unvermindert an.

Al und Laura Ries weisen in ihrem Buch *Die 22 unumstößlichen Gebote des Branding* auf die Bedeutung von Konkurrenz hin: »Beim Aufbau einer Produkt- oder Dienstleistungskategorie sollte eine Marke andere Wettbewerber willkommen heißen, denn der Schulterschluss macht stark. [...] Wahlmöglichkeiten beleben die Nachfrage [...]. Kunden reagieren positiv auf Wettbewerb, weil Alternativen in ihren Augen einen wichtigen Vorteil darstellen. Wenn sie keine Wahlmöglichkeiten haben, werden sie misstrauisch. Vielleicht ist die Produktkategorie doch noch nicht richtig ausgereift. Vielleicht ist der Preis noch zu hoch? Wer kauft schon ein Produkt, wenn es keine Alternative als Vergleich gibt.«[4]

Das ist der Grund, warum in manchen Gegenden ein Autohaus, Modegeschäft oder Café neben dem anderen zu finden ist: Die Kunden sollen die Möglichkeit haben, sich umzusehen. Darüber hinaus haben solche Stadtviertel den Vorteil, dass die dort ansässigen Geschäfte und Dienstleister ihren Konkurrenten ebenso offen stehen wie ihren Kunden. Auf diese Weise lässt sich leicht feststellen, was andere in der gleichen Kategorie leisten.

Wir müssen also unsere Nachbarn in unserer Produktkategorie im Auge behalten. Messen sind eine Möglichkeit dafür. Eine weitere ist das Internet. Ich selbst studiere Fachblätter, die *L.A. Times*, das *Wall Street Journal* und *Business Week*, um zu verfolgen, welche Dienstleistungen andere Agenturen für die digitale Welt erbringen.

Mary Beth

Mary Beth wird sich nicht nur in Zeitungen, auf Messen und im Internet über das Neueste aus der Branche informieren, sondern auch den Kontakt zu ihren Studienkollegen aus Kellogg und Parsons halten, von denen sich viele einen Namen in der digitalen Welt machen wollen. Diejenigen unter ihnen, die wie sie auf Jobsuche sind, sind ihre direkten Konkurrenten.

Jillian

Jillian lernte ihre Konkurrenz kennen, als sie sich am Telefon mit Buchführungs- und Finanzdienstleistern aus ihrem Marktsegment unterhielt. Darüber hinaus studiert sie die in ihrer Lokalzeitung abgedruckten Anträge auf Neueintrag ins Handelsregister. Sie stößt dabei öfter auf potenzielle neue Kunden als auf potenzielle neue Mitbewerber.

Laura

Weil Laura die einzige Präsentationsspezialistin in ihrer Firma ist, hat sie keine unmittelbare Konkurrenz am Arbeitsplatz. Trotzdem muss sie sich über das Tun und Treiben anderer Präsentationsspezialisten auf dem Laufenden halten. Es gibt mehrere Firmen, die auf die gleichen Leistungen spezialisiert sind, wie sie Laura intern erbringt. Würde sich die Qualität ihrer Leistungen verschlechtern, könnte jeder der Manager, der sie in Anspruch nimmt, seine Präsentationsaufträge auch an externe Dienstleister vergeben.

So wichtig Konkurrenz sein mag, um das Publikum bei Laune und Sie selbst auf Trab zu halten, so weltfremd wäre es zu leugnen, dass Konkurrenz eine ernst zu nehmende Hürde auf dem Weg zum Erfolg bedeuten kann. Im nächsten Kapitel werden wir erörtern, auf welche Markenhürden Sie im Lauf Ihrer beruflichen Karriere stoßen und wie Sie sie umgehen und abwehren können.

Schritt 3: Übungen

Alles über Ihr Publikum

1. Wer ist mein Zielpublikum?

Das Zielpublikum ist Ihr Kunde – die Größe also, der Sie Ihr Gehalt verdanken. Ihr Zielpublikum ist Teil einer Branche und gehört zum Beispiel einem der folgenden Wirtschaftszweige an:

Rechnungswesen	Gesundheitswesen	Reise/ Tourismus
Bekleidung	Personal	Bildung und Erziehung
Grafikdesign	Baugewerbe	Landwirtschaft
Finanz	Papierprodukte	Kunst und Kultur
Computer	Immobilien	Inneneinrichtung
Partyplanung	Transport	Ingenieurwesen
Produktion	Mode	Nahrungsmittel
Ölprodukte	Raumfahrt	Restaurantgewerbe
Verlagswesen	Kunst	Recht
Einzelhandel	Luftfahrt	Schmuck
Öffentlicher Dienst	Wissenschaft	Pharmaindustrie
Technologie	Medizin	Forschung
Werbung	Hotelbereich	Unterhaltung
Architektur	Versicherungen	Sozialdienste

Autoindustrie	Metallindustrie	Internet
Funk u. Fernsehen	PR/Marketing	Musik
Ernährung	Freizeit	

Identifizieren Sie Ihre Branche und engen Sie dann Ihren Blickwinkel ein. Um welchen Produktionsbereich handelt es sich? Ist Ihr Zielpublikum ein Groß- oder Einzelhändler? Ist er am kreativen oder am analytischen Ende des Wirtschaftszweigs angesiedelt? Können Sie Ihr Ziel noch weiter eingrenzen? Idealerweise konzentrieren Sie sich auf ein bestimmtes Unternehmen, eine bestimmte Abteilung oder einen bestimmten Kreis von Kunden oder Auftraggebern. Halten Sie das Zielpublikum Ihrer Marke hier fest:

____

____

____

2. Was soll mein Zielpublikum von mir denken?

Versetzen Sie sich an die Stelle eines potenziellen Kunden oder Arbeitgebers. Schreiben Sie auf, was Ihr Zielpublikum beim Klang Ihres Namens denken soll:

____

____

____

Um jederzeit über Ihr Zielpublikum auf dem Laufenden zu sein, müssen Sie regelmäßig überprüfen, wie sich Ihre Marke am Markt bewährt. Überlegen Sie sich Möglichkeiten, Feed-back einzuholen, ohne den Eindruck zu erwecken, Sie wollten nach Komplimenten fischen. Notieren Sie Ihre Ideen hier:

____

____

3. Wo ist mein Publikum?

Suchen Sie im Internet. Lesen Sie Fachzeitschriften. Stellen Sie eine Liste der für Sie wichtigen Branchenmessen auf. Nehmen Sie an möglichst vielen Tagungen, Foren, Seminaren und Workshops teil. Listen Sie Möglichkeiten zur intensiven Kontaktpflege auf:

___

___

___

4. Die Aufmerksamkeit des Publikums gewinnen

Fragen Sie sich: Wie kann ich meine Sichtbarkeit erhöhen? Stellen Sie einen Plan auf, bei Ihrem Zielpublikum Werbung für Ihre Person zu machen. Legen Sie eine Aufgabenliste an und haken Sie jede erfüllte Aufgabe ab. Beispiel:

- Kurzlebenslauf schicken an:
  a) Website eines Headhunters
  b) schwarze Bretter für Jobsuchende im Internet
  c) Fachzeitschriften
  d) Wirtschaftsteil von Zeitungen

- Freiwillige Mitarbeit bei einer industriegesponserten Veranstaltung

- Weitere:

Wenn möglich, schaffen Sie sich Ihren Job selbst, indem Sie einen erkannten Bedarf decken oder ein Problem lösen. Einen Bedarf oder ein Problem gibt es fast immer.

5. Wettbewerb am Markt

Um die Gunst Ihres Zielpublikums ringen viele. Das hat für Sie den Vorteil, dass die anderen Mitbewerber keine unbekannte Größe, sondern gut sichtbar am Markt vertreten sind. Damit haben Sie Gelegenheit, Ihre Konkurrenz zu taxieren und abzuhängen. Beides ist für Ihren Erfolg unverzichtbar. Stellen Sie Recherchen an. Informieren Sie sich über direkte Mitbewerber so umfassend wie möglich und listen Sie ihre Namen mit einer kurzen Beschreibung ihrer Stärken und Schwächen auf.

____

____

____

Listen Sie jetzt die Eigenschaften Ihrer Marke auf, mit denen Sie sich von der Konkurrenz abheben:

____

____

____

SCHRITT

4

Ersparen Sie sich Absturz und Untergang – finden Sie heraus, wo die Gefahren lauern

Im Bewusstsein Ihrer Talente, ausgestattet mit einer starken Mission und erfüllt von einer klaren Vorstellung über Ihre Zielgruppe, stehen Sie und Ihre Marke mit gezündeten Triebwerken auf der Startrampe. Was also hält Sie noch zurück? Kann es das unbekannte Terrain sein, das vor Ihnen liegt? Oder sind es die Meteoriten, die Sie in der Ferne verschwommen wahrnehmen?

Genau, vor Ihnen liegen kleine und große Hindernisse unterschiedlichster Art. Zur Entwicklung einer Markenstrategie für ein Produkt gehört deshalb immer auch eine Analyse, um Hürden – Marktbedingungen, die den Erfolg eines Produkts verhindern können – frühzeitig zu erkennen: Wettbewerber der Marke, Zeitfaktoren, Finanzierung, Ort und mangelnde Kundennachfrage, um nur einige Beispiele zu nennen.

Solche *äußeren* Umstände können sich auch auf eine persönliche Marke negativ auswirken. Vor allem aber können unser Menschsein und unser Frausein psychologische Probleme, *innere* Widerstände verursachen, die unserer im Aufbau befindlichen Marke möglicherweise viel von ihrem Glanz nehmen.

An diesem Punkt des Branding-Prozesses gilt es deshalb, Faktoren zu erkennen, die Sie möglicherweise behindern. Sehen Sie sich die beiden folgenden Listen genau an: Kommt Ihnen dabei etwas bekannt vor?

Externe Widerstände	*Interne Widerstände*
Vorurteile gegen Frauen	Angst vor dem Unbekannten
Finanzielle Umstände	Schüchternheit/leicht in Verlegenheit zu bringen
Wettbewerb	Niedergeschlagenheit/Depression, Gereiztheit
Zeitfaktoren	Gedanken, die der eigenen Entfaltung im Weg stehen
Ort	mangelndes Selbstvertrauen/Angst zu scheitern
Mangelnde Nachfrage	Familiäre Mythen
Pech	Angst vor dem Erfolg
Familiäre Erwartungen	Saturiertheit/Angst vor der Veränderung
Mangelnde Erfahrung	Perfektionismus/Angst vor dem Chaos
Saboteure	Gleichgewicht zwischen Job und Familie/Angst, dem einen oder dem anderen nicht gerecht zu werden

Wenn die Furcht ihr hässliches Haupt erhebt

Die Liste der inneren Hemmnisse zeigt, dass die Furcht ihr hässliches Haupt auf unterschiedliche Weise erhebt. Es spielt keine Rolle, wovor Sie sich fürchten: Wenn Ihnen ein Vorhaben Angst einjagt, wird Ihnen jeder Vorwand recht sein, es weder heute noch irgendwann in nächster Zukunft in Angriff nehmen zu müssen. Angst bedeutet Stillstand. Es ist deshalb von ungeheurer Wichtigkeit, solche Ängste während der Entwicklung Ihrer Markenstrategie zu überwinden: Meistens ist nämlich das, wovor Sie sich fürchten, genau das, was Sie tun müssen, wenn Ihre Marke Hand und Fuß haben soll.

Als ich Turner Broadcasting verließ, um meine eigene Agentur aufzumachen, war meine größte Angst die Angst zu scheitern. Ich gab die Sicherheit auf, nach der ich immer gestrebt hatte, mein schönes Büro, die beiden monatlichen Dienstreisen nach New York, mein Anrecht auf Belegschaftsaktien, meine Direktversicherung zur Altersvorsorge, meine Krankenversicherung und natürlich nicht zu vergessen den regelmäßigen Gehaltsscheck – und das alles für eine völlig ungewisse Zukunft. Bei einem Scheitern müsste ich in das Angestelltenleben zurückkehren, das ich so gerne hinter mir lassen wollte. Bei einem Scheitern würde ich in eine sehr prekäre finanzielle Situation geraten. Bei einem Scheitern hätte ich das Gefühl, mich blamiert zu haben. Auf jeden Fall würde ich gründlich von mir selbst enttäuscht sein.

Wenn ich mir die Liste der inneren Widerstände betrachte, sehe ich, dass meine Ängste mit dem Unbekannten zu tun hatten, mangelndem Vertrauen in mich und die Welt, mit geradezu erschreckender Sattheit und mit Panik vor Veränderungen. Wären meine Ängste größer als meine Entschlossenheit gewesen, wäre ich möglicherweise überhaupt nicht von Turner weggegangen.

Schaffen Sie sich eine angstfreie Zone

Ihre Marke geht nirgendwohin, solange die Angst Sie beherrscht. Deshalb müssen Sie über Ihre Angst hinwegkommen, durch sie hindurchgehen oder sie hinter sich zurücklassen und an einen Ort gelangen, der »angstfreie Zone« heißt. An diesem Ort ist es wunderbar – Sie und Ihre Marke werden dort aufblühen –, aber es ist nicht leicht, dahin vorzudringen, und erst recht nicht, sich auf Dauer dort einzurichten. Die

Umstände schleudern Ihnen immer neue Widrigkeiten entgegen, die Sie aus Ihrem sicheren Ort hinauskatapultieren, und nach jeder Vertreibung müssen Sie neuen Mut fassen und Wiederaufbauarbeit leisten, um in die angstfreie Zone zurückzugelangen.

Auch wenn es für die angstfreie Zone kein Password gibt, können Sie einiges tun, um leichter Zutritt zu finden und Ihr Stehvermögen zu stärken:

SEIEN SIE BESESSEN VON IHREM ZIEL, unabhängig davon, ob Sie sich selbstständig machen, in Ihrer Firma vorankommen, sich beruflich neu orientieren, neue Kunden oder bessere Projekte akquirieren oder einfach Ansehen und Image Ihrer Marke aufbauen möchten. Je mehr Sie über Ihr Vorhaben nachdenken, desto vertrauter wird es Ihnen werden. Und mit zunehmender Vertrautheit lässt die Angst nach. Sprechen Sie mit Freunden und Verwandten über Ihr Ziel. Träumen Sie davon. Visualisieren Sie es. Schreiben Sie darüber. Arbeiten Sie daran.

STELLEN SIE SICH AUF HERAUSFORDERUNGEN EIN UND BEREITEN SIE SICH DARAUF VOR. Monate, bevor ich Turner verließ, begann ich damit, Geld auf die hohe Kante zu legen. Ich setzte mich hin, rechnete aus, wie viel ich verdienen musste, unterzog meine Ausgaben einer kritischen Überprüfung und kalkulierte die Kosten für ein Büro zu Hause ein. Als ich dann meinen sicheren Angestelltenjob aufgab, war mir klar, dass vermutlich ein paar unerwartete Anfangskosten auf mich zukommen würden. Ich konnte mir kaum eine Überraschung vorstellen, die mich aus der Bahn werfen würde – und wie sich später zeigte, hatte ich mit meiner Einschätzung recht.

FRAGEN SIE SICH: »WAS KANN MIR SCHLIMMSTENFALLS PASSIEREN?« Was kann schlimmstenfalls geschehen, wenn Ihre quälendsten Ängste wahr werden? Könnten Sie damit leben? Wie entsetzlich kann es wirklich werden? Für mich hätte ein völliges Scheitern die Rückkehr in ein Angestelltenleben bedeutet. Na, und wenn schon!

Ich habe kürzlich an einem »Quantensprung«-Seminar bei Tessa Warschaw teilgenommen, um mehr über den Umgang mit Ängsten zu erfahren. Sie hat ein fantastisches Werkzeug entwickelt, um Ängste zu zerstreuen, die so genannte »Katastrophenfantasie«. Am Ende dieses Kapitels werden wir uns die Zeit nehmen, eine Katastrophenfantasie auf dem Papier durchzuspielen. Dabei werden Sie merken, was mit Angst geschieht, wenn Sie sich mit dem denkbar Schlimmsten konfrontieren.

AUCH WENN SIE ANGST HABEN – ÜBEN SIE SICH IN DER MACHT DER POSITIVEN GEDANKEN. Angst ist eine große, feiste, negative Macht, die ihre Kraft verliert, wenn sie sich mit positiven Umständen konfrontiert sieht – Ihrer eigenen positiven Geisteshaltung oder dem positiven Eindruck, den ein anderer Mensch von Ihnen hat. Ein Markenprodukt versucht immer, seine besten Qualitäten oder Schlüsselvorzüge zu zeigen, um einen möglichst positiven Eindruck zu erwecken. Es praktiziert die Macht des Positiven in seiner Werbung, seiner Verpackung oder Präsentation, den Allianzen, die es eingeht. Die erfolgreichsten Marken sind diejenigen, die bei ihrem Zielpublikum die positivsten Gedanken und das beste »Feeling« hervorrufen. Der optimistische Slogan einer Marke ist darauf ausgerichtet, bei den Kunden der Marke eine positive emotionale Reaktion auszulösen. Denken Sie deshalb positiv, auch wenn Sie Angst haben.

ZWINGEN SIE IHRE ANGST IN DIE KNIE. Irgendwann war ich so weit. Ich holte tief Luft und kündigte bei Turner und drei Monate später ließ ich meinen netten, sicheren Job hinter mir. Und wissen Sie was? Turner wurde mein erster Auftraggeber und zahlte mir schließlich jährliche Beraterhonorare, die höher lagen als das Gehalt, das ich vorher als ganztags beschäftigte Mitarbeiterin erhalten hatte. Jetzt sind Sie dran.

Das Vertrauensspiel

Selbstvertrauen und der Anschein von Selbstvertrauen sind wie nichts anderes dazu geeignet, die Widerstände zunichte zu machen, mit denen eine Marke konfrontiert ist. Eine zuversichtliche innere Haltung ist ein unglaublicher Antrieb in allen Lebensbereichen; sie lässt uns trotz unserer Angst unerforschte Gebiete erkunden und Risiken eingehen – und ist aus diesen Gründen im Berufsleben besonders wichtig.

Sehen Sie sich einige der stärksten Marken an. BMW, Nike, IBM, Disney, Coke – sie alle sagen uns: »Niemand kann besser abschneiden als ich! In meiner Kategorie bin ich das Beste, was es gibt.« Und weil diese Marken ihr zur Schau getragenes Selbstvertrauen mit fantastischen Produkten, hohem Nutzwert und fabelhaftem Service untermauern, glauben ihnen ihre Kunden auch. Selbstvertrauen ist eine sich selbst erfüllende Prophezeihung.

Selbstvertrauen ist darüber hinaus unglaublich attraktiv. Eine selbstbewusste Marke zieht Kunden magisch an. Das Gleiche gilt auch für die meisten erfolgreichen Business-Frauen in meinem Bekanntenkreis, die ein schier unerschütterliches Selbstvertrauen besitzen oder zumindest zu besitzen scheinen. Allerdings müssten Sie aus Stein sein, wenn Sie nicht ab und zu Ihr Selbstvertrauen verlieren, vor allem in einem beruflichen Umfeld, in dem die Konkurrenz groß ist. Ein Verlust an Selbstvertrauen kann die Wände Ihrer angstfreien Zone in ungefähr drei Sekunden zum Einsturz bringen. Für jede Art von Erfolg ist es daher unverzichtbar, dass Sie sich Ihr Selbstvertrauen bewahren und das Vertrauen anderer Menschen in Ihre Marke aufrechterhalten.

Der Komiker

Vor ein paar Jahren kam ein unbekannter Komiker nach Los Angeles, um seinen Weg in der Unterhaltungsbranche zu machen. Ganz gleich, was er tat oder in wie vielen Klubs er auftrat, der Durchbruch ließ auf sich warten –

und das Lachen der Zuschauer auch. Trotzdem bewahrte sich der Komiker sein Selbstvertrauen. Er wusste, er war komisch. Begnadet komisch. Falls ihm je in den Sinn kam, er könnte es nicht schaffen, schob er den Gedanken beiseite und fuhr mit seinem Auto (das ihm gleichzeitig als Zuhause diente) hinauf in die Hollywood Hills. Von dort sah er auf die Stadt hinunter, in der er ein Star sein wollte, und schrie aus voller Kehle: »YOU LOVE ME!«
Der um Anerkennung ringende Komiker war kein anderer als Jim Carrey.

Vielleicht hilft es auch Ihnen, Ihre Werte über die Dächer zu rufen. Oder Sie können mein System ausprobieren, Ihr Selbstvertrauen intakt zu halten und gegebenenfalls aufzurichten: Legen Sie eine »Trophäenmappe« mit Erinnerungen an, die Ihr Selbstvertrauen aufbauen. Bewahren Sie ausgezeichnete Kritiken, Zeugnisse, Empfehlungsschreiben, Gratulationen oder anerkennende Briefe in einem Ordner auf. Halten Sie dort auch verbal geäußerte Worte der Anerkennung fest, Projekte, die gut angekommen sind, die Bewunderung Ihrer Freunde. Und nehmen Sie sich die Zeit, die Sammlung *regelmäßig* durchzublättern, nicht erst dann, wenn Ihr Vertrauen ins Wanken gerät.

MARY BETH

Mary Beth stellt ihre Trophäensammlung auf ihre Website, in einen virtuellen Aktenschrank in dem Raum hinter der Tür, auf der »Büro« steht, wo auch Besucher sie durchblättern können. Ihre Trophäensammlung enthält ein Empfehlungsschreiben, das ihr Dekan vom College ihr für die Bewerbung an der Parsons School of Design ausstellte, eine Kopie der Urkunde zu ihrem Hochschulabschluss, einen kurzen Dankesbrief eines wichtigen Kunden und einen Videoclip, der sie beim Fallschirmspringen in Colorado zeigt.

LAURA

Laura hat inzwischen eine Datei auf ihrem PC, in der sie alle positiven E-Mails sammelt, die sie von Mitarbeitern ihres Unternehmens und externen Lieferanten bekommt, mit denen sie arbeitet. Außerdem bewahrt sie bereits erschienene Ausgaben ihres neuen internen Mitteilungsblatts – *Laura's Letter* – in einer Sammelmappe auf.

Meine Karriere- und Persönlichkeitstrainerin Mariette Edwards, mit der ich mittlerweile eng befreundet bin, erzählte mir vom »Angeberbuch«, ihrer Variante einer Trophäensammlung:

> 1989 ließ ich meinen sicheren Job in einem Großunternehmen mit der Zuversicht hinter mir, auch meine nächsten Ziele erfolgreich umsetzen zu können. Als mein Selbstvertrauen dann doch ins Wanken geriet, griff ich die Idee einer Bekannten auf und fing an, jeden positiven Kommentar über mich aufzuheben. Irgendwann ging ich noch einen Schritt weiter und legte mein »Angeberbuch« an, ein Ringbuch, das ich mit Empfehlungsschreiben, handgeschriebenen Notizen, Artikeln und Beispielen meiner kreativen Arbeit füllte. Anfangs war das Material darin gerade mal einen Zentimeter dick, dann wuchs es auf zwei, dann auf vier und schließlich auf sechs Zentimeter an und es kommt immer noch mehr hinzu. Das Buch ist eine unmittelbare Erinnerung an alles, was ich leiste. Es ist auch sehr hilfreich, wenn ich einen potenziellen Kunden treffe.

Vergessen Sie nicht, alle diese Erinnerungen an sich vorbeiziehen zu lassen, wenn Sie eine Gehaltserhöhung beanspruchen, ein Vorstellungsgespräch oder eine wichtige Präsentation vor sich haben oder fürchten, Ihre Honorarforderungen könnten zu hoch sein – jedes Mal also, wenn sich auch nur der leiseste Zweifel an Ihrer Marke einstellt.

Vom Umgang mit Männern

Für die meisten mir bekannten Frauen, die es nach ganz oben geschafft haben, ist Geschlechterdiskriminierung kein Thema. Sie sehen sich nicht als Opfer eines von Männern dominierten Systems, sondern als seine Gewinnerinnen – und das mit Recht. Ich habe noch nie erlebt, dass Frauen sich darüber beklagt hätten, Männer würden ihren Karriereweg blockieren. Stattdessen sehe ich sie Arbeitsbeziehungen zu ihnen pflegen, die offensichtlich auf gegenseitiger Bewunderung dessen beruhen, was jede Seite einbringen kann. Ich habe den Eindruck, dass die Zusammenarbeit zwischen Männern und Frauen in den Spitzenpositionen der Wirtschaft von den Erfordernissen der Aufgabe geprägt ist und nicht von geschlechtsbezogenen Vorurteilen.

Dennoch lässt sich die Ungleichheit zwischen berufstätigen Männern und Frauen nicht leugnen. Sie lautet: ***Männer steigen aufgrund ihres Potenzials auf, Frauen aufgrund ihrer Leistung.*** Meiner Meinung nach ist dieser Unterschied *die* große Geschlechterfrage am Arbeitsplatz. Das mag nicht fair sein, es mag keine bewusste Absicht sein, aber so ist es nun mal, jedenfalls so lange, bis die amerikanische Wirtschaft sich von den einzigartigen Vorzügen überzeugen lässt, die Frauen zu bieten haben. Und das wird mit Sicherheit irgendwann geschehen. Der Anfang ist bereits gemacht. Doch bis die Bekehrung vollständig gelungen ist, gelten noch die alten Spielregeln.

Sobald wir begriffen haben, worauf es ankommt – nämlich auf unsere Leistung –, können wir unser Leben in Angriff nehmen und mit dem Erklimmen der Karriereleiter beginnen. Vor uns liegt die Gelegenheit, die Stärke unserer Marke und ihre besten Eigenschaften in jedem Projekt zu demonstrieren, das wir übernehmen. Dem Marketing-Guru Tom Peters (Autor von *Auf der Suche nach Spitzenleistungen*) zufolge ist jede Art von Schreibtischarbeit Projektarbeit und Projekte sind genau das, was Ihren Stern zum Leuchten bringt. Projekte sind die Chance schlechthin, Konsistenz, Kreativität, Zuverlässigkeit und Produktivität zu demonstrieren – grundlegende Bestandteile jeder erfolgreichen persönlichen Marke. Projekte bieten die Gelegenheit, dauerhaft Leistung zu zeigen, und lassen Ihre Aktien steigen, weil sie von der Leidenschaft, Begabung und Hingabe zeugen, die Sie in den Job einbringen.

Frauen kommen voran,
wenn sie ihre Stärken einsetzen können.

Während es Männern darum geht zu gewinnen, geht es Frauen darum, Win-Win-Beziehungen zu schaffen. Wir besitzen natürliche Talente wie Geduld, Intuition, Multitasking, Networking und die Fähigkeit des Hegens und Pflegens – starke Führungseigenschaften, die jede Unternehmung wachsen und gedeihen lassen. Vertrauen Sie auf diese angeborenen Fähigkeiten. Setzen Sie sie in Ihrem Arbeitsleben ein. Versuchen Sie nie, sie zu verbergen oder zu maskieren.

Nina DiSesa, Chefin und Kreativdirektorin von McCannErickson, der größten Werbeagentur der Welt, macht kein Hehl daraus, dass sie sich mit den maskulinen Anteilen ihrer Persönlichkeit sehr wohl fühlt – sie liebt sowohl den Wettbewerb als auch die Konfrontation. Trotzdem spielt sie beides herunter, weil ihr nach ihrer Erfahrung feminine Züge wie Empathie und Zusammenarbeit im Job mehr nützen.

In einem Interview in der Zeitschrift *Fortune* sagte sie: »Ich habe mit sehr egozentrischen, ichbezogenen Typen zu tun. Fragilen Menschen, die viel Zuwendung brauchen. Wenn ich nicht eine starke mütterliche Seite hätte, könnte ich den Job nicht machen.«[1]

Die Kehrseite der kleinen Miss Perfect

Seine Arbeit gut zu machen ist eine Sache, Perfektion anzustreben eine ganz andere. Perfektionismus ist eine Reaktion auf die Furcht vor dem Chaos. Indem wir alles perfekt machen, versuchen wir, die Ordnung aufrechtzuerhalten. Perfektionismus mag zwar lobenswert sein, gehört aber häufig zu den Widerständen, die Frauen vom Weg abbringen. Ein Symptom von Perfektionismus ist es zum Beispiel, einen Bericht wieder und immer wieder umzuschreiben – und womöglich gar nicht zu merken, dass er mit jeder neuen Version an Überzeugungskraft verliert. Auch ständiges Abwägen, Verschönern, Ordnen und Umorganisieren sind subtile Taktiken, die dazu führen, dass Sie auf der Stelle treten, statt vorwärts zu kommen. Wenn Sie in diesen Punkten härter arbeiten als andere, arbeiten Sie wahrscheinlich nicht intelligenter als diese – sehr zum Schaden Ihrer Marke.

Erfolgreiche Menschen mit starken Marken halten ihre Augen fest auf das große Ganze gerichtet, ohne sich zu verzetteln. Perfektionismus kann dazu führen, dass Sie im Morast der Details versinken und den Überblick verlieren. Im Job kann sich das als katastrophal erweisen.

JILLIAN

Jillian gehört zu den Menschen, die alles, was sie anpacken, perfekt erledigen möchten – gemessen an ihren eigenen, extrem hohen Maßstäben. Wenn ihr eine Aufgabe nicht hunderprozentig gelingt, ist sie von sich enttäuscht. Das gilt für ihre Anstrengungen in der Küche, ihre Gartenarbeit und ihre Musik ebenso wie für ihren Job. Aber wie viele Dinge laufen schon so, wie wir sie uns ausmalen? Jillians Perfektionismus lähmt sie in zweifacher Hinsicht: Ihr vermeintlicher Mangel an Perfektion deprimiert sie und ihre Depression hält sie davon ab weiterzukommen.

Mit Depression meine ich hier nicht unbedingt ein seelisches Problem, sondern eher eine Art Trott, der dazu führte, dass Jillian trotz ihrer Vertrautheit mit Finanzangelegenheiten Jahre brauchte, um ihr eigenes finanzielles Schicksal in die Hand zu nehmen.

LAURA

Auch Laura ist Perfektionistin. Sie kommt während der Arbeitswoche selten vor 20.00 Uhr nach Hause. Die Wochenenden sind für sie die einzige Zeit, in der sie sich ganz ihren Kindern widmen kann. Aber statt am Samstag Spiele oder einen Ausflug mit ihnen zu machen, putzt sie, wenn sie keine Arbeit aus dem Büro mitgebracht hat, das Haus vom Dachboden bis zum Keller. Sie könnte einmal in der Woche eine Haushaltshilfe kommen lassen, um mehr Zeit für ihre Familie zu gewinnen, aber sie sagt, dass niemand so gründlich putzt, wie sie es tut.

Selbst wenn es in unserer Macht stünde, perfekt zu sein, wäre Perfektionismus eine überflüssige Extravaganz. Perfektionistische Menschen können lernen, weniger hart mit sich ins Gericht zu gehen oder ein angemessenes Maß zu finden, wenn sie aufhören, sich von Oberflächlichkeiten verrückt machen zu lassen. Stecken Sie Ihre »Mach-es-richtig«-Engergie in die Dinge, die wirklich zählen, und erledigen Sie den Rest eher nebenbei.

Der Balanceakt: Job und Familie

Es gibt Millionen solcher Geschichten: der Ehemann, der findet, seine Frau sollte sich zu Hause um die Erziehung der Kinder kümmern, und nicht will, dass sie arbeitet; die Schwiegereltern, die diese Vorstellung über die Rolle der Frau und Mutter teilen; der Mann, der die Sicherheit des Angestelltenjobs seiner Frau schätzt und ihr von Veränderungen abrät, die das Gleichmaß gefährden könnten; das Kind, das leidet, weil Mami nie zu Hause ist; die Mutter, die sich aus dem gleichen Grund grämt; der Partner, der Angst hat, wegen des Jobs seiner Frau ins Hintertreffen zu geraten; die Ehefrau, die eifersüchtig ist auf die Sozialkontakte ihres Mannes am Arbeitsplatz.

Wenn Sie ehrgeizig und erfolgsorientiert sind, kann es Ihnen das Herz brechen, wenn die Menschen, die Sie lieben, ihre Träume nicht hundertprozentig teilen. Es kann Ihr Selbstvertrauen durch Schuldgefühle unterminieren. Manchmal können die Konflikte zwischen Job und Privatleben eine Familie zerreißen. All das macht es sehr schwierig, Erfolg zu haben.

Wenn Sie aber mit der Unterstützung einer Familie nach Erfolg streben, die Sie anfeuert und liebt, Sie nach einem schrecklichen Tag zum Lachen bringt, Ihnen eine Massage anbietet oder Sie mit einem schönen Essen empfängt, kann Ihnen das neue Kräfte verleihen, Sie und Ihre Familie noch enger zusammenschweißen, und sich direkt auf Ihre Erfolgschancen auswirken.

Wir Berufstätigen müssen in jedem Fall über unsere Prioritäten nachdenken, was die Familie anbetrifft. Entwerfen Sie gemeinsam mit Ihrem Partner eine Verpflichtungserklärung über Ihr beiderseitiges Engagement für die Familie, so wie es Laura und ihr Mann getan haben:

Verpflichtungs- und Absichtserklärung

Joe und ich sind einander und unseren jeweiligen Karrieren verpflichtet.

Wir haben vereinbart, einander über unsere Jobs auf dem Laufenden zu halten, sodass wir die Höhen und Tiefen miteinander teilen können.

Wir vereinbaren, unseren beruflichen Verpflichtungen Rechnung zu tragen, aber wir werden immer versuchen, unsere Jobs nicht mit unserer Verpflichtung uns selbst und unserer Familie gegenüber kollidieren zu lassen.

Wir haben vereinbart, zehn Prozent unseres jeweiligen Gehalts in die Ausbildungsfonds unserer Kinder zu investieren.

Wir haben vereinbart, unsere Urlaubszeiten so aufeinander abzustimmen, dass wir als Familie Ferien machen können.

Situationen verändern sich. Menschen verändern sich. Jobs verändern sich. Gefühle verändern sich. Aber Laura und Joe haben ihren guten Absichten und ihrem gemeinsamen Traum in einer schriftlichen Vereinbarung Form gegeben und dieser solidarische Akt erleichtert ihnen die Bewältigung auftretender Differenzen. Durch das Gespräch über ihre Absichten haben sie eine Kommunikationsleitung zum Thema Familie aufgebaut, die irgendwann einmal zur rettenden Verbindung werden kann.

Binden Sie Ihre Familie in Ihr Team ein

Als Kind habe ich mit meinem Vater am Esstisch gesessen und ihm geholfen, Anzeigenlayouts zu entwerfen. Überlegen Sie, wie Sie Ihre Kinder über den gelegentlichen Besuch im Büro hinaus für Ihr Berufsleben interessieren und daran teilhaben lassen können. Wenn meine Freundin Barbara zum Beispiel eine Pressemappe zusammenstellen muss, legt sie das Material bereit und lässt es ihren sechsjährigen Sohn einkleben. Sie lässt sich von ihrer achtjährigen Tochter beim Einkauf von Präsentationsmappen beraten und konnte sich auf ihre Auswahl bisher immer verlassen. Beim Abendessen spricht sie mit ihrem Mann und ihren Kindern über ihren Tag. Sie redet über ihre Ideen für einen Bericht, den sie nächste Woche abliefern muss. Nach dem Abendessen probiert sie manchmal verschiedene Outfits an. Soll sie morgen den blauen oder den grauen Anzug zur Vorstandssitzung tragen? Und welche Schuhe dazu? Sie feiert ihre Errungenschaften mit ihrer Familie und alle drei sind stolz auf sie.

LAURA

Laura spannt ihre zehn- und zwölfjährigen Kinder dafür ein, sich die Videopräsentationen anzusehen, die sie für ihre Chefs erstellt. Wenn ihre Kinder sich eine zwanzig Minuten lange Infosendung aufmerksam ansehen, weiß sie, dass sie einen Volltreffer gelandet hat.

Ich kenne eine alleinerziehende Mutter, die Motivationstrainerin ist und für die ihre Kinder die wichtigste Zielgruppe sind. Sie übt mit ihrer Hilfe neues Material ein. Sie schauen sich Aufzeichnungen ihrer Präsentationen an und füllen dann einen Fragebogen aus, wie sie aussah, wie sie klang, was sie sagte, wie das Publikum reagierte. Sie bekommt von ihren Kids ein fantastisches Marken-Feed-back und gibt ihnen gleichzeitig das Gefühl, eng mit ihrem Leben und ihren Zielen verbunden zu sein.

Meine Freundin Sukie ist Therapeutin mit dem Spezialgebiet Tod und Sterben. Ihr Vater war Onkologe und »beriet« sich mit Sukie ausführlich und ernsthaft, als sie sechs, sieben und acht Jahre alt war. Er ging schwierige Fälle mit ihr durch, ließ sie an seinen Überlegungen teilhaben, fragte sie um Rat. Er redete mit ihr nicht in Kindersprache. Er sprach als Mediziner, versehen mit Erklärungen. Zweifellos half diese Form des lauten Denkens dem Arzt, sich Klarheit über die bestmögliche Behandlung für einen Patienten zu verschaffen. Für das kleines Mädchen aber, das seinen Vater vergötterte und ihr ganzes Leben lang seinen Respekt für ihre Meinungen erleben durfte, waren diese Stunden von unbeschreiblicher Kostbarkeit.

Ich selbst versuche nicht, eine Balance zwischen Beruf und Familie zu finden. Ich habe das noch nie versucht. In meinem Leben gehen alle diese Bereiche durcheinander. Wenn ich die Tür zu meinem Büro zumache und um die Ecke in mein Haus gehe, sperre ich den Job nicht weg. Ich bitte ihn herein und biete ihm einen Platz am Esstisch an. Mein Mann und ich sprechen beim Abendessen darüber. Es würde mir seltsam vorkommen, meinen Beruf draußen vor der Tür zu lassen und meine Familie würde sich ausgeschlossen fühlen, wenn ich diesen unglaublich wichtigen Teil meines Lebens nicht mit ihr teilen würde.

Natürlich müssen wir verantwortlich denken und handeln. Aber Frauen nehmen ihre Verantwortungen im Allgemeinen sehr ernst. Kaum eine von uns wird Hals über Kopf abreisen und die Kinder sich selbst überlassen, weil ihr Job es verlangt, an einer zweimonatigen archäologischen Ausgrabung in der Türkei teilzunehmen. Stattdessen würden wir nach Möglichkeiten suchen, sie mitzunehmen und ihnen das Abenteuer ihres Lebens zu bieten.

Von extremen Fällen einmal abgesehen, glaube ich nicht, dass wir unsere Familie für unsere Karriere opfern müssen oder unsere Karriere für unsere Familie. Unsere Männer tun das ja auch nicht.

Aber wir müssen erkennen, dass wir nicht in allen drei Jobs perfekt sein können – als Ehefrau, Mutter und als Business-Frau. Superwoman ist nicht nur tot, sie hat auch nie gelebt. Heute versuchen wir einfach, das Chaos zu managen, statt uns damit zu verzehren, es in Schach zu halten oder zu beseitigen.

Wir würden uns etwas vormachen, wenn wir behaupten würden, dieser Jonglierakt sei einfach. Aber als Gott die Frau erschuf, stattete er sie mit Multitasking-Fähigkeiten aus: Wir sind erstaunlich gut darin, zehn Bälle gleichzeitig in der Luft zu halten. Erst wenn wir uns von den Details verrückt machen lassen und versuchen, perfekt zu sein, kommt es vor, dass wir einen Ball nicht mehr erwischen und er auf den Boden fällt. Falls das passiert, fällt es uns allerdings schwer, achselzuckend darüber hinwegzugehen.

Wenn Sie jonglieren müssen, rate ich Ihnen, die Zahl der Bälle in der Luft von zehn auf acht oder sechs zu reduzieren. Kappen Sie Ihre gesellschaftlichen Verpflichtungen um die Hälfte. Lösen Sie sich von dem Gefühl, das Büro erst verlassen zu können, wenn alle Punkte auf Ihrer Aufgabenliste abgehakt sind. Ordnen Sie die Liste nach Prioritäten: Was muss noch heute erledigt werden und was kann warten? Ihr Mann und Ihre Kinder können jedenfalls nicht warten. Auch wenn Sie nicht nur für sie leben, müssen Sie zu einer vernünftigen Zeit zu Hause sein – mit Liebe im Herzen, Interesse für alle und genügend Energie in Reserve.

Wenn Ihre Marke brandneu ist

Diese spezielle Barriere auf der Liste der äußeren Widrigkeiten bleibt keiner von uns erspart. Mary Beth hat nie vorher als Webdesignerin gearbeitet, obwohl sie die Fähigkeiten dafür besitzt. Sie war nie in der Computerbranche tätig. Sie hat nie in Kalifornien gelebt. Selbst Markenprodukte fangen irgendwann einmal bei null an und bedeuten für die Kunden ein Risiko. Neue Marken kompensieren diesen Nachteil, indem sie versuchen, sich von den müden alten Marken abzuheben, die jeder kennt, und sich als größer, schicker, teurer oder preiswerter als die bereits etablierten Mitbewerber zu positionieren.

Sie können sich abheben, indem Sie die mangelnde Erfahrung Ihrer Marke als Vorteil verkaufen. Mary Beth wird ihre unverbrauchte Herangehensweise herausstellen. Sie ist brandneu und Neuheit ist eine Attraktion. Personalchefs wissen, dass neue Leute möglicherweise begieriger darauf sind, sich zu beweisen, als erfahrenere Mitbewerber und häufig mehr arbeiten als alle anderen. Jeder strebt danach, ein neues Talent zu entdecken. Zum Beispiel Sie.

Dazu kommt: Erfahrung ist gut, aber nicht alles. Mary Beth mangelt es vielleicht an Erfahrung, aber sie hat möglicherweise etwas sehr viel Besseres zu bieten: zum Beispiel ihre natürliche Begabung, ihre Art, die Dinge zu sehen, ihre Herangehensweise oder ihr Engagement. Auch die Tatsache, dass sie sich auf die Unterhaltungsindustrie konzentriert, kann ihre mangelnde Erfahrung ausgleichen. Es mag viele Webdesigner geben, die für ein Projekt infrage kommen. Wenn sich aber nur einer oder zwei davon ausdrücklich für Ihre Branche interessieren, würden Sie die dann nicht zuerst anrufen?

Als ich zum ersten Mal ein Branding-Projekt für einen großen Kabelsender übernahm, hatte ich keine Erfahrungen vorzuweisen, aber Kabelsender waren so neu, dass es allen anderen im Grunde genauso ging. Diese Nische war gerade erst dabei, sich aufzutun – so wie heute das Internet – und sowohl selbstständigen Unternehmern als auch internen Mitarbeitern eine Goldgrube von Möglichkeiten zu eröffnen.

Seien Sie eine gute Pfadfinderin: allzeit bereit

Sie sind auf dem Weg zum Vorstellungsgespräch, als sich auf der Autobahn ein Unfall ereignet und Sie zwei Stunden im Stau stehen. Oder Sie sind schon halb aus der Tür auf dem Weg in eine wichtige Besprechung, als die Tagesmutter anruft, um Ihnen mitzuteilen, dass die kleine Lucinda plötzlich Fieber hat. Oder Sie haben Ihr Ausschreibungsangebot einem Kurier anvertraut, der sich entschloss, für heute Schluss zu machen, bevor er die Unterlagen zustellte. Das sind so die Dinge, die Sie nicht vorhersehen können – Naturkatastrophen, die immer im ungünstigsten Moment passieren.

Manche Dinge entziehen sich unserem Einfluss. Sie passieren einfach. Allerdings können Sie sich, jedenfalls bis zu einem gewissen Grad, gegen viele Ereignisse absichern, die sich Ihrer Kontrolle zu entziehen scheinen. Sie können zum Beispiel für den Fall, dass auf der Autobahn ein Unfall passiert, ein Mobiltelefon dabeihaben, sodass Sie Ihre Gesprächspartnerin zumindest anrufen und über die Situation informieren können. Sie können für unvorhersehbare Krisen mit den Kindern eine Zweitbesetzung bereithalten – Ihren Mann, ein Kindermädchen, eine Freundin, eine Nachbarin. Sie können einen für seine Zuverlässigkeit bekannten Kurierdienst wählen.

Krisenmanagement ist eine entscheidende Komponente jeder unternehmerischen Markenstrategie. Die Überwindung unkontrollierbarer Umstände hat sich zur Kunstform entwickelt. Um ihre Marken gegen die negativen Auswirkungen unerwarteter Krisen abzusichern, haben viele Firmen ein Schadensbegrenzungsteam, das umgehend in Aktion tritt, um den Kunden zu beschwichtigen. Im Sommer 1999, als in Europa bei einigen Menschen nach dem Genuss von Coke Krankheitssymptome auftraten, zögerte Coca-Cola etwas zu lange, Maßnahmen zur Schadensbegrenzung zu ergreifen. Über Tage hinweg wurde es versäumt, die Krise mit höchster Priorität zu behandeln. Nachdem die Nachricht bekannt geworden war, dauerte es über eine Woche, bis Coke-Manager sich zu einer Entschuldigung durchrangen. Und als das Unternehmen dann endlich doch reagierte, erweckte es den Anschein, die Krankheitsberichte herunterspielen zu wollen. Ein großer Fehler.

Die Coca-Cola-Aktie verlor in den Monaten nach dem Desaster 25 Prozent ihres Wertes und die finanziellen Verluste für das Unternehmen in Europa wurden auf mehrere Dutzend Millionen Dollar geschätzt. Vor allem aber wurde das Vertrauen der Kunden, das mehr zählt als Geld oder Aktien, extrem beschädigt. Es wäre für Coca-Cola sehr viel besser gewesen zuzugeben »Wow, wir haben ein Problem!« und unverzüglich zu handeln. Ziehen Sie für sich eine Lehre daraus: Wenn eine Krise auftritt und Sie in Umständen gefangen sind, die außerhalb Ihrer Kontrolle liegen, sagen Sie es ohne Umschweife. Eine ehrliche und freimütige Kommunikation ist bei Markenkrisen oft die bestmögliche erste Reaktion.

Vergessen Sie nicht, sich nach hinten abzusichern

So belebend Konkurrenz fürs Geschäft sein mag, so verheerend kann sie sich auswirken. Als Amazon das Internet eroberte, überrollte das Unternehmen viele unabhängige Buchhandlungen auf dem flachen Land. Wenn Starbucks in einem Viertel Einzug hält, muss das alteingesessene Café um die Ecke meistens seinen Laden dicht machen. Ein neuer Kabelsender kann eine Bedrohung für etablierte Sender darstellen; eine neue Sitcom auf Fox ist eine Konkurrenz für die Programme, die zur gleichen Zeit auf ABC, NBC oder CBS laufen.

Markenkonkurrenz ist für den Kunden eine feine Sache: Sie eröffnet ihm viele Wahlmöglichkeiten und veranlasst die konkurrierenden Marken in ihrem Bemühen, den großen Preis – die Liebe und das Vertrauen des Kunden – zu gewinnen, zur Entwicklung immer besserer Produkte.

Genau das Gleiche stößt auch Menschen wie uns zu, die dabei sind, sich geschäftlich zu etablieren, beziehungsweise bereits etabliert sind. Ich bin in meinem Umfeld als Markenstrategin für das Digitalzeitalter tätig, doch andere Markenstrategen sind das auch. Obwohl ich meine Konkurrenz durch meine Konzentration auf Kabelfernsehen und Internet eingegrenzt habe, werben auch andere Agenturen um die Kunden, die in mein Spezialgebiet fallen. Von seltenen Ausnahmen abgesehen, hat jeder von uns Mitbewerber. Glauben Sie mir, es ist so – auch wenn Sie nicht das *Gefühl* haben, mit dem Typen im benachbarten Büro im Wettbewerb zu stehen. Diese Tatsache allein sollte Grund genug sein, uns auf Trab zu halten, weiter am Aufbau unserer Marke zu arbeiten.

Aber leider tritt uns im Geschäftsleben andauernd jemand auf die Füße und Konkurrenz kann wehtun, weil aus jedem Wettstreit ein Gewinner und ein Verlierer hervorgeht. Fast alle – sogar die besten – werden ab und zu verlieren. Davon können Sie mit fast hundertprozentiger Sicherheit ausgehen.

Ich finde, wenn Sie Ihr Bestes gegeben haben, können – und sollen – Sie stolz auf sich sein, selbst wenn ein anderer den Job oder den Auftrag bekommen hat. Sie sind kein schlechterer Mensch, weil Sie das Rennen nicht gewonnen haben, Sie sind nur nicht die Schnellste gewesen – jedenfalls nicht heute.

Dazu kommt, dass die meisten Niederlagen eine Lehre für uns bereithalten, auch wenn sie oft nicht gleich erkennbar ist. Wenn Sie in Erfahrung bringen, warum ein anderer den Job bekam, so ist das eine wertvolle Hilfe für die nächste Bewerbungsrunde. Vielleicht bekommen Sie zu hören, dass Ihre Gehaltsforderungen zu hoch waren, das Unternehmen an Ihrer Erfahrung zweifelte oder die Bewerbungsunterlagen des anderen Kandidaten die Einsteller mehr beeindruckt haben. Alldem kann man abhelfen.

Sie brauchen keine »wettbewerbsorientierte Persönlichkeit« zu sein, um ein *fantastischer* Wettbewerber zu werden. Setzen Sie stattdessen unterschiedliche Kombinationen der folgenden, sehr einfachen Gewinnstrategien ein:

Die Mitbewerber schlagen

1. Bleiben Sie Ihrer Marke treu. Lassen Sie Ihre Werte durchscheinen und Sie liegen niemals falsch.
2. Kommen Sie früh zur Arbeit. Sie können in der Stunde vor Beginn der normalen Geschäftszeiten Unmengen von Arbeit erledigen. In einer Arbeitnehmerwelt fallen Frühaufsteher immer auf.
3. Achten Sie auf eine positive Einstellung. Meine Freundin Cindy House bei E!Entertainment Television nennt als entscheidende Gründe für ihren Erfolg bei Vor-

gesetzten, Kunden und Kollegen: »Mein Lächeln und mein Optimismus.«

4. VERMEIDEN SIE ES, SICH ANZUBIEDERN. Große Marken verbiegen sich nicht um der Sicherheit oder des lieben Friedens willen. Das ist allzu langweilig!
5. HALTEN SIE SICH ÜBER DIE GESCHEHNISSE IN IHRER WELT AUF DEM LAUFENDEN. Lesen Sie alles, was für Ihren Job relevant ist. Lassen Sie dann das Gelesene in Gespräche mit Kollegen einfließen. Es ist ein tolles Gefühl, sagen zu können: »Haben Sie das und das verfolgt?« Solide Marken wissen immer Bescheid.
6. ERLEDIGEN SIE DINGE SCHNELLER ALS ALLE ANDEREN. Das Zeitalter des Wassermanns liegt längst hinter uns. Wir leben im Digitalzeitalter und Geschwindigkeit zählt.
7. SEIEN SIE KOMMUNIKATIVER ALS ALLE ANDEREN. Haben Sie schon einmal ein Buch bei Amazon bestellt? Sie erhalten in Minutenschnelle eine Bestätigung per E-Mail und dann eine weitere Nachricht, oft noch am selben Tag, dass das Buch versandt wurde. Falls Sie eine Frage haben, werden E-Mails umgehend beantwortet. Schneiden Sie sich eine Scheibe davon ab. Bauen Sie Markenloyalität durch konsequentes Nachfassen auf.
8. ÜBERERFÜLLEN SIE IHRE ZUSAGEN. Leisten Sie mehr, als Sie zugesichert haben.
9. SPIELEN SIE FAIR. Wer mit Schmutz wirft, verliert Boden.
10. UMGEBEN SIE SICH MIT MENSCHEN, DIE EIN LOBLIED AUF SIE SINGEN. Jede Marke möchte Aufsehen erregen. Mit guten Empfehlungen gewinnen Sie das Rennen.

Wenn jemand es darauf anlegt, Ihrer Marke zu schaden

Es gibt noch einen weiteren Widerstand, der sich Ihrem Erfolg in den Weg stellen kann. Meistens tritt er weniger offen zutage als jedes der bisher besprochenen Hemmnisse und ist deshalb ganz besonders heimtückisch. Dieser Widerstand geht von Menschen aus, die uns glauben machen, unser Bestes zu wollen und gleichzeitig unseren Erfolg unmerklich untergraben. Ein Saboteur ist insofern im Vorteil, als er per Definition verstohlen vorgeht, während Sie unter Umständen noch nicht einmal ahnen, dass jemand glatte Lügen über Sie verbreitet oder schwer nachzuweisende Halbwahrheiten in die Welt setzt.

Hinter Sabotage steht oft Eifersucht, ein Gefühl, das die meisten Frauen nur allzu gut kennen. In der Liebe kann Eifersucht Ihnen das Herz brechen. Im Job kann sie Sie umbringen.

Als ich letztes Jahr schwanger wurde, erzählte einer meiner Konkurrenten allen meinen Kunden, dass ich nach der Geburt des Babys wahrscheinlich aufhören würde.

Ich glaubte, nicht richtig zu hören, als mir diese Neuigkeit zu Ohren kam. Kurzentschlossen fuhr ich, im siebten Monat schwanger, nach Chicago zur größten Branchenmesse des Jahres, erkundigte mich bei all meinen Kunden nach neuen Projekten und erklärte, wie ich die Kinderbetreuung organisiert hatte, um weiter für sie und ihre Projekte da sein zu können. Ich bekam auf der Stelle sechs neue Projekte. Zwar erwähnte ich den Namen meines Konkurrenten kein einziges Mal, doch war er fortan in der Branche gebrandmarkt.

In seiner Absicht, Sie zu diffamieren, lenkt ein Saboteur die Aufmerksamkeit auf Sie. Es steht in Ihrer Macht, die Beachtung, die Ihnen dadurch zuteil wird, in einen Vorteil zu verwandeln. Bei der Messe begegneten mir meine Gesprächspartner neugierig und voller guter Wünsche und waren gespannt darauf, wie ich mich äußern würde. Der Saboteur hatte mir ein erwartungsvolles Publikum besorgt und mir darüber hinaus die Energie gegeben, mich überhaupt auf der Messe zu zeigen, um meine Marke, meine Firma, meine Zukunft und mich selbst zu schützen.

Sabotage ist ein bewusster Angriff auf Ihren guten Ruf und klingt in etwa so: »Ja, sie ist wirklich talentiert, besonders wenn man bedenkt, wie viel sie trinkt.« Oder: »Ich weiß nicht, ob es stimmt, aber ich habe gehört, er hat ein Drogenproblem.« Oder: »Ich weiß wirklich nicht, warum sie sich nicht von ihm trennen. Der alte Hund hat seinen Biss doch längst verloren.« Oder: »Ehrlich gesagt halte ich sie für eine Hochstaplerin. Früher oder später wird man ihr auf die Schliche kommen.« In manchen Kreisen genügt schon die Bemerkung »Glauben Sie, er ist schwul?«, um die Meinung der Leute über einen unliebsamen Konkurrenten zu verändern.

Hinter jeder Sabotage steht ein höheres Motiv, zum Beispiel der Wunsch, eine vermeintliche Bedrohung abzuschütteln oder sich auf Kosten eines anderen zu profilieren. Diesen Vorwurf erhob 1997 der renommierte Weinhersteller Kendall-Jackson gegen seinen Konkurrenten Gallo.

Die Turning-Leaf-Geschichte

Woran denken Sie, wenn Sie an Gallo denken? Die meisten Leute würden antworten: »preiswerter kalifornischer Wein« oder »Tafelwein«.

Die Marke Gallo ist so gut als preiswerter Wein eingeführt, dass das Unternehmen 1995 bei der Markteinführung eines etwas teureren Produkts beschloss, den Namen Gallo nirgendwo auf der Flasche zu verwenden. Stattdessen nannte es den Wein »Turning Leaf« und ließ ein Etikett entwickeln, auf dem ein großes Weinblatt in Herbstfarben auf weißem Grund zu sehen ist. Das Blatt sieht aus, als würde es sich im Wind drehen, während es zu Boden fällt. Das Design ist wirklich sehr gelungen.

Als Gallo den neuen Wein auf den Markt brachte, kaufte das Unternehmen beim Einzelhandel Platz in den Regalen direkt neben den Kendall-Jackson-Weinen.

Kendall-Jackson hatte für seine hochkarätigen Vintner's Reserve-Weine bereits seit Jahren das immer gleiche Etikett verwendet. Wenn Sie im Supermarkt nach Vintner's Reserve suchen, halten Sie nach einem großen Weinblatt in Herbstfarben Ausschau. Es ist zwar kein fallendes

Blatt, scheint flach auf dem weißen Etikett zu liegen und wird zum Teil durch das Kendall-Jackson-Wappen verdeckt. Aber das Herbstblatt wird für alle Vintner's Reserve-Sorten eingesetzt und war das charakteristische Kennzeichen der Marke, das es von allen anderen Marken darum herum unterschied – bis Gallo kam.

Die Kendall-Jackson-Leute waren empört und hielten es weder für absichtslos, dass Gallo einen Regalplatz direkt neben den eigenen Weinen haben wollte, noch für einen Zufall, dass der Name Gallo nicht auf dem Etikett erschien, und schon gar nicht für eine ungewollte Übereinstimmung, dass Gallo die gleiche zylindrische Flasche wählte, die auch Kendall-Jackson verwendete. Die Kendall-Jackson-Anwälte bezichtigten Gallo der Sabotage, des Versuchs, es bewusst auf eine Verwechslung der beiden Marken anzulegen. Selbst wenn Gallo nicht beabsichtigte, Kendall-Jackson direkt zu schaden – obwohl der Verkauf von Vintner's Reserve nach der Markteinführung von Turning Leaf stark zurückging –, lag es auf der Hand, dass Gallo sich auf Kosten von Kendall-Jackson profilieren wollte.

Kendall-Jackson erhielt während des gegen Gallo angestrengten Verfahrens eine Menge positiver Publicity, weil die Öffentlichkeit Gallo als den Bösewicht wahrnahm, was Kendall-Jackson zugute kam. Vor Gericht trug jedoch Gallo den Sieg davon. Heute sind beide Marken in den Supermarktregalen zu finden – oft Seite an Seite.

Darüber hinaus gibt es eine Art Tritt-sie-solange-sie-am-Boden-liegen-Sabotage, bei der ein Konkurrent eine vorübergehende Schwäche von Ihnen ausnutzt, zum Beispiel, weil Sie einen Konflikt mit einem Teilhaber austragen oder einen Auftrag verloren haben. Ich betrachte meine Schwangerschaft natürlich nicht als »Schwäche«. Tatsache ist jedoch, dass mein Konkurrent versuchte, sich die Situation zunutze zu machen, indem er Gerüchte ausstreute, die mir geschäftlich hätten schaden können. Ich habe eine gute Freundin, die nach dem Erziehungsurlaub wieder in ihren Job als Assistentin in einem großen Architekturbüro zurückkehrte, um festzustellen, dass sich die Einstellung der anderen ihr gegenüber verändert hatte. Sie hatte zwei Jahre in der Firma gearbeitet und glaubte, mit allen ein herzliches Verhältnis zu haben. Doch die Herzlichkeit von einst war eisiger Unterkühltheit gewichen. Sie fand den Grund dafür nie heraus, obwohl sie ihren Chef direkt danach fragte. Schließlich wurde die Situation für sie so unangenehm, dass sie es vorzog zu kündigen.

Ich bin hundertprozentig sicher, dass sie Opfer eines Saboteurs geworden war. Diese Art von Taktik ist zwischen Markenkonkurrenten gang und gäbe. Im Sommer 1999 musste Coca Cola in Belgien Flaschen zurückrufen. Während Coca Cola noch um Schadensbegrenzung rang und schwere finanzielle Verluste hinnehmen musste, fiel die Europäische Kommission in die Büros des Unternehmens in vier Ländern ein. Sie ging einer Klage von Pepsico, dem Mutterunternehmen von Pepsi, sowie anderen Wettbewerbern von Coca Cola nach, Coke missbrauche durch den Einsatz verschiedener unzulässiger Anreize seine dominante Position am europäischen Markt, um andere Unternehmen davon fern zu halten.

Wer mit Schmutz wirft, verliert Boden

Aber nicht nur Ihre direkten Mitbewerber machen von Sabotage Gebrauch. Es gibt auch andere Menschen, die so unsicher sind, dass sie sich für Täuschung und versteckte Andeutungen hergeben. Normalerweise werden zwar die Götter den Saboteur irgendwann bestrafen, doch das ist ein geringer Trost, wenn Sie gerade in der Schusslinie stehen.

Die beste Verteidigung gegen Sabotage besteht darin, Ihre Marke als Rettungsfloß zu nutzen. Wenn Sie sich fest an Ihre

Schlüsseleigenschaften klammern, wird Sie der Einfluss des Saboteurs nicht treffen können.

Laura

Lauras Karriere hat bereits einen Sabotageversuch überstanden. Er war von der Frau ausgegangen, deren Nachfolgerin sie ist. Ich werde sie Samantha nennen. Samantha war in eine noch höhere Position bei einem viel größeren Verpackungshersteller gewechselt.

Es dauerte nicht lange und Laura begann ihren Chefs zu zeigen, wie gut sie war, neue Projekte zu übernehmen und zusätzliche Mitarbeiterinnen einzustellen. Da jede Branche eine eigene kleine Welt für sich darstellt, blieb es nicht aus, dass Samantha bald von Lauras Erfolgen erfuhr und eifersüchtig wurde. Laura stellte zwar keine Bedrohung für sie dar, aber Samantha missgönnte ihr die Anerkennung, die sie bekam, und begann, Laura in der Branche schlecht zu machen. »Na ja, ich habe ihren Lebenslauf gesehen und weiß, dass sie da nicht ganz ehrlich war …« Sie versuchte sogar, Dinge abzuwerten, an denen Laura Interesse zeigte. So kommentierte sie Lauras Teilnahme an einem Workshop abfällig: »Ach, ich bin letztes Jahr dort gewesen und es hat mir absolut nichts gebracht« – so als wäre Lauras Engagement Zeitverschwendung.

Obwohl Laura das Spiel durchschaute, ging sie nicht darauf ein. Sie bewahrte sich ihre positive Haltung, engagierte sich mit gewohntem Enthusiasmus, zeigte, was sie konnte. Sie sprach nie geringschätzig über ihre Widersacherin, obwohl sie darunter litt, einen Besprechungsraum betreten zu müssen, in dem zumindest einige Anwesende Lügen über sie gehört hatten.

Samantha war in einer Position, in der sie Laura sehr gefährlich werden konnte, aber Lauras im Aufbau befindliche Marke diente ihr als Rettungsfloß. Sie klammerte sich an ihre Schlüsseleigenschaften, ihr kreatives Talent, ihre Energie, ihren Enthusiasmus und ihre hohen ethischen Standards und ließ letztendlich die Gewässer hinter sich, in denen Samantha ihr schaden konnte. Stattdessen fügte Samantha ihrer eigenen Marke erheblichen Schaden zu, weil sie es allzu offensichtlich nicht ertragen konnte, wenn jemand ihre Leistungen übertraf. Sie ist so talentiert wie eh und je, aber inzwischen gilt sie als unsicher, nicht besonders nett und potenziell gefährlich. Es fällt auf, dass Leute im Umgang mit ihr auf der Hut sind und besser aufpassen. Samantha wird erhebliche Reparaturarbeiten an ihrer Marke vornehmen müssen, um sie zu retten.

Die Moral von der Geschichte? Der Weg zum Erfolg verläuft geradlinig. Werden Sie Ihrer Marke gerecht – Ihrem Ich und Ihren Idealen. Verzichten Sie auf schmutzige Tricks. Alles andere als Geradlinigkeit würden die Götter ohnehin bestrafen.

Sabotagesymptome erkennen

Auch wenn ich nicht möchte, dass Sie paranoid werden, will ich Ihnen doch einige Alarmsignale nennen, bei denen Sie hellhörig werden sollten. Ihre natürliche Intuition und Intelligenz wird Ihnen helfen, sich von Fall zu Fall selbst ein Urteil zu bilden.

- Wissbegierige Wühlmäuse: Arbeitskollegen, die sich etwas zu sehr für Ihr Privatleben interessieren. Ich meine, es gibt ein gewisses Maß an Information, an denen wir andere teilhaben lassen, aber es ist keine gute Idee, Privatangelegenheiten mit anderen Menschen als engen Freunden zu besprechen, besonders am Arbeitsplatz.

- Perfide Plauderer: Menschen im Job, die Sie mit aller Macht dazu bringen wollen, sich schlecht über jemanden zu äußern oder ihrer negativen Meinung über eine dritte Person zuzustimmen. Könnte eine Falle sein.

- **MISSGÜNSTIGE MITBEWERBER:** Kollegen, die Ihnen Ihren Erfolg zu missgönnen scheinen und Ihre Leistungen totschweigen. Bei dieser Art von Verhalten steht die Ampel auf Gelb. Echte Freunde freuen sich über Ihre Erfolge in allen Bereichen und sagen Ihnen das auch.

- **FALSCHE FÜNFZIGER:** Menschen im Job, die sich Ihnen gegenüber unnatürlich verhalten oder Ihnen aus dem Weg gehen.

Persönliche Grenzen sind eine absolute Notwendigkeit, wenn Sie sich und Ihre Marke auf Dauer von der Masse abheben wollen.

Lassen Sie sich nicht in den Strudel ziehen, wenn Sie Sabotagesymptome wahrnehmen. Lernen Sie lieber, sich zu schützen. Halten Sie »Freunde« oder Kollegen, die Ihren Erfolg niedermachen oder sich davon in irgendeiner Weise bedroht zu fühlen scheinen, auf Distanz.

Das ist nicht leicht zu bewerkstelligen, wenn man im gleichen Büro oder an nebeneinander stehenden Schreibtischen sitzt. Aber vermutlich haben Sie im Lauf Ihrer Karriere ein paar höfliche Methoden gelernt, unerwünschte Vertraulichkeiten abzuwehren. Jetzt ist der richtige Zeitpunkt, sie einzusetzen.

Versuchen Sie es mit: »Tut mir Leid, darüber kann ich nicht sprechen«, »Ich habe heute keine Zeit, um Mittagessen zu gehen,« »Ich glaube, ich möchte nicht mit dir gemeinsam an diesem Projekt arbeiten. Ich habe eine Idee, die ich erst einmal alleine verfolgen möchte ...« oder »Ich bin noch nicht so weit, darüber zu diskutieren; ich muss erst noch eingehender darüber nachdenken …«. Es steht zu hoffen, dass vermeintliche »Freunde« die Botschaft hören und sich zurückziehen. Persönliche Grenzen sind notwendig, wenn Sie Ihre Energie nicht verzetteln und sich und Ihre Marke von anderen Mitbewerbern im gleichen Umfeld abheben möchten. Schützen Sie diese Grenzen.

Schritt 4: Übungen

Markenhindernisse abwehren

1. Notplan für den Fall, dass Ihre Marke mit Widerständen konfrontiert wird.

Die Frage lautet nicht, *ob* Sie auf Probleme stoßen werden. Die Frage lautet lediglich, *wann* und *auf welche*. Stellen Sie eine Liste der äußeren und inneren Hürden auf, die Ihrem Erfolg im Weg stehen können. Möglicherweise lauern auf Sie auch andere Widerstände als die in diesem Kapitel beschriebenen. Verwenden Sie das folgende dreiteilige System, um Erfolgsbarrieren zu identifizieren und zu überwinden.

a) Schreiben Sie das mögliche Hindernis auf.
b) Gehen Sie eine Selbstverpflichtung ein, die das Problem zu lösen verspricht.
c) Unternehmen Sie geeignete Schritte, das Versprechen einzulösen.

Ein Beispiel:

a) Hindernis: Meine Neigung zur Unpünktlichkeit.
b) Selbstverpflichtung: Ich werde zu allen Terminen pünktlich erscheinen.
c) Schritte:

- Ich sorge dafür, dass mein Auto zuverlässig fährt – ich bringe es regelmäßig zur Inspektion und achte darauf, immer einen vollen Tank zu haben.
- Ich stelle sicher, dass meine Uhr richtig geht.
- Ich lege mir einen Terminplaner neben den Toaster, sodass ich meine Termine durchgehen kann, bevor mein Arbeitstag beginnt.

- Ich mache es mir zur Gewohnheit, 15 Minuten früher abzufahren als notwendig.

2. Fragebogen zur Katastrophenfantasie

Nehmen Sie es mit Ihrer größten Angst auf. Vielleicht hat Sie mit einer bevorstehenden Veränderung oder einem beruflichen Wagnis zu tun.

a) Beschreiben Sie die Angst oder das Problem.
b) Beschreiben Sie, was Ihrer Meinung nach infolge des Problems passieren kann.
c) Schreiben Sie auf, was schlimmstenfalls passieren kann.
d) Angenommen, es kommt zum Schlimmsten – wen könnten Sie zu Hilfe rufen?
e) Angenommen, es kommt zum Schlimmsten – auf welche Weise könnten Sie sich dann möglicherweise selbst belügen oder sabotieren?
f) Angenommen, es kommt zum Schlimmsten – welche positiven Schritte könnten Sie dann unternehmen, um den Schaden zu reparieren oder zu begrenzen?
g) Angenommen, es kommt zum Schlimmsten – ist dann einer Ihrer Kernwerte gefährdet?
h) Was können Sie heute, bevor sich eine Katastrophe ereignet hat, unternehmen, um sich vor künftigem Schaden zu schützen?

3. Seien Sie auf der Hut.

Führen Sie sich die Gefahr einer möglichen Sabotage immer wieder vor Augen. Seien Sie nicht paranoid – aber auch nicht naiv.

SCHRITT

5

Rekrutieren Sie ein Bataillon von Cheerleadern

Ohne Freunde geht es nicht

Der Weg zum Erfolg verläuft wesentlich glatter, wenn er mit einem Spalier hilfreicher Kollegen und begeisterter Mentoren gesäumt ist, die ein Loblied auf Sie singen, Ihnen Türen öffnen und Sie mit klugen Ratschlägen versorgen. Halten Sie unter Freunden, Verwandten und Kollegen nach Beratern, Lehrern und Förderern Ausschau, die Ihnen den Weg ebnen und Ihnen helfen, eine erfolgsförderliche Atmosphäre zu schaffen.

Jede große Marke braucht Cheerleader. Das ist der Grund, warum Unternehmen Millionen von Dollar an PR-Firmen zahlen, Show-Größen Persönlichkeitsberater und Medienagenten engagieren – und karrierebewusste Frauen nach Mentoren und Coaches suchen, die ihnen helfen, ihre Marken bekannt zu machen. Was wir brauchen, sind Menschen, mit denen wir über *alles* reden können, was uns berührt, nicht nur über berufliche Fragen – Freunde, die vielleicht ebenfalls geschäftlich erfolgreich sind und unsere Interessen und Wertvorstellungen teilen. Ich habe viele Freundinnen, die mein Helferteam bilden und mich, wann immer ich sie brauche, in

Wort und Tat unterstützen. Für den Erfolg meiner Marke sind sie von größter Bedeutung.

EMILY

Emily kann bestätigen, dass Cheerleader manchmal die letzte Rettung sein können. Sie war gerade vierzig, frisch verheiratet und eben schwanger geworden, obwohl diese jüngste Wendung bisher nur ihrem Mann bekannt war. Sie war durch und durch New Yorkerin, intelligent, dynamisch, wettbewerbsorientiert und kompetent. Nach ihrem Studium in Princeton stieg sie ohne einen einzigen Ausrutscher die Karriereleiter in der Finanzwelt nach oben: Von ihrem ersten Job als Anlagespezialistin bei Oppenheimer & Co. in den Achtzigerjahren wechselte sie in den Neunzigern zu Salomon Smith Barney, um schließlich vor gar nicht langer Zeit einen Direktionsposten in einem kleinen Wertpapierhandelsunternehmen an der Wall Street zu übernehmen. Ihr Ziel war es, in dieser Firma zur Partnerin aufzusteigen.

Emilys Cheerleader-Gruppe bestand aus einem festen Kern aus sieben Frauen, die vor fast einem Jahrzehnt zusammen ein Frauen-Netzwerk, die Manhattan Women's Business Alliance, gegründet hatten. Sie kamen aus den unterschiedlichsten beruflichen Bereichen: Eine arbeitete in einem Reisebüro; eine besaß eine Galerie/ Boutique in Tribeca; zwei waren Anwältinnen, von denen sich eine auf Mediation spezialisiert hatte; des Weiteren gab es eine Marketingmanagerin, eine Grafikerin und eine Frau, die dem Pharmalabor ihrer Familie als President vorstand. Im Lauf der Jahre war das Netzwerk auf Hunderte von berufstätigen Frauen angewachsen. Ein Dutzend oder mehr von ihnen trafen sich einmal im Monat zum Lunch in einem Restaurant in Manhattan, zu dem manchmal eine Gastrednerin eingeladen wurde, um über ein allgemein interessantes Thema zu sprechen:

das Internet, Einstellungspraktiken, Branding zur Steigerung des persönlichen Erfolgs und so weiter.
Das nächste Lunch war eines, das Emily auf keinen Fall versäumen wollte, und sie hatte vor, auch ihre Gruppe der aufrechten Sieben zu bitten, um ihretwillen daran teilzunehmen. Sie brauchte alle Hilfe, die sie bekommen konnte. Kaum ein Jahr, nachdem sie an Bord gekommen war, hatte das *Wall Street Journal* über ein Gerücht berichtet, wonach ihre Firma Fusionsgespräche mit einem Online-Finanzdienst aufgenommen habe. Wenn das stimmte, würde die Fusion mit großer Sicherheit Jobs in beiden Firmen zunichte machen. Am nächsten Tag brachte die *New York Times* eine ähnliche Story und prophezeihte, dass bis zu vierzig Prozent der Makler in ihrem Unternehmen freigesetzt werden sollten. Die Stimmung im Büro war praktisch auf den Nullpunkt gesunken. Auch wenn der Deal erst einmal ausgehandelt werden musste und die Securities and Exchange Commission zur Bewilligung einer Fusion erfahrungsgemäß Monate brauchte, benötigte Emily umgehend einen Schlachtplan.
»Ich bin noch nicht so lange dabei wie viele meiner Kollegen«, erklärte sie den Frauen der Alliance bei dem besagten Lunch. »Und ich erwarte ein Baby, obwohl das noch niemand weiß. So wie ich es momentan sehe, habe ich keine Chance, zu den wenigen Auserwählten zu gehören, die ihre Jobs behalten – es sei denn, ich verschaffe mir einen Vorsprung vor allen anderen und habe etwas vorzuweisen, was mich wirklich auszeichnet und mich sowohl für meine Firma als auch für den Fusionspartner unverzichtbar macht.«

So sah Emilys Lage aus. Lassen Sie mich jetzt von der »authentischen« Emily erzählen, deren Marke kurz vor der Lancierung stand und ihr jenen »Vorsprung« verschaffen sollte, nach dem sie suchte.

Emily war intelligent und ehrgeizig, aber was sie wirklich einzigartig machte, war ihre Begeisterung für Mode. Ihr Vater war Kürschner in Midtown Manhattan, ihr Großvater hatte als Schneider in der Lower East Side gearbeitet und sogar ihr Urgroßvater war schon Schneider gewesen, sodass sie sozusagen genetisch vorbelastet war. Sie entspannte sich lieber mit einem Stapel aktueller Modezeitschriften als mit dem neuesten Bestseller. Es bereitete ihr Freude, Modetrends auszumachen und zu verfolgen und sie hatte Spaß daran, die Branche aus marktanalytischer Sicht zu beobachten. Dieses Interesse war der Anstoß für sie gewesen, die Branche besser kennen zu lernen und Kontakte zu Moderedakteurinnen und Herstellerfirmen zu suchen und zu pflegen. Zu den Annehmlichkeiten ihres Jobs gehörte es, dass sie Einladungen zu renommierten Modenschauen bekam. Sie liebte die Szene und wollte dieses Umfeld nicht verlieren, nur weil irgendwelche Leute eine Fusion beschlossen hatten.

Empfehlungen

Mode und Know-how über die Modeindustrie waren Emilys charakteristische Eigenschaften und ihr Spezialgebiet. Jetzt galt es, ihre Position als eine der Topanalystinnen für Mode und Schuhmode zu stärken – und zwar schnell.

Fast zweieinhalb Tage lang analysierte die Gruppe mit ihrer geballten Begabung und Erfahrung Emilys Situation. Alle waren sich einig, dass sie als Erstes einen Medienagenten benötigte, der sie Sendern wie MSNBC, CNBC und CNN als *die* Modeexpertin der Wall Street verkaufen konnte. Sie würde Angebote annehmen, bei Seminaren und Tagungen zu sprechen – eine Möglichkeit, die sie bisher nie wirklich genutzt hatte. Und statt wie bisher nur die ganz großen Events zu besuchen, würde sie sich um Einladungen für jede Modenschau und

jede einschlägige Veranstaltung in den USA und im Ausland bemühen, um sich über die neuesten Trends zu informieren und zu sehen, wer dabei war, sich vom Feld zu lösen, und vielleicht bald an die Börse gehen würde.
Außerdem würde sie umgehend anbieten, auf der neuen Website ihrer Firma eine Finanzkolumne für Frauen zu schreiben. Dieser Markt war bisher unangezapft, machte jedoch 51 Prozent der Anwender aus.

Wenn es Emily gelingt, sich als eine der führenden Analystinnen für Wertpapiere aus dem Modebereich zu positionieren, wird ihre Firma sie vermutlich auch nach der Fusion halten wollen. Aber nicht nur das: Es besteht eine gute Chance, dass auch konkurrierende Wertpapierhäuser Interesse an ihr zeigen werden.

Emilys Schlüsseleigenschaften

- B.A. von der Universität Princeton
- Arbeitete für Oppenheimer & Co. und Salomon Smith Barney
- Bekannt für ihr Gespür für Mode und ihren für die Wall Street untypischen Look
- Enge Kontakte zu Moderedakteurinnen und Herstellerfirmen
- Ehrgeizig, engagiert und intelligent

Emilys Markenbeschreibung

Branchenerprobt, aggressiv und zielorientiert wie sie ist, hat Em alles, was sie braucht, um eine der führenden Analystinnen an der Wall Street zu werden. Sie kultiviert Insider-Quellen, unter anderem Moderedakteurinnen und Herstellerfirmen, um Trends zu erkennen. Ihre punktgenauen Prognosen haben ihr den Ruf eingetragen, ein aufstrebendes Talent zu sein, das es im Auge zu behalten gilt.

EMILYS SLOGAN

- Führende Analystin für Wertpapiere aus der Welt der Mode

Von den Meistern lernen – Gewinnen Sie Mentoren mit Einfluss

Emilys Gruppe ist offensichtlich eine fantastische Ressource. Ihre Beraterinnen werden sie, wo sie nur können, mit Kontakten unterstützen. Die Marketingmanagerin zum Beispiel kann sie mit verschiedenen Medienagentinnen bekannt machen, die für sie hilfreich sein könnten. Genauso wichtig für Emily ist aber die positive Bestärkung durch die Gruppe, der Glaube ihrer Mitstreiterinnen an ihren Erfolg und ihre Bereitschaft, gegebenenfalls Zeit, Energie und mehr zu investieren, um sie beim Erreichen ihrer Ziele zu unterstützen. Deshalb geht es in Schritt Fünf über den Aufbau einer starken Marke darum, Unterstützung aktiv zu rekrutieren.

Eine Quelle der Weisheit und Klugheit,
eine Person, die an Sie glaubt, zu gewinnen, ist,
wie einen Ankerplatz in rauer See zu finden.

In jeder Branche gibt es sehr erfolgreiche Menschen, die es unheimlich spannend finden, Jüngeren und weniger Erfahrenen zu helfen. Für sie ist es eine Möglichkeit, etwas von dem Glück, das sie selbst gehabt haben, zurückzugeben. Für ihre Schützlinge kann es ein Segen sein, den sie selbst eines Tages weiterreichen.

Der ideale Mentor hat selbst viele der besprochenen Widerstände überwunden und kann Ihnen zeigen, wie Sie sie umschiffen. Ein Mentor wird Sie aufbauen, Sie beraten, Türen für Sie öffnen und Ihnen helfen, die Fähigkeiten zu erwerben, die Sie brauchen, um Ihre Marke zu stärken und erfolgreich zu sein. Ein Mentor wird sich für Sie einsetzen und ein gutes Wort für Sie einlegen, vor allem aber wird er Ihnen die richtigen Tricks und Kniffe beibringen. Ich kenne keinen wirklich erfolgreichen Menschen, der nicht zumindest einen Teil seines Erfolgs einem Mentor zuschreibt. Viele Menschen haben mehr als einen Mentor im Leben. Ich bin da keine Ausnahme.

Mein Vater war mein erster Mentor. Ich saß neben ihm, während er arbeitete, und lernte, wie man kreative Energie bündelt. Ich las seine Werbetexte und lernte die Grundlagen des Copywriting. Ich begleitete meinen Vater, wenn er Kunden akquirierte, und lernte, dass im Verkauf Enthusiasmus ansteckend ist. Mein Vater gab mir das denkbar solideste Fundament für die Karriere, die ich einschlagen sollte.

Als ich meinen Angestelltenjob bei Turner kündigte und mich selbstständig machte, hatte ich das unglaubliche Glück, einen der mächtigsten und beliebtesten Männer in der Welt des Fernsehens als Mentor und Freund zu gewinnen. Ich lernte Brandon Tartikoff durch einen gemeinsamen Geschäftspartner bei einer der vielen jährlich wiederkehrenden Branchenmessen kennen. Brandon war in den Achtzigerjahren President von NBC Entertainment, besaß eine erstaunliche kreative Intelligenz und war unter anderem für TV-Klassiker wie »Miami Vice«, »Cheers«, »Polizeirevier Hill Street«, die »Cosby Show« und »Familienbande« verantwortlich.

»Was ist der beste Schläger in Ihrem Bag?«, fragte er mich, als wir einander vorgestellt wurden. Gott sei Dank war mein Vater begeisterter Golfer, sonst hätte ich nie verstanden, was er meinte.

»Ich sorge dafür, dass die Leute sich daran erinnern, warum sie ins Marketing gegangen sind,« sagte ich. »Meine Begeisterung für Werbung ist ansteckend.«

»Wissen Sie, ich habe wie Sie mit Werbung angefangen,« sagte er. »Ich wette, Sie haben ein paar großartige Ideen für Fernsehserien.«

Von Anfang an forderte er mich heraus, meine Horizonte zu erweitern und kreativ zu denken. Ehrlich gesagt hatte ich damals von Fernsehen noch keine Ahnung, aber ihm gegenüber behauptete ich das Gegenteil. Auf gar keinen Fall wollte ich mir diese Chance entgehen lassen! Ich brachte ein Konzept für eine Serie zustande und das war der Anfang. Wenn er in der Stadt war, verging keine Woche, ohne dass wir uns trafen oder miteinander telefonierten.

»Woran arbeitest du gerade?«, pflegte er das Gespräch zu eröffnen. »Ich soll eine Marketingkampagne für ESPN entwickeln«, sagte ich. »Fantastisch! Woran hast du gedacht?« Schon waren wir mitten im Gespräch und er kam auf eine tolle Idee, die wiederum mich auf neue Ideen brachte.

Er zeigte mir Konzeptvorschläge oder Pilotfilme für neue Serien, holte meine Meinung ein und ließ mich an seinen Gedanken teilnehmen. Er öffnete mir seine Welt und machte mich mit den Spitzenmanagern der Unterhaltungsbranche bekannt. Wir klapperten zusammen alle großen Networks ab – Fox, CBS, Lifetime TV –, um ihnen meine Idee für eine Sitcom für junge Frauen anzubieten. Obwohl Marketing meine erste große Liebe war, begeisterte es mich, zusammen mit Brandon Produzent zu spielen.

Normalerweise verändert sich die Beziehung zwischen Mentor und Mentee, wenn sich eine sexuelle Komponente einschleicht. Großer-Bruder/Kleine-Schwester-Beziehungen oder Lehrer-Schüler-Beziehungen dagegen gedeihen meistens sehr gut. Im Lauf ihrer Entwicklung kann sich die Beziehung zwischen Mentor und Schützling zu einer echten Zusammenarbeit entwickeln: Brandon und ich redeten über unsere Ideen und planten zusammen Programme und Websites für die Zukunft, und so, wie mich seine kreative Brillanz hypnotisierte, erfüllte mein Enthusiasmus ihn, wie ich wusste, mit neuer Energie. ***Auch der Mentor profitiert also von der Verbindung mit seinem Schützling.*** Trotzdem blieb Brandon in allem, was wir taten, immer mein verehrter Lehrer.

Aber uns verband nicht nur die Arbeit, sondern eine Mischung aus Job, Spaß und Blödeleien. »Welchen Teil der Zeitung liest du zuerst?«, fragte er – und zog aus meiner Antwort alle möglichen und unmöglichen Schlüsse.

»Stell dir vor, du wirst von Außerirdischen entführt«, sagte ich zu ihm, »die dir zehn Minuten Zeit geben, drei beliebige Dinge zusammenzuraffen, die du mitnehmen kannst. Was würdest du wählen?« Wir stellten uns ständig solche bizarren Fragen, um kreativ zu bleiben.

Brandon Tartikoff starb 1998 im Alter von 48 Jahren an Morbus Hodgkin. Seither habe ich andere Menschen kennen gelernt, denen er wie mir ein Mentor war. Er war freigebig mit seiner Zeit und genoss es, Leute unter seine Fittiche zu nehmen. Er war ein wunderbarer, erstaunlicher, außergewöhnlicher Mensch, den wir alle vermissen.

Finden Sie Ihren Markenguru

Glauben Sie mir: Leute wie Brandon gibt es überall. Vielleicht fühlen sie sich durch einen aufgehenden Stern an ihre eigenen Anfänge erinnert, übernehmen gerne die Lehrerrolle oder sind von Natur aus großzügig – oder all das auf einmal.

Lassen Sie Ihren kühnsten Träumen freien Lauf und stellen Sie eine »A«-Liste auf: eine Liste der Leute, an deren Interesse und Unterstützung Ihnen am meisten liegt. Ergänzen Sie die Liste um frühere Vorgesetzte und Menschen auf Ihrem Karriereweg, die *Ihnen* wegen Ihrer Innovationsfähigkeit, Energie und Begeisterung Bewunderung entgegengebracht haben. Stellen Sie über Ihre Wunschkandidatinnen und -kandidaten die gleichen Recherchen wie über Ihr Zielpublikum an. Was sind das für Menschen? Haben Sie gemeinsame Bekannte, die Sie miteinander bekannt machen können? Was haben sie geleistet? Was ist das Besondere an ihnen? Wie können Sie ihre Aufmerksamkeit gewinnen?

Bringen Sie dann den Ball ins Rollen und greifen Sie zum Telefon, um jede Woche ein paar Verabredungen zum Frühstück oder Mittagessen mit Ihren früheren Vorgesetzten und »Fans« zu treffen. An die Menschen, die Sie neu kennen lernen möchten, schreiben Sie einfach einen sympathischen, enthusiastischen Brief. Darin erklären Sie, dass Sie nach einer Mentorin suchen, die Ihren Karriereweg begleitet, dass Sie sich über eine Gelegenheit zu einem Gespräch freuen würden und dass Sie sich bei ihr melden werden, um zu hören, ob ihr ein Treffen irgendwann in der nächsten Woche angenehm wäre. Alternativ dazu können Sie Ihre Wunschmentorin auch zum Lunch einladen und ihr sagen, wie sehr Sie ihren Stil bewundern und dass Sie sie gerne als Mentorin gewinnen würden. Eine etwas weniger direkte Methode besteht darin, eine Person ausfindig zu machen, mit der Sie gerne zusammenarbeiten würden – wohl wissend, dass Sie dabei auch eine Menge lernen können. Dann bekunden Sie in einem liebenswürdigen Brief oder Anruf Ihr Interesse an einem gemeinsamen Projekt.

Ist das Treffen vereinbart, fängt die Arbeit erst richtig an. Wie in allen anderen Dingen ist auch hier Vorbereitung der Schlüssel zum Erfolg. Legen Sie im Voraus fest, wie Sie sich verkaufen werden. Lassen Sie die besten Eigenschaften Ihrer Marke Revue passieren. Blättern Sie in Ihrer Trophäensammlung. Lesen Sie noch einmal Ihren Lebenslauf und gegebenenfalls alle Artikel, die je über Sie geschrieben wurden. Gehen Sie Ihre Arbeitsproben Seite für Seite durch. Wenn es sich anbietet, schicken Sie Ihrer Gesprächspartnerin vor dem Treffen eine Mappe mit ausgewählten Unterlagen zu.

Ihre potenzielle Mentorin benötigt Informationen über Ihre Ziele, um einschätzen zu können, ob sie Ihnen weiterhelfen kann. Seien Sie deshalb darauf vorbereitet, Ihre Pläne präzise zu erläutern. In jedem Fall werden Sie ihr erklären müssen, warum ausgerechnet sie Ihre Wunschkandidatin ist. Komplimente kommen immer gut an, aber übertreiben Sie nicht. Machen Sie Ihre Bewunderung lieber an früheren Leistungen oder speziellen Fähigkeiten Ihrer Gesprächspartnerin fest. (Ich brauche Ihnen natürlich nicht zu sagen, dass Sie zu diesem Zeitpunkt über Ihre Mentorin in spe bestens Bescheid wissen.)

Wenn Sie sich als Partnerin einer Zusammenarbeit anbieten, bringen Sie Ihren Arbeitsvorschlag mit. Seien Sie darauf vorbereitet, Ihre Visionen über das Projekt und Ihre Vorstellungen über die Arbeitsaufteilung und Organisation der Zusammenarbeit darzulegen.

Übrigens: Falls Sie auf Ihren ersten Brief keine Antwort erhalten, bleiben Sie hartnäckig. Eine Zurückweisung muss kein absolutes Nein bedeuten. In 29 Prozent der Fälle müssen Sie Ihren Mentor aktiv umwerben. Die dreißigjährige CD-ROM-Produzentin Bhana Grover hatte einen Geschäftsmann in ihrer Stadt im Visier, der eine Kette für pädagogisch wertvolles Spielzeug gegründet hatte.[1] Sie schrieb ihm einen Brief, er antwortete nicht, sie schickte ihm eine Mail, sie nahm Kontakt zu seinen Teilhabern auf und schrieb ihm einen zweiten Brief. Sie schickte ihm eine Kopie ihrer CDs mit indianischen Märchen für Kinder. Schließlich erklärte er sich zu einem Treffen mit ihr bereit. Ihre CDs gefielen ihm zwar, doch er hielt CD-ROMs für ein schwieriges Einstiegsmedium und riet ihr, über die Möglichkeiten des Internets nachzudenken. In einem Monat könne sie ihn wieder anrufen. Als sie sich nach einem Monat bei ihm meldete, war er zu einem zweiten Treffen bereit, allerdings erst drei Monate später. In der Zwischenzeit saß Bhana nicht untätig herum. Sie entwickelte sich zum Internet-Profi.

Ihr Einsatz zahlte sich aus. Ihr widerstrebender Mentor war von der Beharrlichkeit, dem Fleiß und der Leidenschaft dieser jungen Unternehmerin so beeindruckt, dass er sie bei der Entwicklung ihres Business-Plans unterstützte. Er hielt sie dazu an, jeden einzelnen Aspekt ihrer Unternehmung zu bedenken und zu begründen: das Zielpublikum, den Inhalt und die Aufmachung der CDs, die Finanzplanung. Als er sicher war, dass sie wusste, was sie tat, und ihr Vorhaben in all seinen Nuancen verstand, war er ihr dabei behilflich, eine halbe Million Dollar Wagniskapital für die Gründung ihrer Firma zu beschaffen.

Kay hat eine ganz ähnliche Geschichte. Sie ist Mediatorin, das heißt, sie schlichtet Streitigkeiten zwischen zwei Parteien, und gehört zum harten Kern von Emilys Frauen-Netzwerk. Kay baute ihre Marke auf, indem sie eine Allianz mit den besten und brillantesten juristischen Köpfen schuf. Sie suchte sich die zehn angesehensten Anwälte für Zivilrecht in Manhattan heraus und brachte sie dazu, sich für sie einzusetzen.

In einer groß angelegten Anrufinitiative versuchte sie, mit jedem ihrer Kandidaten Verabredungen zum Lunch zu treffen. Die Männer und Frauen, auf die sie es abgesehen hatte, waren sehr beschäftigt und es war nicht einfach, zu ihnen vorzudringen. Aber Kay war fest davon überzeugt, dass Menschen Menschen helfen möchten, und gab nicht nach. Sie rief an und schrieb und schickte E-Mails. Sie bat um einen Termin, um sich vorstellen zu dürfen. Sie machte kein Hehl daraus, was sie wollte: Hilfe, um Mediationsfälle zu bekommen. Feed-back, wie sie diese Fälle handhabte. Ratschläge, wie sie ihre Karriere vorantreiben konnte.

Kay ließ auf jeden Kontakt eine Notiz folgen, in der sie das Gespräch rekapitulierte. Sie machte es ihren Wunschkandidaten leicht, in die Mentorenrolle zu schlüpfen, weil sie genau sagte, was sie wollte, und niemands Zeit verschwendete. Sie sorgte dafür, dass sie nicht in Vergessenheit geriet, indem sie sich einmal in der Woche telefonisch meldete. Sie nahm an Veranstaltungen teil, bei denen einer ihrer Wunschkandidaten sprach. Sie lud sie zum Lunch und zum Dinner ein. Nach und nach wurden alle zehn Anwälte Kay-Förderer und die, die am schwersten zu gewinnen waren, entwickelten sich zu ihren wertvollsten Fürsprechern. Sie waren geschmeichelt von ihrem Wunsch, sie als Coaches zu gewinnen, und standen voll und ganz auf ihrer Seite, jederzeit bereit, sie weiterzuempfehlen oder eine Tür für sie zu öffnen, begierig darauf, sie reüssieren zu sehen.

LAURA

Lauras erster Mentor war ihr Lehrer für Fotografie in der Highschool gewesen. Er hatte ein besonderes Interesse an ihr und ihrem offensichtlichen Talent entwickelt und sie über den normalen Stoff hinaus in Folienpräsentation und Projektarbeit unterwiesen. Als Laura später am College Kunst studierte, war sie stark von der künstlerischen Ausrichtung und Leidenschaft dieses Lehrers beeinflusst und entschied sich, das im Rahmen des Studiums geforderte Praktikum im Multimedia-Bereich abzuleisten.

Sie machte das Praktikum bei einem Präsentationsbüro, das als das Beste in Columbus galt. Ihr Chef, Joe, brachte ihr bei, wie man durch entsprechende Projektorprogrammierung den Eindruck eines beweglichen Bildes erzeugt, Helligkeit und Farbe am vorteilhaftesten einsetzt, Spezialeffekte nutzt und Multimediapräsentationen im Business-Bereich optimal aufbereitet. Noch Jahre nach dem Ende des Praktikums betrachtete Laura Joe als ihren Mentor – obwohl ihre Beziehung da längst eine romantische Wendung genommen hatte und sie und Joe geheiratet hatten. Joe ermutigte sie, sich auch mit den Softwareaspekten von Multimedia-Präsentationen zu befassen – etwas, das er selbst versäumt hatte. Der Mentor half seinem Schützling, den Mentor zu übertreffen.

Als Laura Samanthas Job übernahm, besaß sie außerordentliche technische Fertigkeiten, aber als Chefin von acht Mitarbeitern musste sie in eine ihr neue Führungsaufgabe hineinwachsen. Ihre Firma brachte sie mit einer Managerin aus der Personalabteilung zusammen, die ihre Mentorin wurde, und zwischen ihnen entwickelte sich eine herzliche, von beiderseitigem Respekt getragene Beziehung. Zum Beispiel unterstützte die Mentorin Laura in ihrem Bemühen, ihre Marke in der Firma zu etablieren.

Mary Beth

Mary Beth hatte gleich bei ihrem ersten Job bei Grey Advertising einen Mentor gefunden. Einer der dortigen Artdirectors, ein zynischer, ziemlich unmöglicher David-Bowie-Typ in den Vierzigern, war geradezu vernarrt in Mary Beths kühle Schönheit à la Carolyn Bessette Kennedy und ihre oft erfrischende Sicht der Dinge – wobei ihm besonders gefiel, dass sie über seine Sticheleien lachte. Er brachte ihr die Tricks und Kniffe des Geschäfts bei und ermutigte sie dann, ihrem Ehrgeiz zu folgen und sich an der Parsons School of Design zu bewerben. Als Grey ihr 50 000 Dollar anbot, um sie zurückzugewinnen, bestärkte er sie in ihrem Entschluss, die Hand nach einer Aufgabe auszustrecken, die jeden Tag herausfordernd und verheißungsvoll erscheinen lassen würde.

Mary Beth rief ihn auch an, als sie das Für und Wider eines Umzugs nach Los Angeles erwog. Er durchforstete seine Adresskartei und gab ihr ein Telefonverzeichnis von Leuten, die sie anrufen konnte, wann immer sie etwas brauchte: Hilfe bei der Wohnungssuche; einen Job in der Kunstabteilung von Bloomingdale's, falls alle Stricke reißen sollten; einen Therapeuten für analytische Psychologie; und vier extrem vorzeigbare, sehr unterhaltsame Freunde von ihm, zwei Künstler und zwei Schauspieler, denen es eine Ehre sein würde, ihr das wahre Hollywood zu zeigen, sie zu bekochen, sie in Kontakt mit ihren jeweiligen Netzwerken zu bringen und ihr in allen nur denkbaren Fragen weiterzuhelfen.

Jillian

Jillian hat einen Kreis guter Freundinnen, mit denen sie über ihre neue Unternehmung sprechen kann, vor allem über die damit verbundenen emotionalen Aspekte: ihr gelegentlich angeschlagenes Selbstvertrauen oder ihre Enttäuschung über die ihrer Meinung nach unschöne Trennung von ihrer früheren Chefin. Allerdings konnte keine ihrer Freundinnen ihr das Business-Know-how vermitteln, das sie brauchte, um sich auf ihrem Gebiet selbstständig zu machen. Ihre Marke würde von der Beratung durch einen Fachmann entschieden profitieren.

EMPFEHLUNG

Ich habe Jillian empfohlen, sich nach einem professionellen Mentor umzusehen. Als sie noch die Buchführung für Restaurants erledigte, hatte sie mit einem Wirtschaftsprüfer zusammengearbeitet, der Klienten an sie verweisen und ihr beim Aufbau ihres Geschäfts behilflich sein konnte. Sie zog in Erwägung, Kontakt zu ihm aufzunehmen. Darüber hinaus gab es für sie die Möglichkeit, sich mit einer Organisation in Verbindung zu setzen, die Seniorenexperten vermittelt, welche Existenzgründern mit Branchenkenntnissen und Business-Know-how zur Seite stehen.

Wollen Sie mit mir zusammenarbeiten?

Auch eine Zusammenarbeit mit einem erfahrenen Vorbild bringt Sie in den Genuss der Vorzüge einer Mentorenbeziehung. Als ich meine Marketingfirma gründete, überlegte ich mir unter anderem sehr genau, mit welcher Art von Leuten ich eine Zusammenarbeit anstrebte. Damals, 1995, war ich durch einen Artikel auf Rick Selvage gestoßen, der vor kurzem zum Leiter von AT&T Interactive ernannt worden war, den Internet-Service von AT&T. Er war genau der Typ von Mensch, den ich treffen, mit dem ich arbeiten und von dem ich lernen wollte.

Warum Rick Selvage? Er mischte ganz vorne in der Online-Welt mit, über die damals noch kaum jemand etwas wusste. An dieser Welt wollte ich teilhaben.

Wie Sie wissen, verfechte ich die These, dass es sich lohnt, die Welt um das zu bitten, was man will. Deshalb schnitt ich den Artikel und das Foto von Mr. Selvage aus und steckte es in meinen Terminplaner. Eines Tages, das schwor ich mir, würden wir bei einem Projekt zusammenarbeiten.

In der Zwischenzeit handelte ich entsprechend der Devise, »Nur wer rausgeht, kommt rein«, und traf Leute, besuchte Konferenzen, Seminare und Podiumsdiskussionen und steckte eine Menge Energie in meine Selbst-PR. Bei einer der Konferenzen, der Star Power in L.A., gab es eine Podiumsdiskussion über die Zukunft des Internets in der Unterhaltungsindustrie. Stellen Sie sich mein Erstaunen vor, als ich auf die Bühne sah – und feststellte, dass einer der vier Diskussionsteilnehmer niemand anderer war als Rick Selvage!

Nach dem Ende der Diskussion lief ich auf die Bühne hinauf und sagte ihm, wie gerne ich ihn schon immer kennen lernen wollte, wie hart ich am Aufbau meiner eigenen Firma arbeitete und wie gerne ich mit ihm zusammenarbeiten wollte. Mein Enthusiasmus gefiel ihm offensichtlich, denn er forderte mich auf, meine Ideen über eine mögliche Zusammenarbeit mit ihm aufzuschreiben und ihm zu schicken.

Bereits am nächsten Tag schickte ich ihm einen Vorschlag für eine Frauen-Website. Ein paar Tage später, bevor meine Schneckenpost ihn überhaupt erreicht hatte, rief er mich an und wollte wissen, wo mein Konzept blieb. Als ich ihm sagte, es sei unterwegs, gab er mir einen ersten geschäftlichen Tipp: »Beschaffen Sie sich einen E-Mail-Anschluss.« Diesem wichtigen Rat sollten später viele weitere folgen.

Sie spielen jetzt in der Spitzenklasse

Wenn Sie Ihren Mentor gefunden haben, sollten Sie sich auf einen wilden Ritt einstellen, der Sie und Ihre Marke auf vielfache Weise bereichern kann. In der Berufswelt von heute ist der Rückhalt durch einen respektierten Mentor einer der besten Garanten dafür, auf der sprichwörtlichen Karriereleiter voranzukommen – vor allem, wenn Sie eine Spitzenmanagerin in Ihrem Unternehmen dazu bringen können, die Leiter zu Ihnen hinunterzulassen.

Manchmal ist es fast unmöglich, in den Gewässern einer hochpolitischen Firmenkultur zu kreuzen, wenn Sie keine Mentorin haben, die Ihnen hilft, die Klippen zu umschiffen. Mentoren bewahren Sie vor allen möglichen Hindernissen wie Konkurrenz und Sabotage. Sie arbeiten eng mit Ihnen zusammen und können Ihnen die Paradeaufgaben übertragen, die den Stärken Ihrer Marke entgegenkommen und Ihnen einen glänzenden Auftritt und die Anerkennung Ihrer Vorgesetzten verschaffen.

Die Verbindung zu einem Mentor ist wie die Verbindung zu einer höheren Macht, als Sie selbst es sind.

Das Prestige, das mir zuteil wurde, weil der legendäre Brandon Tartikoff mich unter seine Fittiche genommen hatte, verlieh meinem Ansehen einen enormen und ungeahnten Aufschwung. Menschen nahmen mich ernst (und meine Anrufe an!), weil ich mit Brandon zusammenarbeitete. Einen Mentor zu haben sorgt aber nicht nur für Prestige und offene Türen. Protegé eines Mentors zu sein bedeutet auch, nicht ausschließlich durch Versuch und Irrtum lernen zu müssen. Mentoren bugsieren Sie an Katastrophen vorbei und lassen Sie an den Lektionen teilhaben, die sie aus eigenen vergangenen Fehlern gelernt haben. Damit ersparen Sie Ihnen die schmerzhaften Dämpfer, die sie selbst einst einstecken mussten. In allererster Linie ist Ihr Mentor Ihr Lehrer. Unter seiner wachsamen Führung sollten Sie an Wissen, Einsicht und Erfahrung gewinnen. Einen Mentor zu haben bedeutet darüber hinaus, dass jemand hinter Ihnen steht, der Sie anfeuert, ermutigt und bestärkt.

Außerdem ist es wichtig, dass Sie sich als gute Schülerin erweisen – anderenfalls wird Ihre Mentorin das Interesse verlieren. Hören Sie sich ihren Rat an und setzen Sie ihn um! Zeigen Sie, dass Sie die Zeit, die sie Ihnen widmet, zu schätzen wissen und nicht vergeuden. Ihre Mentorin will, dass Sie Erfolg haben. Ist das der Fall, wirft das auch ein positives Licht auf ihre Person zurück.

Durch Mentoring auf die Überholspur

Gerade rechtzeitig zu Beginn des 21. Jahrhunderts kommt Mentoring in der Welt der Großunternehmen zu neuen Ehren. Viele Unternehmen sehen für bestimmte Positionen Mentorenprogramme vor. In eines dieser Programme hineinzukommen ist ein Zeichen dafür, dass das Unternehmen Sie als potenzielle Senkrechtstarterin sieht. Bewerben Sie sich also um die Aufnahme in derartige Programme. Fragen Sie Ihren unmittelbaren Vorgesetzten, wie man es anstellt, einen Mentor im Unternehmen zu bekommen. Und gehen Sie nach Möglichkeit nie aus einem Vorstellungsgespräch, ohne gefragt zu haben: »Und wie sieht Ihr Mentorenprogramm aus?« Bleiben Sie am Ball.

Einige Unternehmen teilen Mentoren zu. In anderen können Sie direkt darum bitten, dass eine bestimmte Person Ihr Mentor wird. Zögern Sie nicht, sich selbst um einen Mentor zu bemühen, vor allem in Firmen ohne Mentorenprogramm. Finden Sie die Person, die den Job hat, den Sie eines Tages selbst gern hätten. Finden Sie jemanden, der Eigenschaften besitzt, die Ihnen fehlen, und einen Wissensstand, den Sie erreichen möchten. Finden Sie einen Menschen, den Sie bewundern und respektieren.

Wenn Mentoring in Ihrer Firma ein Fremdwort ist oder wenn die Abteilungsleiterin, deren Förderung Sie sich erhofft haben, Ihre Annäherungsversuche zurückweist, müssen Sie auf andere Anlaufstellen ausweichen. (Übrigens: Lassen Sie sich von einer Absage nicht entmutigen. Mentoring ist eine Zeit raubende Verpflichtung und viele Geschäftsleute, besonders in den höheren Rängen – vor allem Frauen, die oft ihre knappe Freizeit für ihre Familie reservieren –, lehnen es mit Bedauern ab, einen Protegé zu akzeptieren.) Sehen Sie sich nach einem privaten Coach um, der sich auf Erfolg im Wirtschaftsleben spezialisiert hat, oder durchstöbern Sie Online-Angebote wie coachu.com, wo Sie Fragebögen zur Selbsteinschätzung, einen Chatroom, Links, Fragen, die Sie einem potenziellen Coach stellen können, und Informationen über Karrierethemen aller Art finden.

Nutzen Sie die neue Möglichkeit des Coachings

Persönliches Business-Coaching ist ein neuer Trend, der in einem zunehmend wettbewerbsintensiven wirtschaftlichen Umfeld rasant um sich greift. Es ist unglaublich sinnvoll, einen erfahrenen Experten »auf der Gehaltsliste« zu haben, mit dem Sie Strategien für geschäftliche Entscheidungen besprechen und berufliche Probleme erörtern können. Ich bin überzeugt davon, dass professionelle Business-Coaches im 21. Jahrhundert mehr Zulauf haben werden als Psychologen.

Mein Coach, Mariette Edwards, war in ihrem früheren Leben Personalchefin des Telekommunikationsunternehmens BellSouth und ist wie ich dem Angestelltendasein entflohen. Ich hatte zweimal in der Woche einen fest eingeplanten einstündigen Telefontermin mit Mariette, um geschäftliche Fragen mit ihr zu erörtern. Sie beriet mich über die Honorarstruktur meiner Beratungsleistungen und alle anderen finanziellen Aspekte meiner Arbeit wie Personalfragen, Gehälter, Bonusregelungen, Geschäftserweiterungen und Kosteneinsparungen. Wir diskutierten über Selbst-PR und die Verbesserung von Kundenbeziehungen. Wir redeten über Emotionen, die die berufliche Leistungsfähigkeit behindern können. Es gibt nichts, worüber wir nicht sprachen.

Als besonders hilfreich erwies sich für mich Mariettes Beratung zum Umgang mit schwierigen Kunden. Ein Beispiel: Ich hatte einen Rahmenvertrag mit einem sehr wichtigen

Technologieunternehmen, der mir jedes Jahr ein ansehnliches Auftragsvolumen einbrachte. Leider trug der Marketingleiter des Unternehmens eine krasse Missachtung meiner Person zur Schau, zum Beispiel indem er Besprechungen in letzter Minute absagte oder mich bei Geschäftsessen versetzte. Irgendwann begann ich die Tage zu hassen, an denen ich mit ihm zu tun hatte. Als ich ihn zur Rede stellte, entschuldigte er sich wortreich und versprach, mir als Zuckerbrot noch mehr Aufträge zukommen zu lassen – ein Versprechen, das er nur selten wahr machte. Die Geschäftsbeziehung zu diesem Unternehmen brachte mir eine Menge Prestige ein, auf das ich ungern verzichten wollte. Die Frage war nur: Wie sollte ich das schaffen und mir selbst treu bleiben – mir und meinem Kernwert Integrität?

Mariette regte mich an, darüber nachzudenken, ob die Aufträge dieses schwierigen Zeitgenossen die Gefühle lohnten, die der Umgang mit ihm in mir auslöste. Nach und nach wuchs in unseren Coaching-Sitzungen in mir die Gewissheit, dass kein Auftragsvolumen der Welt diese negativen Emotionen aufwiegen konnte. Wahrscheinlich würde ich ebenso erfolgreich und mit Sicherheit viel glücklicher sein, wenn ich mich um Kunden bemühte, die meine Kernwerte teilten. Das war ein typisches Beispiel für die Probleme, mit denen wir uns auseinander setzten.

Zu unseren vereinbarten Treffen brachte ich immer eine vorher festgelegte Tagesordnung mit, sodass wir keine Zeit verschwendeten. (Denken Sie stets daran: Die Uhr tickt!) Manchmal hatten wir auch »Laser-Sitzungen«, ungeplante Beratungen in Krisensituationen. In solchen Fällen machte Mariette sich von einem Moment auf den anderen für mich frei.

Sie unterstützte mein Anliegen, mich der Stärkung von Frauen zu widmen, und machte mir klar, dass ich lernen musste, vor Publikum zu sprechen. Nur so konnte ich wirklich viele Menschen erreichen. Die Idee, öffentlich zu sprechen, jagte mir Todesängste ein, doch ihr Vertrauen half mir, meine Panik zu überwinden. Mariette spielte auch eine entscheidende Rolle bei den Vorbereitungen zu meinem ersten »Brand New You«-Workshop für eine Gruppe von einhundert Frauen aus der Filmbranche. Ich sagte, dass ich noch nicht so weit sei, und sie erwiderte: »Das weiß ich. Aber Sie haben noch acht Wochen Zeit.« Genau diese Art von Druck ist notwendig, gewöhnliche Sterbliche zu großen Taten anzuspornen!

Mariette war die Erste und die Letzte, die ich in herausfordernden Situationen anrief. Ihr kühler Kopf und ihre reiche Erfahrung waren unschätzbar wertvoll für die Entwicklung meiner Firma und meiner Persönlichkeit. In ihrer Obhut kam ich mir selbst näher als je zuvor. Sie half mir, mit meinem authentischen Ich, dem Herz und der Seele meiner Marke, Bekanntschaft zu schließen.

Schritt 5: Übungen

Einen Mentor finden

Verwenden Sie die im Folgenden genannten Strategien als Checkliste bei der Suche nach einer Mentorin.

1. *Innerhalb des Unternehmens:* Informieren Sie sich über das Mentorenprogramm Ihres Unternehmens. Wenn es kein entsprechendes Programm gibt, stellen Sie eine Liste der Personen auf, die Sie gerne als Mentor hätten. Als Mentor kommt zum Beispiel die Person infrage, die die Position innehat, welche Sie eines Tages anstreben, oder ein Mensch, der etwas kann, was Sie gerne lernen würden.

   ____

   ____

   ____

   ____

2. ***Wenn Sie am Anfang Ihrer Karriere stehen, den Job gewechselt haben oder nach einer Pause in den Beruf zurückkehren:*** Sehen Sie sich nach einer Mentorin in der Branche um, die Sie im Visier haben, oder in der Firma, in der Sie gerne arbeiten würden. Suchen Sie in Fachzeitschriften nach ihr oder bei Tagungen. Halten Sie bei Vorstellungsterminen nach ihr Ausschau und bei Recherchen über die Firmen, bei denen Sie sich bewerben. Stellen Sie eine Liste potenzieller Mentoren auf.

   ____

   ____

   ____

   ____

3. ***Wenn Sie Beraterin, Unternehmensgründerin oder Freiberuflerin sind:*** Sehen Sie sich, wie oben beschrieben, nach Mentoren in Ihrer Branche um, die Sie beraten und Kunden an Sie verweisen können. Listen Sie mögliche Kandidaten hier auf.

___

___

___

___

4. ***Für alle gilt:***

- *Kontaktieren Sie eine potenzielle Mentorin* brieflich, per E-Mail oder telefonisch, um ein Treffen zu vereinbaren.
- *Informieren Sie sich über den Hintergrund Ihrer Kandidatin.* Vielleicht haben Sie Gemeinsamkeiten, die Ihnen bisher noch nicht bekannt waren. In jedem Fall ist es mit Hintergrundwissen einfacher, Ihren Brief passgerecht auf die Adressatin zuzuschneiden.
- *Informieren Sie umgekehrt die Kandidatin über Ihren Hintergrund* und schicken Sie ihr vor dem Treffen Ihren Lebenslauf und andere relevante Unterlagen zu. (Schritt 7 in diesem Buch hilft Ihnen nicht nur, das Markenpublikum zu erobern, sondern auch, einen Mentor zu gewinnen.)
- *Erklären Sie Ihr Ansinnen.* Vermitteln Sie dem potenziellen Mentor das Gefühl, dass die Zeit, die er für Sie aufwendet, gut angelegt ist – ohne dabei überschwänglich oder scheinheilig zu wirken. Da Mentoring auf Gegenseitigkeit beruht, sollten Sie darlegen können, wie sich sein Engagement für Sie auch für ihn selbst auszahlen kann.
- *Schreiben Sie gleich nach dem Treffen einen grandiosen Dankesbrief.*

- *Nehmen Sie eine Absage nicht persönlich.* Teilen Sie der Welt einfach weiter Ihre Wünsche mit. Blättern Sie in Ihrer Trophäensammlung. Rufen Sie Ihre Unterstützungsgruppe an. Visualisieren Sie den Erfolg. Sammeln Sie neue Kräfte und unternehmen Sie einen neuen Versuch.
- *Ziehen Sie einen professionellen Business-Coach als Mentor in Betracht.* Adressen finden Sie im Internet und im örtlichen Telefonbuch.
- *Vernachlässigen Sie nicht die anderen Formen von Unterstützung, die jeder erfolgreiche Mensch braucht.* Erinnern Sie sich an die Freunde und Verwandten, die Ihnen Beistand leisten, Ihre Markenberater, indem Sie sie hier auflisten:

____

____

____

____

SCHRITT

—6—

Lernen Sie, Ihre Marke zu verpacken

In den Achtzigerjahren hatte ich einen sehr guten Freund, einen typischen New Yorker, der überaus intelligent und charmant war. Auf meinen Vorschlag hin bewarb er sich um einen Job in der Lizenzabteilung von Turner Broadcasting. Ich war zu dieser Zeit selbst noch bei Turner beschäftigt und erkundigte mich bei dem Vertriebschef, der das Vorstellungsgespräch geführt hatte, wie es gelaufen war. Er schüttelte nur den Kopf. »Er hat zwei Sachen falsch gemacht«, sagte er. »Und das wäre?«, fragte ich. »Er hat Manschettenknöpfe – wie ein Schwuler. Und ich traue Männern nicht, die Hosen mit Bügelfalten tragen. Das ist mir zu glatt.«

In jeder Geschäftssituation ist das Aussehen ein Faktor – und ein entscheidender dazu.

Klar, Unternehmen dürfen Sie nicht wegen Ihres Geschlechts, Ihrer Rasse, Ihrer Religion, Ihrer nationalen Herkunft, Ihres Alters, einer etwaigen Behinderung oder Ihrer sexuellen Orientierung diskriminieren. Aber natürlich hat ein Unternehmen die Wahl, Sie wegen Ihrer Rasta-Frisur oder Ihrer Piercings gar nicht erst einzustellen. Verpackung hat nur und ausschließlich mit dem Aussehen und seiner Bedeutung im Job zu tun. In diesem Kapitel erfahren Sie, wie Sie Ihren Look als integralen Bestandteil Ihrer Marke einsetzen können und sollten.

Ihre Marke auf einen Blick

Lassen Sie mich zunächst eines klarstellen: Eine Verpackung ist keine Maske, die das Produkt dahinter verbirgt. Sie ist ganz im Gegenteil eine Möglichkeit, das Wichtigste über ein Produkt auf einen Blick zu kommunizieren. Hat ein Produkt sich bereits als Marke etabliert, wird eine Kundin es gedankenlos in den Einkaufswagen legen. Wenn es dagegen brandneu auf dem Markt ist (und sie es überhaupt bemerkt), werden all seine Designelemente sie positiv oder auch negativ beeinflussen: die Form der Schachtel, die grafische Gestaltung, die Farben, das Schriftbild und so weiter. Die Verpackung ist ein starkes Werkzeug, das, gekonnt eingesetzt, einen Kunden zum Kauf bewegen kann.

Wenn ich davon spreche, dass Sie sich als Marke verpacken sollen, gelten genau die gleichen Regeln. Ihr Publikum wird bewusst und unbewusst von Ihrem Aussehen beeinflusst. Dazu gehören Ihre Figur, Ihre Größe und Ihre Art, sich zu kleiden – eigentlich alle Ihre körperlichen Eigenschaften, Ihre Oberbekleidung und Ihre Accessoires. Sie werden auch nach dem Zustand und der Gestaltung Ihrer Visitenkarten beurteilt werden, nach dem Briefpapier, das Sie verwenden, nach Ihrem Lebenslauf oder Ihrer Mappe mit Arbeitsproben, nach der Ansage auf Ihrem Anrufbeantworter und nach Ihrer Website. All diese Dinge sind Teil Ihrer Verpackung.

Sie stehen vor einer zweifachen Herausforderung:
Ihr Äußeres muss Ihrem Zielpublikum gefallen
und Ihr Inneres so echt wie möglich widerspiegeln.

Aber was, wenn Ihr wahres Ich sich nun mal in durchlöcherten Jeans und einem alten Sweatshirt am wohlsten fühlt? Was, wenn Ihre Leidenschaft dem Outdoor-Leben gilt und Ihr authentisches Selbst sich am besten in Holzfällerhemd und Wanderstiefeln ausdrückt? Oder was, wenn Sie es am liebsten sexy mögen und tief ausgeschnittene Oberteile und Stretchmaterialien bevorzugen?

Jetzt aber mal im Ernst: Wir reden hier über Ihr berufliches Leben, nicht über Ihr Freizeit- und erst recht nicht über Ihr Liebesleben. Die Welt akzeptiert für gewöhnlich, dass Sie sich im Job anders kleiden als für eine private Verabredung. Wir sprechen hier über Authentizität im Rahmen dessen, was in Ihrem beruflichen Umfeld akzeptabel ist. Sie können den Rahmen des Akzeptablen bis zum Äußersten ausreizen und in manchen Kreativjobs sollten Sie sogar noch einen Schritt weiter gehen. Aber es ist selten produktiv, allzu weit aus der Komfortzone Ihrer Business-Kultur auszubrechen. Tun Sie es dennoch, werden Sie wahrscheinlich als »unangemessen« oder »uninformiert« abgestempelt.

Die besten und einprägsamsten Verpackungen sind hundertprozentig mit den einmaligen Eigenschaften ihres Produkts konsistent.

Colonel Sanders, der Gründer von Kentucky Fried Chicken, möchte Sie wissen lassen, dass Sie in seinen Fastfood-Restaurants jede Menge Hähnchen bekommen. Welche bessere Verpackung hätte er sich dafür einfallen lassen können als einen Eimer? Apple-Computer galten immer als die klare Alternative zum IBM-PC, aber in den Neunzigerjahren wurden sie in den gleichen tristen, nichts sagenden, beigen Gehäusen angeboten wie die Konkurrenzgeräte und verkauften sich nicht allzu gut. Der Mac war einfach nicht mehr hip. All das änderte sich mit der Einführung des iMac. Glänzend, futuristisch und einfach niedlich, war der iMac sogar in sechs leuchtenden Farben für jeden Geschmack erhältlich. Plötzlich gab es ihn wieder, den Computer, der seinen Ruf darauf gegründet hatte, Spaß zu machen und leicht bedienbar zu sein: Schon sein Aussehen ließ die Leute an Spaß (diese Farben!) und leichte Bedienbarkeit (alles in einem Stück) denken.

Sehen wir uns ein weiteres Beispiel für ein Produkt an, das durch seine Verpackung viel über seine inneren Qualitäten verrät: Die Quaker-Oats-Schachtel in ihrer charakteristischen Zylinderform ist aus schwererem Karton hergestellt als die Schachteln anderer Frühstückszerealien. Den Verbrauchern wird damit suggeriert, dass auch der Verpackungsinhalt »schwerer« wiegt und damit hochwertiger ist. Früher hoben viele Familien ihre leeren Quaker-Oats-Schachteln als Aufbewahrungsbehälter auf. Die Marke erwarb sich dadurch zusätzlich ein Image der Nützlichkeit, das perfekt zu dem Bild des Quäkers auf dem Etikett passte, der den Genuss von Quaker Oats als Akt der Vernunft, ja sogar der Frömmigkeit erscheinen ließ. Als in den Vierzigerjahren der Spielzeugbausatz Tinker Toys auf den Markt kam, wurde auch hierfür ein fester, zylindrischer Karton verwendet und Quaker profitierte davon, unterschwellig mit einem der erfolgreichsten Kinderspielzeuge vor 1975 assoziiert zu werden.

So wie Apple und Quaker Oats ihren Kunden ihre Schlüsselattribute durch ihre Verpackung mitteilen, ist es auch Ihr Anliegen, Ihren einmaligen Eigenschaften und Attributen durch Ihr Äußeres Ausdruck zu verleihen.

Ihre Verpackung sollte von Kopf bis Fuß Ausdruck Ihrer kreativen Energie, Ihres Talents, Ihrer Herzlichkeit, Ihrer Art zu denken, Ihres Könnens sein – Ihrer seelisch-geistigen Eigenschaften, die Sie in ihrer Kombination einzigartig machen.

Aufgabe Ihrer Verpackung ist es, diese einzigartige Verbindung Ihrer ureigensten, besten Eigenschaften zu vermitteln – nicht nur, wenn Sie persönlich anwesend sind, sondern auch in Ihrer Abwesenheit. Wenn Sie einen potenziellen Arbeitgeber auf Ihre Website verweisen, ihm einen Brief schicken,

Ihre Visitenkarte überreichen, ihm Ihren Lebenslauf, Ihre Arbeitsproben oder eine Videoaufnahme überlassen, dann sollen die Accessoires, die Sie beruflich nutzen, klar und sogar stilvoll davon zeugen, wer Sie sind.

Pizza oder Thunfischtartar? Bedenken Sie den Geschmack Ihres Publikums

Wie möchte Ihr Publikum Sie sehen? Wovon fühlt es sich angesprochen? Welche Art von Verpackung versteht, respektiert und bewundert es? Welche Art von Verpackung können Sie ersinnen, um Ihr Publikum zu motivieren oder sogar zu begeistern?

Finden Sie in einer persönlichen Marktanalyse heraus, was Ihr Zielpublikum als attraktiv, Vertrauen erweckend, unbedrohlich, professionell oder cool empfindet; unterschiedliche Märkte werden unterschiedliche Ergebnisse bringen. Wenn ich Interesse daran hätte, für das FBI zu arbeiten, würde ich mich definitiv für einen anderen Look entscheiden als den, den ich in der TV- und Internet-Branche gerne trage.

Wie können Sie feststellen, was bei Ihrem Publikum gut ankommt? Ganz einfach: Schauen Sie sich an, wie sich die Leute selbst verpacken. Ja, stimmt, ich meine damit, dass Sie durch die Lobby des Gebäudes schlendern sollen, in dem Sie nächste Woche ein Vorstellungsgespräch führen oder einen potenziellen neuen Kunden treffen werden. Warum auch nicht? Immerhin ist dieser Job für Sie wichtig.

Gehen Sie zwischen zwölf und eins, also in der Mittagspause, hin. Auf diese Weise bekommen Sie eine Menge Leute zu Gesicht und die Gefahr, aufzufallen, ist geringer, wenn die anderen in Gedanken schon beim Essen sind. Wenn Sie im konservativen Kostüm auftauchen und feststellen, dass alle anderen Jeans anhaben (und nicht gerade *Casual Friday* ist, wo lockerere Kleidervorschriften gelten), sollten Sie vielleicht noch einmal darüber nachdenken, was Sie zu dem Treffen anziehen werden. Und wenn fast jeder ein unifarbenes oder schwarzes Outfit trägt, wissen Sie definitiv, dass die Jacke mit dem Ponyfellmuster keine gute Wahl wäre.

Etwas schwieriger gestaltet sich die Sache, wenn Sie für eine kleine Firma tätig sind oder für jemanden, der selbstständig ist oder von zu Hause aus arbeitet. Mein Büro zum Beispiel ist in einem eigens dafür gebauten Gebäude auf unserem Grundstück untergebracht. Wer sich um die Mittagszeit in meiner Straße umschaut, bekommt nicht allzu viel zu sehen: Mütter mit Kinderwägen, schöne Häuser, gepflegte Gärten. Die oben beschriebene Erkundungsmethode können Sie damit vergessen. Aber man muss kein Raketenforscher sein, um darauf zu kommen, dass bei uns kein Business-Outfit erforderlich ist. Deshalb war ich überrascht, als kürzlich zwei Bewerberinnen für den Job der Marketingkoordinatorin in meiner Firma in marineblauen Röcken und Blusen mit Schleifenkragen zum Vorstellungsgespräch erschienen.

Merke: Der allgemein gültige »Dress-for-success«-Look kam mit den Achtzigerjahren aus der Mode.

Heute bedeutet »Dress for success« ein Outfit,
das Ihr authentisches Selbst so widerspiegelt,
dass Ihr Zielpublikum sich davon angesprochen fühlt.

Vielleicht waren diese beiden Bewerberinnen authentische Schleifenkragenblusen-Frauen und von Natur aus so »zugeknöpft«. Trotzdem hätten sie ihre persönliche Zurückhaltung zeigen können, ohne zu wirken, als wäre die Zeit an ihnen vorübergegangen.

Aber woher hätten sie unseren Dress-Code kennen sollen? Ganz einfach: indem sie sich umgehört hätten. Bei der Vorbereitung auf das Vorstellungsgespräch mit mir hätten sie etwas über mich, meine Firma und meine Arbeit herausfinden sollen. Mit anderen Worten, sie hätten sich mit meiner Marke befassen sollen, die jedem ohne weiteres zugänglich ist. Wenn sie das getan hätten, wäre ihnen nicht entgangen, dass wir ein innovatives, zukunftsorientiertes Unternehmen sind. Daraus hätten sie entnehmen können, dass Stil und Kreativität bei uns eine wichtige Rolle spielen.

Die Tatsache, dass diese beiden Frauen falsch für den Job gekleidet waren, sagte mir eine Menge: Sie hatten sich nicht richtig über meine Firma informiert und waren trotz ihrer beeindruckenden Lebensläufe und Referenzen nicht besonders kreativ oder trendbewusst. Damit fehlten ihnen zwei wichtige Eigenschaften für die Position, die ich besetzen wollte.

Heben Sie sich von Ihren Konkurrentinnen und der Masse ab, aber sehen Sie nicht so »daneben« aus, dass der Eindruck entsteht, Sie könnten sich nirgendwo einfügen.

Auszusehen wie andere erfolgreiche Marken der gleichen Kategorie vermittelt Sicherheit. Deshalb wird fast jede amerikanische Backpulver-Marke in einer orangefarbenen Schachtel angeboten – damit sie dem Primus Arm & Hammer äußerlich so ähnlich wie möglich ist. Deshalb sind fast alle Salzprodukte in einer zylindrischen Schachtel verpackt – damit sie wie Morton's aussehen. Und deshalb sind Gold-Medal-Mehl und Pillsbury-Mehl in ähnlich aussehende Tüten abgefüllt. Dahinter steckt nicht unbedingt die Absicht, die Verbraucher zu verwirren. Wahrscheinlich geht es eher darum, ihr Vertrauen zu gewinnen. Einen Oscar für gelungene Verpackung erhalten Sie freilich nur, wenn Sie eine Möglichkeit finden, genau richtig auszusehen – aber sich von allen anderen abheben.

Kleidung: Entwickeln Sie einen persönlichen Stil, der sich einprägt

Die meisten traditionellen Kulturen unterscheiden sich durch die Art ihrer Kleidung. Was eine Kultur trägt, sagt Ihnen etwas über das Leben der Menschen, die ihr angehören.

Wenn Sie an Eskimos denken, taucht ein Bild vor Ihrem inneren Auge auf, das stark von Kleidung geprägt ist. Sie können ganze Völker anhand bestimmter Kleidungsstücke identifizieren: der Sari, der Kimono, der Tschador – der dreiteilige Anzug und die Business-Krawatte.

Nachdem Ihre Marktforschungen Ihnen die Kultur der angepeilten Branche enthüllt haben, studieren Sie deren Kleidung mit der Gründlichkeit einer Anthropologin. Ihre Marke will durch ihr Äußeres das Vertrauen ihrer Kunden gewinnen und gleichzeitig einige Ihrer besten Eigenschaften zur Schau stellen. Gepflegtheit, ein Sinn für Stil, Understatement können etwas über Ihre Arbeitsgewohnheiten, Ihren Hip-Quotienten und Ihre Persönlichkeit kommunizieren. Genauso kann ein nicht geschlossener Knopf, eine heraushängende Bluse oder offen zur Schau gestellter Sexappeal Unaufmerksamkeit und Nachlässigkeit kommunizieren oder womöglich sogar ein zweifelhaftes Licht auf Ihre moralische Einstellung werfen.

Wenn Sie im Marketing oder in der Werbung arbeiten, wenn Sie Künstlerin, Musikerin, Erfinderin, Designerin oder Architektin sind oder wenn Sie in der Mode-, Verlags- oder Unterhaltungsbranche oder einer anderen Branche beschäftigt sind, in der Ihre kreative Glaubwürdigkeit wichtig ist, muss Ihr Ideenreichtum sich unbedingt auch in Ihrem Kleidungsstil ausdrücken.

Wie ich AOL an Land zog

Ich war im Lift auf dem Weg nach oben und versuchte, mich auf das Vorrücken der Leuchtzahlen über der Tür zu konzentrieren, nicht auf den Mann, der mir gegenüber stand. Dieser Typ machte nicht einmal den Versuch zu verbergen, dass er mich von oben bis unten musterte. Zugegeben, ich hatte es durchaus darauf angelegt, bemerkt zu werden. Ich trug an jenem Tag eine braune Reitjacke und -hose und eine auffällig gemusterte Herrenkrawatte, auf der ein Cowboy zu sehen war, der ein

Pferd zuritt. Aber angesichts der Reaktion meines Gegenübers dachte ich, dass ich mit meiner kreativ-progressiven Inszenzierung den Bogen dieses Mal überspannt hatte.
Schließlich öffneten sich die Türen und wir strebten beide in die gleiche Richtung, geradewegs auf Brandon Tartikoffs Büro zu. Jetzt fühlte ich mich wirklich unbehaglich.
Als wir im Vorzimmer Platz nahmen, taxierte er mich erneut. »Aus der Art, wie Sie angezogen sind«, sagte er, »schließe ich, dass Sie kreativ sein müssen. Was machen Sie beruflich?«
Das war genau die Reaktion, auf die ich es abgesehen hatte, aber ich war einigermaßen überrascht, dass er das so unverblümt sagte. Puh! Ich erzählte ihm alles über meine Firma, welche Art von Kunden wir betreuten und welche Art von Projekten wir durchführten. Dann fragte ich ihn: »Und was machen Sie?«
»Ich bin Charlie Fink«, erwiderte er. »Ich leite das Treibhaus von AOL, den Forschungs- und Entwicklungsbereich des Unternehmens.«
Und wissen Sie was? Er suchte nach einem kreativen Kopf, der sich um das Branding und die Entwicklung von Konzepten und Präsentationen für drei neue Websites kümmerte: eine Frauen-Site, eine Unterhaltungs-Site und eine Partnervermittlungs-Site. An diesem Tag konnte ich AOL als Kunden gewinnen und mein Kundenportfolio und meinen Lebenslauf um ein Renommierprojekt bereichern – hauptsächlich deshalb, weil ich meine Kreativität in meiner Aufmachung zur Schau getragen hatte.

Arbeiten Sie dagegen in einer konservativen Branche wie im Bank- oder Finanzwesen, bei einer Versicherungs- oder Immobiliengesellschaft, im Verkauf, im Personalbereich, in der Wissenschaft, Medizin oder Forschung, im Rechtswesen, im

Hochschulbereich, in der Politik, im Öffentlichen Dienst, im Sozial- und Beratungsbereich oder auch in der Verwaltung oder Organisation eines der oben genannten »kreativen« Bereiche, so muss es Ihr Ziel sein, sich entsprechend der in *Ihrer* Branche geltenden Standards zu verpacken. Allerdings gilt auch hier: Unabhängig davon, wie Sie Ihr Geld verdienen, sollten Sie immer so modebewusst und *en vogue* wirken, wie es in Ihrem Bereich und Ihrer Umgebung gerade noch vertretbar ist.

Dabei ist es wichtig, dass Sie niemanden kopieren und sich in Ihren Kleidern wohl fühlen. Wenn Sie Ihre Verpackung nicht leiden können, wenn sie kratzt, einengt oder nicht richtig sitzt, wenn sie in Ihnen das leiseste Gefühl der Unsicherheit auslöst – weil ein Kleidungsstück kürzer oder enger ist als gewohnt oder eine ausgefallene Farbe hat –, ist die Verpackung falsch. Wenn Sie die richtige Verpackung gefunden haben, werden Sie es wissen. Sie werden sich wohl, modisch und attraktiv darin fühlen – zugleich kompetent, selbstsicher und raffiniert. Ihr Selbstvertrauen schnellt in die Höhe, wenn Ihre Verpackung stimmt.

MARY BETH

Mehr als alles andere definieren die Farben schwarz und weiß Mary Beths persönlichen Stil. Sie liebt tadellos gebügelte, weiße Stretch-Blusen aus Baumwolle mit dreiviertellangen Ärmeln und schmale schwarze Hosen ohne Bundfalten. Sie hält ihr orangefarbenes Mac iBook für ihr bestes Accessoire. »Das iBook und dazu meinen Palm Pilot.« Sie bindet ihr schulterlanges blondes Haar zu einem glänzenden Pferdeschwanz oder hält es mit einem schmalen Haarreif aus dem Gesicht. Sie liebt klobige Loafers und trägt eine Tank-Uhr von Cartier, die ihr Vater ihr zum Abschluss ihres Studiums in Emory geschenkt hat. Banana Republic ist ihr Geheimtipp für Garderobe, die kein Vermögen kosten soll, und sie zögert nicht, Kleidung im Internet zu bestellen.

Mir gefällt Mary Beths konsequente Entscheidung für die Farben schwarz und weiß. Sie ist eine weitere Möglichkeit, das Credo ihrer Marke zum Ausdruck zu bringen: »Ich bin anders.« Und ich finde es fantastisch, dass ihr iBook der einzige Farbakzent in ihrer Erscheinung ist, weil es den Blick auf Mary Beths wichtigstes Arbeitsmittel zieht und ausdrückt: »Damit mache ich, worauf's mir ankommt.«

Jillian

Jillian erinnert mich in ihrem Stil, ihrer ruhigen Eleganz und sogar ihrem Aussehen an Jacqueline Kennedy Onassis. Sie hat dunkles, von ein paar grauen Strähnen durchzogenes Haar, ist schlank und sehr hübsch. Und wie Jackie hat sie ein Faible für Kleidung. Dank ihres großartigen Geschmacks besitzt sie eine umfangreiche Garderobe, ohne – von ein paar bemerkenswerten Ausnahmen abgesehen – ein Vermögen dafür aufwenden zu müssen. Jillian bevorzugt erdige Töne, elfenbein und moosartige Schattierungen, die sie mit schwarz kombiniert. Bei Kundengesprächen trägt sie oft einen knöchel- oder knielangen Rock und hohe schwarze Lederstiefel oder Slingpumps, dazu eine gut geschnittene passende Jacke und häufig einen wunderschön gewebten Schal. Sie verwendet wenig Make-up und bevorzugt glänzende Lippenstifte in natürlichen Farben.

Die Länge ihrer Röcke und ihr fast unsichtbares Make-up passen zu Jillian und zeugen von einer Geschäftsfrau, die nichts von modischem Schnickschnack und umso mehr von Stil und Qualität hält.

Laura

Laura ist klein, hat eine gute Figur und trägt schmale, knöchellange Hosen, unifarbene Twinsets aus Kaschmir oder reiner Baumwolle und knapp hüftlange Jacken, die ihre zierliche Gestalt zur Geltung bringen, ohne sie zu er-

drücken. Lieber besitzt sie ein paar erstklassige Kleidungsstücke als einen Schrank voller mittelmäßiger Outfits. Laura achtet bei der Auswahl ihrer Garderobe auf Bequemlichkeit, weil sie an den meisten Tagen am PC sitzt, und trägt flache Pumps oder bequem geschnittene schwarze Stiefel. Für Besprechungen mit dem Topmanagement wählt sie Anzüge in grau oder schwarz, die sie mit fantastischen Seidenschals mit Tiermustern oder farbenprächtigen Tüchern aufwertet. Ihr glattes braunes Haar ist als kurzer, smarter Bob geschnitten.
Laura hat vor, mit einer Make-up-Beraterin zu sprechen, um ihren Look behutsam zu aktualisieren und sie noch gepflegter und professioneller erscheinen zu lassen. Die diesjährige Bonuszahlung wird sie dazu verwenden, sich eine gute Uhr und ein Paar echter Perlenohrringe zu gönnen.

EMILY

Emily verfügt über die sprichwörtliche New Yorker Spürnase für Mode und durchforstet beim halbjährlichen Schlussverkauf bei Barney's die Ständer nach reduzierter Designermode. Ihr persönlicher Stil ist von kleinen, ausgefallenen Brillen geprägt, die sie fast täglich passend zum Outfit wechselt. Sie schleppt eine Kate-Spade-Totebag mit sich herum und trägt ihr dunkles Haar superkurz getrimmt. Einkarätige Diamantohrringe, eine maskuline Taucheruhr aus Edelstahl und leuchtend rote Lippen in einem ansonsten ungeschminkten Gesicht machen den Look perfekt.
Für die letzten Monate ihrer Schwangerschaft hat sie bereits ein Auge auf die Anzughemden ihres Mannes geworfen. Außerdem wird sie sich Einsätze in ihre Hosen nähen lassen, um Platz für ihren wachsenden Bauch zu schaffen.
Emilys Verpackung drückt aus: »Wall Street trifft auf Seventh Avenue.« Sie passt perfekt zu ihrer Marke.

Sieben modische Notwendigkeiten, die jede Marke braucht

Um Ihren persönlichen Geschmack zu entwickeln, schneiden Sie Bilder aus Modezeitschriften aus, die zu Ihrer Marke passen und etwas über Ihre persönlichen Eigenschaften aussagen. Kleben Sie dann die Abbildungen, die Ihnen besonders gut gefallen, zu einer Collage zusammen. Diese Übung ist ein hilfreicher erster Schritt, um das äußere Erscheinungsbild Ihrer Marke festzulegen. Dabei entwickeln Sie eine ebenso individuelle wie professionelle modische Aussage, einen Kleidungsstil, der in Ihrem geschäftlichen Umfeld Ihrer Meinung nach wahrgenommen und akzeptiert wird. Vielleicht haben Sie ein fantastisches Paar Prada-Schuhe gefunden, Farben, die Sie ansprechen, Frisuren, Pullis, Hosen, Blazer, Röcke, Schmuck, Lippenstifte, Nagellacke – genug, um einen Karton im DIN-A-3-Format mit modischen Impressionen für Ihren beruflichen Auftritt zu füllen.

Welche Farbe gefällt Ihnen am besten? Bevorzugen Sie leuchtende oder gedämpfte Töne, Gold- oder Silberschmuck, kurze oder lange Röcke? Können Sie jemals etwas so figurbetontes wie ein enges, langärmeliges Strickkleid tragen oder müssten Sie sich dazu vorher mit Fitness in Form bringen? Neigen Sie zu strengen Schneiderkostümen oder mögen Sie es ein kleines bisschen ausgefallener? Sehen die Models in Ihrer Collage wie Mannequins aus, sind sie aufwendig gestylt und zurechtgemacht oder wirken sie eher »natürlich«? Zeigen Sie Ihre Collage Ihrem Frisör, der Verkäuferin in Ihrem Lieblingsgeschäft oder Ihrer persönlichen Einkäuferin. Wenn Sie Ihre eigene Frisörin und Einkäuferin sind, verwenden Sie die modische Palette als Anregung zur Entwicklung Ihres persönlichen Stils. Nehmen Sie sie zum Einkaufen mit.

Ihre »Hülle« soll aber nicht nur Ihren persönlichen Geschmack ausdrücken. Ebenso wichtig ist es, dass sie sich nahtlos in Ihre Umgebung einfügt. Fragen Sie sich deshalb als Nächstes, wie sich Ihre Collage mit dem Aussehen und dem Kleidungsstil verträgt, den die Menschen in Ihrem beruflichen Umfeld favorisieren. Ist der Unterschied sehr groß, müssen Sie Ihre Akzente verlagern. Vielleicht können Sie das schrille, pinkfarbene Twinset unmöglich an der Wall Street tragen, gegen ein pinkfarbenes Barett, Clipboard oder Handy dagegen wird niemand etwas einzuwenden haben.

1. BASICS, DIE JEDE MARKE BRAUCHT: Geben Sie Geld für eine edle weiße Bluse mit Manschetten aus, einen gut geschnittenen schwarzen Anzug (dunkle Farben strahlen Autorität aus), einen gemusterten Schal, eine erstklassige Handtasche, fantastische Schuhe und eine gute Uhr. Sie sind die unverzichtbaren Basics für jeden Job in der Wirtschaft – wobei allerdings die Sache mit der Handtasche fraglich ist. Madeleine Albright hörte auf, Handtaschen zu tragen, als sie Außenministerin wurde. Sie hatte den Eindruck, die Handtasche würde ihre Glaubwürdigkeit als Machtinhaberin schmälern. Stattdessen beauftragte sie einen ihrer Secret-Service-Leute damit, all das bereitzuhalten, was normalerweise in einer Handtasche Platz findet.
   Seit ich das gehört habe, fällt mir auf, dass man in der Politik tatsächlich nur selten Frauen mit Handtasche sieht, die englische Queen ausgenommen. Wenn Sie beschließen, künftig auf die Handtasche zu verzichten, brauchen Sie entweder einen Mann vom Secret Service als Ersatz oder Sie entscheiden sich für eine schöne Aktentasche oder -mappe, in der Sie eine kleine Tasche mit persönlichen Notwendigkeiten unterbringen können.

2. MASSGESCHNEIDERTE MODE: Lernen Sie von den Topmanagern großer Unternehmen. Lassen Sie neu gekaufte Kleidungsstücke grundsätzlich von einer Schneiderin exakt passend machen, sodass sie aussehen, als wären sie für Sie maßgeschneidert worden.

3. **Bestens besohlt:** Bringen Sie Ihre Schuhe regelmäßig zum Schuster. Abgelaufene Sohlen sind ein Zeichen der Verwahrlosung. Sie zeugen von Abstieg statt von Aufstieg. Ähnliches gilt für Laufmaschen in Strumpfhosen: Sie sind ein Riss in der Verpackung, den Ihnen niemand nachsieht.

4. **Erschwingliche Eleganz:** Wenn Sie sich keine neue Kleidung leisten können, kaufen Sie Vintage – Edel-Secondhand. Plündern Sie den Kleiderschrank Ihrer Großmutter oder Mutter nach längst vergessenen Schätzen. Wenn in Ihrer Firma eine konservative oder klassische Kleiderordnung gilt, kaufen Sie im Fabrikverkauf, wo Sie qualitativ hochwertige, klassische Auslaufmodelle oder Waren mit winzigen Fehlern zu herabgesetzten Preisen finden.

5. **Modische Brillen:** Wenn Sie eine Brille tragen, sollten Sie sich ungefähr einmal im Jahr ein neues Modell zulegen. Am Puls der Zeit zu bleiben ist ein wichtiger Teil Ihrer Markenstrategie; und was Sie im Gesicht tragen (dazu gehört auch Ihr Make-up), sagt etwas über die Aktualität Ihres Denkens aus.

6. **Up-to-date oder aussen vor:** Nutzen Sie die kostenfreie Make-up-Beratung in den Kosmetikabteilungen führender Kaufhäuser, um Ihren Look im Frühjahr und im Herbst auf den neuesten Stand zu bringen. Auch wenn Ihr Budget Ihnen nicht den Luxus erlaubt, sich zu Saisonbeginn gleich einen Sack voll neuer Make-up-Produkte zu kaufen: Oft reicht schon ein Lippenstift in einer angesagten Farbe, um brandneu zu wirken und sich auch so zu fühlen.

7. **Das Markenzeichen:** Finden Sie ein Markenzeichen oder entwickeln Sie einen charakteristischen »Look«. Sharon Stone fällt wegen ihrer fantastischen blonden Kurzhaarfrisur auf. Isabella Rossellini hat die vollen Lippen eines Cu-

pidos. Wenn es Ihnen unangenehm ist, physische Attribute wie diese zu betonen, wählen Sie ein Accessoire oder Stilmerkmal, das Sie sich zu Eigen machen. Beispielsweise sah man Cher zu Beginn ihrer Karriere Ende der Sechziger-/Anfang der Siebzigerjahre nie anders als in Hosen mit Schlag. (Sogar als sie Sonny Bono heiratete, trug sie Hosen mit Schlag.) Sie drückten aus: »Ich bin in, ich bin unkonventionell, ich bin modern.«

Der Schriftsteller Tom Wolfe ist wegen seiner weißen Anzüge bekannt. Der Architekt Frank Lloyd Wright fiel wegen seines langen, schwingenden Capes auf. Der Talkmaster Larry King trägt Hosenträger und oft eine Fliege, Attribute, die sagen: »Ich bin anders als andere Talkmaster, und zwar konsequent.« Die Talkmasterin Sally Jessy Raphaels hat eine rote Brille zu einem Teil ihrer Verpackung gemacht, die sie als ernsthaft und frech zugleich kennzeichnet. Lady Di trug prachtvolle Hüte, die »königlich« kommunizierten.

Ich habe einen Bekannten, der als Ingenieur bei Sony arbeitet und einen quadratischen Computerchip als Krawattennadel verwendet. Ich kenne eine Schauspielerin, die einen in Gold und Silber gearbeiteten Ring mit den Symbolen für Komödie und Tragödie trägt. Sie können eine geerbte Brosche zu Ihrem Markenzeichen machen, die Armbanduhr Ihres Großvaters, eine klassische Kroko-Kelly-Bag oder einen auffälligen Gürtel mit Westernschnalle in Silber und Türkis. Diese Dinge sind für andere Menschen ein Aufhänger, mit Ihnen ins Gespräch zu kommen, und haben einen hohen Wiedererkennungseffekt.

Vier Modediven

Ihr Ziel ist es, einen Look zu entwickeln, der einerseits Ihre Persönlichkeit perfekt widerspiegelt und andererseits an Ihrem Arbeitsplatz hundertprozentig akzeptiert wird. Schauen

Sie sich deshalb in Ihrer Branche nach Rollenmodellen um. Finden Sie heraus, auf welche Weise Ihre Vorbilder ihr inneres Selbst durch ihre äußere Hülle nach außen tragen. Dazu ein paar Beispiele:

Diane Sawyer, die erste weibliche Korrespondentin für die CBS-Sendung »60 Minutes«, ist eine Stil-Ikone. Als Moderatorin von Nachrichtenmagazinen wie »Primetime Live« und »Good Morning America« muss sie attraktiv, aber auch ernsthaft und glaubwürdig wirken. Sie muss bei Männern und Frauen, Arbeitern und Angestellten gleichermaßen ankommen und bei alledem einen Hauch von Glamour ausstrahlen.
Mit 17 war Diane Sawyer Junior Miss America. Bis heute hat sie sich etwas vom Wesen des All-American-Girl bewahrt, des netten Mädchens von nebenan. Ihre Mittel dafür sind ein fast unsichtbares, sehr natürlich wirkendes Make-up, eine fabelhaft geschnittene blonde Kurzhaarfrisur, die nicht besonders sexy wirkt, ihr aber extrem gut steht, und schlichte, figurbetonte Kostüme in femininen Pastell- oder dunklen, Kompetenz ausstrahlenden Unifarben. 1999 schaffte sie es, auf die Liste der zehn bestangezogenen Frauen, die die Zeitschrift *People* erstellt, zu kommen. Sie sieht immer frisch, gepflegt und passend gekleidet aus.
Dass sie dabei selbstbewusst, gleichzeitig aber bescheiden und unbedrohlich wirkt, liegt an ihrer Art, sich zu kleiden.

Carolyn Bessette Kennedy, eine private Marke der Spitzenklasse. Ihr Look war von Reinheit und jugendlicher Eleganz geprägt, die sich in der Strenge und Einfachheit ihrer Kleidung ausdrückten – ganz gleich, ob sie Jeans zum Frisbeespiel im Central Park trug, einen Badeanzug in Hyannisport oder ein schlichtes Futteralkleid aus Seide bei einem mondänen Schwarzweiß-Ball in New

York. Sie war puristisch, durch und durch amerikanisch und dabei von königlicher Anmut. Als einzigen Schmuck trug sie einen schlichten Ehering. Das allein sprach in Bezug auf ihre inneren Werte Bände.

Candice Carpenter, CEO von iVillage, einer extrem populären Website für Frauen, ist Unternehmerin und Medienmagnatin. Als ich ihren einzigartigen Stil ins Gespräch brachte, gab sie zu, dass sie es nach der Kündigung ihres Angestelltenjobs kaum erwarten konnte, zur Diva zu werden. Ich traf die schlanke, attraktive 47-Jährige bei einer Women & Co.-Konferenz. Sie hatte kaum Make-up aufgelegt, ihr romantisches Rapunzelhaar fiel ihr offen über die Schultern und sie trug einen fantastischen pinkfarbenen Anzug mit fabelhaften Mules und eine witzige Brille mit Schildpattfassung. Ihr bestes Accessoire aber war ihre dreijährige Tochter, die Mamis Hand ergriffen hatte und mit ihrem Kleidchen und ihrer kleinen runden Brille smart und cool wirkte. Für jemanden, der Frauen mit einer Website unterstützen will, ihr Leben im Gleichgewicht zu halten, hätte sie sich und ihre Marke nicht besser präsentieren können. Sie hat keine Angst, wie eine Frau auszusehen und zu handeln, und personifiziert so das Wunschselbst ihres Zielpublikums.

Chers fantastische Verpackung trägt seit mehr als vierzig Jahren zur Stärke ihrer Marke bei. Sie ist als Persönlichkeit ebenso stark wie als Sängerin und Schauspielerin. Sie hat ihren Körper unglaublich gut in Form gehalten, um weiter ihrer Modebegeisterung frönen zu können, die zugleich Ausdruck unserer Zeit wie ihres avantgardistischen Geschmacks ist. Von den Jeans mit Schlag und den Schafsfelljacken der Sechziger- über die bodenlangen Röcke und bauchfreien Tops der Siebzigerjahre, von der hautengen, tief ausgeschnittenen Mode der Achtzigerjahre bis zur perfekt gepflegten, eleganten Cher von heute führt sie uns immer wieder vor Augen, auf welch elektrisierende Weise sich aktuelle Modeströmungen umsetzen lassen. Cher ist eine Marke, die von Dauer ist. Wahrscheinlich ist sie für weitere vierzig Jahre gut.

Wie Sie Ihre Markeneigenschaften äußerlich zur Geltung bringen

Kleidung und Make-up sind die Dinge, die uns im Zusammenhang mit unserer persönlichen Verpackung als Erstes einfallen. Es gibt jedoch noch andere Aspekte unserer Verpackung, über die es sich zu reden lohnt.

Autos

Ihr Wagen ist das Paket, in dem Sie vorfahren. Meine Seminarteilnehmerin, die sich als »treibende Kraft« bezeichnete, muss deshalb nicht gleich einen BMW fahren. Sie würde jedoch ihrer Marke schaden, wenn sie in einer alten Schrottkiste ankäme, in der leere Bierdosen herumkullern.

Pierre Mornell, der als Personalberater für Großunternehmen arbeitet, begleitet Bewerber nach Vorstellungsgesprächen gern zu ihrem Auto zurück. »Autos sagen viel über einen Menschen aus«, schreibt er in seinem Buch *Hiring Smart!*

> »Einmal traf ich einen ziemlich seltsamen Bewerber, der unpünktlich zum Vorstellungsgespräch kam. Er hatte sich als Vertriebsleiter einer Einzelhandelskette beworben. Nach dem Gespräch gingen wir zusammen zu seinem Auto, das im spitzen Winkel zum Straßenrand geparkt und mit herumliegenden Sachen zugemüllt war: Kleidung, Werkzeuge und Zeitungen stapelten sich bis zu den Fenstern hoch. Der Wagen ähnelte

seinem Fahrer, so wie Hunde manchmal ihren Besitzern gleichen …«

»Die größte Überraschung beim Zurückbegleiten eines Bewerbers zu seinem Wagen erlebte ich, als ich feststellte, dass seine Frau im Auto auf ihn wartete. Die beiden wussten, dass unser Gespräch etwa zwei Stunden dauern würde. Warum wartete sie nicht in meinem Vorzimmer? Warum hatte der Bewerber mich nicht um ein Getränk für sie gebeten? … Zwei Stunden in einem heißen Auto an einem warmen Augusttag verrieten mir mehr über den Bewerber als jede meiner Fragen im Vorstellungsgespräch.«[1]

MARY BETH

Nach ihrem Umzug nach Los Angeles wird sich Mary Beth einen silberfarbenen VW-Beetle zulegen. Er ist witzig und jugendlich und blinzelt einem von der Straße aus zu. Als Kontrapunkt dazu zeugt die Metallic-Lackierung von Luxus und verleiht dem leicht kuriosen Aussehen des Wagens einen Schuss Seriosität.

LAURA

Laura fährt einen roten Minivan, der zum Ausdruck bringt: »Ich bin in erster Linie Mutter.« Als nächstes Auto wird sie einen kantiger wirkenden schwarzen Explorer kaufen, der ebenfalls kinderfreundlich ist, aber von etwas mehr Urbanität zeugt. Laura will nicht *nur* im Job mehr Eindruck machen. Sie möchte sich auch für *sich selbst* zu einer profilierteren, anspruchsvolleren Persönlichkeit entwickeln.

Der Lebenslauf

Betrachten Sie Ihr Informationsmaterial – Ihren Lebenslauf, Ihre Arbeitsproben oder Ihren Firmenprospekt – als Teil der Werbekampagne für Ihre Marke. Sie stellen mit diesen

Unterlagen Ihren beruflichen Werdegang dar, doch das reicht nicht aus, um aus der Masse herauszuragen. Es muss Ihnen deshalb gelingen, den Leser mit Ihrer Persönlichkeit, Ihren besten Eigenschaften zu beeindrucken. Ihr Lebenslauf muss die Kernwerte und das einzigartige Können Ihrer Marke vermitteln.

Nehmen wir als Beispiel die Markenprodukte von Paul Newman, Newman's Own: Auf dem Etikett von Newmans venezianischer Pastasauce sind wie gewohnt sämtliche »durch und durch natürlichen« Zutaten nebst Ernährungsinformationen aufgelistet. Darüber hinaus aber erzählt das Etikett auch die echte oder erfundene »Legende«, wie der Schauspieler das Produkt erfand:

> **Legende:** Ein harter Zwölf-Stunden-Tag ... kaputt ... hungrig ... komme nach Hause, weder Frau noch Kinder da ... verflucht! Ein Blick in die Speisekammer – eine Packung Spaghetti ... eine Flasche Ketschup ... ab in die Küche, koche das Zeug, vergiss es! GRAUS! Lege mich hin, schnarch ... Visionen kulinarischer Köstlichkeiten ... venezianischer Urahn kitzelt mein Ohr, kitzel, kitzel ... redet von Saucen ... MAMA MIA! Nichts wie raus zum Gemüsebeet ... lecker lecker ... koche Wasser ... werfe Spaghetti rein ... dazu die Sauce ... schlürf, schlürf ... Terrifico! Magnifico! Schlürf! Caramba! ... Fülle Sauce in Gläser! ... lasse Typen in der Straßenbahn davon kosten ... ich hab's geschafft, ich bin endlich unsterblich![2]

Ob die Geschichte nun stimmt oder nicht: Auf jeden Fall ist sie amüsant, abgefahren und leicht verrückt. Sie sagt etwas aus. Die Aussage lautet: Diese Sauce ist anders! Aber das Glas, in das sie abgefüllt ist, sieht aus wie die meisten anderen Gläser im Supermarkt und die Sauce sieht genauso aus wie jede andere Tomatensauce im Regal, sodass wir beruhigt sein können, dass das Produkt nicht zu abgefahren und verrückt ist und vermutlich schmecken wird, wie Tomatensauce nun mal schmeckt. Vielleicht sogar besser.

Darüber hinaus verspricht das Etikett: »Paul Newman gibt alle Gewinne an wohltätige Organisationen weiter (über 100 Millionen Dollar seit 1982).« Das ist eine sehr wichtige Information über die Markenwerte von Newman's Own.

Das Etikett ist auch visuell darauf ausgerichtet, die Kaufentscheidung zu beeinflussen. Ein über das ganze Gesicht strahlender Paul Newman bildet den Mittelpunkt eines Bouquets aus frischen, blühenden Kräutern, prallem Gemüse und einem Gewirr von Spaghetti. Die Abbildung kommuniziert Sinn für Humor und Spaß am Essen, während uns gleichzeitig die Worte »durch und durch natürlich« wissen lassen, dass dieses Essen gesund und gut für uns ist.

So wie Paul Newmans Spaghettisauce sollten sich auch Ihr Lebenslauf, Ihre Broschüre oder Ihr Prospekt nicht auf Angaben zu Ihrem früheren Arbeitsleben – sozusagen die Ernährungsinformationen und Zutaten auf dem Etikett Ihrer Marke – beschränken, sondern mit Ihrer Stimme reden und etwas von Ihrer Persönlichkeit und Ihren Werten vermitteln.

Ihre Erfahrung im Einzelhandel ist nämlich unter Umständen weniger wichtig als Ihre Persönlichkeit: Ihr Enthusiasmus, Ihr Engagement und Ihr Ehrgeiz, die beste Abteilungsleiterin bei Macy's zu sein. Ihre mangelnde Marketingerfahrung mag weniger zählen als ihr phänomenales Geschick, den Puls der nächsten Kundengeneration zu ertasten. Besonderheiten dieser Art gilt es kurz und knapp auf einer Seite zu vermitteln.

Um Ihre Persönlichkeit durchschimmern zu lassen, können Sie die folgenden Register ziehen:

- Legen Sie Ihr Mission-Statement bei. Es ist inzwischen üblich geworden, bei der Bewerbung um eine neue Position seine »Ziele« darzulegen. Weniger üblich ist es dagegen, andere an der eigenen, ganz persönlichen Mission teilhaben zu lassen.

- Fügen Sie die besten Eigenschaften Ihrer Marke bei. Stellen Sie Ihre Schlüsseleigenschaften heraus und belegen Sie sie mit Beispielen aus Ihrem Berufsleben. Sie können zu diesem Zweck Unterabschnitte in Ihren Lebenslauf einfügen. Etwa so:

Schlüsseleigenschaft: Kreatives Denken

»Im Sommer 1987 habe ich als Werbeleiterin für Z93, einen angesagten Rocksender in Atlanta, eine Raritätenjagd geleitet und produziert, bei der es 25 000 Dollar zu gewinnen gab. 25 Tage lang haben wir täglich einen anderen Gegenstand vorgegeben, den es zu finden galt. Die Stadt rastete aus.

Zu den Gegenständen, die wir haben wollten, gehörte unter anderem ein signiertes Foto von David Letterman. Letterman wurde so von Anrufen überrollt, dass er unseren Sender und unsere Werbekampagne sogar in seiner Show erwähnte. Wegen der großen Teilnehmerzahl mussten wir die Schlussveranstaltung schließlich im Atrium eines großen Einkaufszentrums durchführen. Alle Fernsehsender waren dabei. Die Sache wurde ein Riesenerfolg.«

Diese nutzenorientierte Darstellung vermittelt einen detaillierten Eindruck meiner damaligen Arbeit. Aber im Gegensatz zu der üblichen langweilen Chronologie früherer Jobs liest sie sich wie eine Geschichte, nicht wie eine Litanei, und ist damit eine schöne Abwechslung für jemanden, der stapelweise Bewerbungsunterlagen sichten muss, die einander zum Verwechseln ähnlich sind.

Eine weitere Gelegenheit, die Einzigartigkeit Ihrer Marke zu betonen, bietet neben dem Lebenslauf das Anschreiben – die kurze, aber spannende Selbstvorstellung, in der Sie, abgestimmt auf die Position, an der Sie interessiert sind, die Schlüsseleigenschaften herausstellen, die Sie in den Job einbringen können (und die Sie im Lebenslauf näher ausgeführt haben). Durch das Anschreiben passen Sie Ihre Bewerbung an den Job an, den Sie suchen. Konsultieren Sie einen der Millionen Wie-man-eine-brillante-Bewerbung-schreibt-Ratgeber und verschmelzen Sie die Vorschläge, die Sie dort finden, mit den Tipps in diesem Abschnitt.

- Runden Sie Ihren Lebenslauf mit einem Abschnitt »Abschließende Kommentare« oder »Andere bemerkenswerte Fakten« ab, der dem Leser ein Gefühl für Ihr wahres Selbst vermittelt. Erwähnen Sie, dass Sie ehrenamtlich in einer Organisation für Bedürftige mitarbeiten, Dudelsack spielen, einen Preis bei einem Kurzgeschichtenwettbewerb gewonnen haben oder was sonst auch immer. Formulieren Sie lebendig, nicht steif und formell, und warten Sie ab, was passiert. Wenn Sie nicht gut schreiben können und kein Dokument zustande bringen, das neben Ihren beruflichen Erfahrungen auch Ihr authentisches Selbst angemessen wiedergibt, beauftragen Sie jemanden, Ihnen bei diesem Aspekt Ihrer Verpackung behilflich zu sein. Die Aufbereitung Ihres Lebenslaufs ist genauso wichtig wie das Outfit, das Sie zum Vorstellungstermin tragen.

MARY BETH

Als Mary Beth ihren Lebenslauf auf den neuesten Stand brachte, um sich für das Internet neu zu positionieren, fügte sie den folgenden abschließenden Kommentar hinzu: Fließende Französisch-, Spanisch- und HTML-Kenntnisse.

Briefpapier/Visitenkarten/Logo

Nachdem ich Turner Broadcasting verlassen hatte, verkaufte ich meine Turner-Aktien im Wert von 10 000 Dollar, um meine Marketingagentur Big Fish Marketing zu gründen. Von diesen 10 000 Dollar gab ich 3000 für den Druck von Briefpapier und Visitenkarten aus. Sie können daran erkennen, welche Bedeutung ich diesem Teil meines Auftritts beimesse. Die Investition hat sich ausgezahlt. Dazu hatte ich das Glück, dass ein lieber Freund, der ein Genie auf seinem Gebiet ist, mein Logo umsonst, als Geschenk, für mich entwarf – unter einer Bedingung: »Ich designe dir dein Logo, aber du bekommst nur einen einzigen Entwurf und den wirst du nehmen.« Offensichtlich konnte er auch Gedanken lesen, denn ungefähr eine Woche später präsentierte er mir mein Traumlogo – einen wundervollen, stilisierten Riesenfisch in einem flachen Marktkorb. Das Logo drückt aus: »Ich arbeite nur mit großen Fischen und weiß, wie man sie fängt und auf den Markt bringt.« Es wäre mir nicht im Traum eingefallen, auch nur einen Federstrich daran zu ändern.

Dank des Logos brauche ich meinen Firmennamen nicht einmal mehr zu erwähnen – es drückt Big Fish Marketing auch ohne Worte aus und wird mittlerweile in meiner Branche gleich erkannt. Ich setze es auf unterschiedlichste Art und Weise ein und habe zum Beispiel handgeschnitzte Holzmobiles daraus fertigen lassen, mit dem Logo bedruckte Kissenbezüge aus ägyptischer Baumwolle und flauschige Bademäntel, auf denen der Fisch eingestickt ist – Dinge, die von Qualität und Schönheit zeugen, wenn ich sie verschenke.

Entwickeln Sie ein Gespür für Farben und Schriftarten. Blättern Sie durch angesagte Zeitschriften. Schauen Sie sich an, was in der Werbung, in der Mode, in den Print-Medien richtungsweisend ist. Sehen Sie, ob in Zeitschriften wie *Vogue* oder *Architectural Digest* Trends erkennbar sind, auf denen Sie aufsetzen können. Ich bin mit meinem Big-Fish-Logo sogar zu einer früheren Wall-Street-Analystin gegangen, die inzwischen als Wirtschaftsastrologin arbeitet, um mich über die Farben zu informieren, die Menschen in den Neunzigerjahren und im neuen Jahrtausend besonders ansprechen würden. Sie fand, dass das Sternbild Fisch sehr gut zu meiner Firma passte, und nannte mir grün und blau als die Farben der Neunzigerjahre: »Als Farben der Natur und des Himmels werden sie dominieren, solange wir uns über die Gesundheit unseres Planeten Sorgen machen.«

Es ist gut möglich, dass Sie kein grafisches Logo benötigen. Sie können stattdessen einfach Ihren Namen und Ihren Slogan für Visitenkarten verwenden oder Ihren Namen allein für Briefpapier oder Notizblöcke. Gutes Papier ist für mich ein wichtiger Punkt. Ich finde, es vermittelt Qualität und Glaubwürdigkeit. Meines ist sehr glatt, schwer und mit einem Wasserzeichen versehen.

Auch die Schriftart verdient Ihre Aufmerksamkeit. Achten Sie darauf, dass sie die Persönlichkeit Ihrer Marke widerspiegelt: gewagt, klassisch, zeitgemäß, hip – je nachdem, was am ehesten auf Sie zutrifft.

Es gilt also eine Reihe von Faktoren zu bedenken. Viele davon werden Sie intuitiv, aus dem Bauch heraus, entscheiden. Und wenn Sie auch vielleicht keine Astrologin konsultieren möchten, sollten Sie doch möglichst viel Feed-back von Verwandten, Freunden und Kollegen einholen, die Geschmack und ein Gespür für Ihre Marke haben. Studieren Sie das visuelle Erscheinungsbild anderer Leute in Ihrer Branche und finden Sie eine Möglichkeit, sich von der Masse zu unterscheiden. Sprechen Sie mit Ihrem Coach. Reden Sie mit Ihrer Mentorin. Treffen Sie keine übereilten Entscheidungen. Aus Gründen der Konsistenz und der ökonomischen Vernunft ist Ihnen an Briefpapier und Visitenkarten gelegen, die auf Dauer bestehen können.

Arbeitsproben und Prospekte

Künstler, Fotografen, Architekten und Designer präsentieren ihre Arbeitsproben häufig in einer übergroßen Ledermappe mit Reißverschluss. Sparen Sie nicht am falschen Platz, wenn es um die aufschlussreichen Requisiten geht, die

Sie benötigen, um Ihre Marke zu verkaufen. Präsentieren Sie Ihre Arbeit selbstbewusst in einer edlen Ledermappe, einem eleganten Behälter aus Silber oder einer interessanten Holzkiste.

Vor kurzem las ich, dass ein Literaturagent ein Buchkonzept in einer Pizzaschachtel an ein halbes Dutzend Verlage sandte – um es heiß zu halten. Kochbücher werden manchmal mit frisch zubereiteten Geschmacksproben von darin enthaltenen Rezepten an Kritiker versandt.

Eine meiner Freundinnen ist Gartenarchitektin. Die Vorderseite ihres Prospekts zeigt ein Foto von ihr, wie sie bis zur Hüfte in einem Weizenfeld steht. Darüber ist zu lesen: »Deanna Boer, herausragend auf ihrem Gebiet.« Auf den Innenseiten beschreibt der Prospekt ihr Dienstleistungsangebot und listet einige ihrer Kunden auf. Carol Costello, die »Bücherärztin«, legt in ihrer Broschüre dar, welche »Behandlungsformen« sie Manuskripten angedeihen lässt.

Mein aktueller Firmenprospekt zeigt das Bild einer Frau, die am Rand eines Sees knietief im Wasser steht, eine Angelrute in der Hand hält und über der Schulter einen Weidenkorb trägt. Sie wendet dem Betrachter den Rücken zu, aber an ihrer Frisur, ihren bis zu den Oberschenkeln reichenden Shorts, ihrer kurzärmeligen Bluse mit Schulterpolstern und ihrer Armbanduhr kann man erkennen, dass das Foto alt ist und in den Vierzigerjahren oder Anfang der Fünfziger aufgenommen wurde. Wir haben es mit einer Art blaugrüner Farbmischung getönt, die an Sepiadruck erinnert und ein bisschen auch an Sonnenlicht, das sich in der Wasseroberfläche bricht. Für die Bildunterschrift haben wir silberne Buchstaben verwendet, die an einen silbrig glänzenden Fisch denken lassen: »Haken, Angel und Schwimmer.«

Auf den Innenseiten der Broschüre versichern wir, »Wir ziehen Ihre Marke an Land«, und untermauern diesen Anspruch durch eine Zusammenfassung unserer Erfahrungen und Fähigkeiten sowie einer Kundenliste. (Mein Fisch-im-Korb-Logo erscheint ebenfalls auf der Innenseite.)

Die Broschüre ist ein wichtiger Teil der Verpackung meiner Firma. Sie ist auf andere Verpackungselemente wie mein Briefpapier und meine Visitenkarten abgestimmt und trägt wie diese mein Logo. Das Foto aus den Vierzigerjahren und die sepiaartige Tönung greifen den zurzeit sehr angesagten Retro-Stil auf. (Denken Sie nur daran, wie Werbefiguren aus längst vergangenen Tagen zurückgekehrt sind, zum Beispiel die Zeichentrickfigur Jolly Green Giant, die Kindern Green-Giant-Dosengemüse schmackhaft macht, oder der für Charmin-Toilettenpapier werbende Bär Mr. Whipple.) Die nostalgische Anmutung unserer Verpackung zeigt unseren Kunden, dass wir wissen, was in ist, und zugleich klassische Werte hochhalten. Auch unsere Farbwahl ist kein Zufall: Silber wird mit Geld assoziiert und das Wassermotiv wirkt auf viel beschäftigte Geschäftsleute, die von Termin zu Termin jagen, beruhigend und einladend.

Auf den Innenseiten sind unsere Fähigkeiten und Kundenlisten mit Aufzählungspunkten aufgelistet, sodass sie auf einen Blick erfasst werden können. Unsere Kontaktinfo ist auffällig und leicht zu finden. Als Material haben wir schweren Karton gewählt, um Hochwertigkeit zu kommunizieren. Eigens angefertigte Briefumschläge, auf deren Rückseite unsere Adresse als Absender geprägt ist, lassen den Prospekt wie eine Einladung wirken, nicht wie eine x-beliebige Wurfsendung. Das Ganze wird von einer schönen Briefmarke gekrönt. Vergessen Sie Frankiermaschinen!

Ihre Arbeitsumgebung

Ihr Arbeitsplatz ist ebenso Teil Ihrer Garderobe wie Ihr Business-Kostüm. Ganz unabhängig davon, ob Sie an einem Schreibtisch im Großraumbüro oder einem durch Stellwände abgeteilten Einzelarbeitsplatz sitzen, ob Sie über ein eigenes Büro verfügen oder zu Hause arbeiten – betrachten Sie Ihren Arbeitsplatz als Teil Ihrer Verpackung. Ein Schreibtisch, dessen Oberfläche unter Akten, losen Blättern, der Zeitung von letzter Woche oder einem Sortiment von Nagellacken oder leeren Kaffeebechern verschwindet, sagt etwas über Ihre Marke aus, das möglicherweise Ihren Absichten zuwiderläuft.

Andererseits erzählt auch ein öder, unbelebter Arbeitsplatz eine Geschichte. Zeigen Sie Ihren Kollegen, dass Sie ein Leben außerhalb des Jobs haben. Werten Sie Ihr Büro durch schön gerahmte Bilder auf, stellen Sie eine Skulptur, die Sie von einer Ihrer Reisen mitgebracht haben, ins Regal, gönnen Sie sich einen fabelhaften Teppich, hängen Sie eine dekorative Wanduhr auf oder Kunstdrucke, die Ihren Geschmack reflektieren.

Ich habe zwei Lieblingsbüros, die jeweils einer Managerin gehören, die ich kenne. Die eine ist Cheflektorin und arbeitet in einem großen New Yorker Bürohaus. Ihr Büro könnte man als Shabby Chic in Reinkultur bezeichnen: antike weiße Möbel, dick gepolsterte Sofas mit losen Hussen – sehr feminin, sehr romantisch, sehr französischer Landhausstil. Sogar ein Kronleuchter ist vorhanden! Diese Lektorin ist vor allem für Frauenromane zuständig und man merkt schon beim Hereinkommen, dass sie ein feines Gespür dafür hat, was Frauen anspricht und gefällt. Mein anderes Lieblingsbüro befindet sich in einem Filmstudio und ist geprägt von Polsterbezügen mit Tiermustern, fantastischen Kunstgegenständen aus fernen Ländern, einer Kommode mit Einlegearbeiten aus Bali, einer Familie afrikanischer Holzgiraffen. Die Atmosphäre in diesem Raum erinnert an die Ralph-Lauren-Werbung für das Parfüm Safari – und die Managerin, der es gehört, ist eine Tigerin! Beide Arbeitsumgebungen sagen: »Ich bin anders als jede vor mir und habe den Job voll im Griff!«

Ihre Website

Wenn Sie wie fast zwölf Millionen Frauen in den USA selbstständig sind, ist eine Website ein mächtiges Werkzeug, Ihre Markenidentität und Ihr Geschäft stärker zu etablieren.

Für Mitarbeiter einer Organisation oder eines Unternehmens ist eine persönliche Website eine großartige Möglichkeit, sich herauszuheben. Mieko ist Programmiererin in einem bekannten Unternehmen im Silicon Valley und ihre persönliche Website enthält einen Link auf »Berufliche Highlights«, wo Auszüge aus ihrem Lebenslauf zu finden sind; einen Link auf ihre »Biografie«, die die bewegende Geschichte eines Kleinstadtmädchens erzählt, das in der großen Stadt sein Glück gesucht hat; Kritiken von Filmen, die sie kürzlich gesehen hat; Lieblingsrezepte; und eine Kolumne, die wöchentlich aktualisiert wird und ganz verschiedene Themen behandelt, von den jüngsten Streichen ihres Katers Buster bis hin zu ihren Gedanken zur Kontrolle von Schusswaffen. Ihre Kollegen und Vorgesetzten betrachten diese Kolumnen, die oft nicht länger als eine Seite sind, mittlerweile fast schon als Pflichtlektüre. Jeder in ihrem großen Unternehmen kennt ihren Namen – und ihre Homepage ist auf etwa fünfhundert PCs im kalifornischen Palo Alto als Lesezeichen eingetragen. Alle ihre Kollegen wissen, was ihr wichtig ist, und ihr Internet-Know-how, ihr gestalterisches Talent und ihre Fähigkeit, sich auszudrücken, sind für jeden, der auf ihre Site zugreift, offensichtlich. Im Durchschnitt hat sie etwa fünfzig Besucher am Tag. Wenn sie vorgestellt wird, leuchten die Augen ihrer Gesprächspartner auf.

Betrachten Sie das Web als Scrapbook, als Sammelalbum, an dem Sie die Menschen, mit denen Sie beruflich zu tun haben, teilhaben lassen. Sehen Sie Ihre Homepage als ein weiteres Element Ihrer Verpackung an und wählen Sie Aufbau, Farbgestaltung, Layout, Schriftarten usw. dafür genauso sorgfältig aus wie für Ihren Lebenslauf oder Ihre Arbeitsproben. Wenn Sie dann zu einem Vorstellungsgespräch gehen, bringen Sie Ihren Laptop mit, schließen ihn ans Netz an und gehen online.

Holen Sie möglichst viel Feed-back über Ihre Website ein, ehe Sie sie freischalten. Spiegelt sie Ihre Persönlichkeit wider? Ist sie interessant? Besuchen Sie andere persönliche

Websites, sehen Sie sich ihre Gestaltung an und informieren Sie sich über ihre Vor- und Nachteile. Nehmen Sie sich vor, Ihre Website mit neuen Informationen und Links aktuell zu halten und Veraltetes zu entfernen.

Schritt 6: Übungen

Marken-Verpackung

Beobachten Sie, welche Farben die Leute in Ihrem beruflichen Umfeld tragen. Welche Rocklänge? Welche Art von Schmuck, welche Haarlängen und Frisuren, wie viel Make-up, Nagellack oder nicht, sportliche Schuhe oder Stilettos? Stellen Sie eine Collage zusammen, aus der hervorgeht, welche Verpackung Sie für Ihre Marke bevorzugen. Vergleichen Sie sie mit der Kleiderordnung in Ihrer Branche oder Firma. Wenn Sie auf einer Wellenlänge damit liegen, verwenden Sie die Collage als Ideengeber, wenn Sie einkaufen oder zu Hause Rat suchend vor dem Kleiderschrank stehen.
Führen Sie diese kritische Überprüfung anhand der folgenden Liste mit Gegenständen durch und fügen Sie gegebenenfalls Elemente hinzu, die in Ihrem beruflichen Umfeld angemessen sind – alle Kleidungsstücke, die als Teil Ihrer Marken-Verpackung angesehen werden können. In welchem Zustand befindet sich Ihre Verpackung momentan? Sind die Farben aktuell und stimmig? Müssen Teile Ihrer Garderobe repariert oder ersetzt werden? Notieren Sie es hier.

1. Kleidung

Zu der Berufsgarderobe, die Ihrer Firmenkultur, Ihrem Publikum, Ihrer Klientel oder Ihrem Wirtschaftszweig entspricht, gehören unter anderem:

- Schuhe
- Kleider
- Röcke
- Hosen
- Anzug
- Blusen
- Pullis
- Blazer
- Mantel
- Strumpfhosen/Socken

2. Haare

3. Kosmetik

4. Nägel

5. Parfüm

6. Accessoires

- Schmuck
- Handtasche
- Aktentasche/College-Mappe
- Hüte
- Tücher
- Handschuhe
- Markenzeichen
- Gürtel

7. Berufliche Accessoires

- Lebenslauf/Arbeitsproben/Prospekt
- Visitenkarten/Briefpapier

8. Auto

9. Büro/Arbeitsumgebung

- Ordnung zählt.
- Zeigen Sie die Mehrdimensionalität Ihrer Marke auf.

10. Website

- Listen Sie verschiedene Themengebiete auf, die Ihre Besucher erkunden können.
- Vergessen Sie nicht, die Website persönlich und aktuell zu halten.

SCHRITT
7

Lernen Sie, sich in Ihrer Haut wohl zu fühlen

Als ich noch bei Turner war und es den Anschein hatte, fast täglich würde ein neuer Sender lanciert werden, stellten wir eine Menge neuer Leute ein. Ich fragte meinen Chef, nach welchen Kriterien außer Erfahrung er Einstellungsentscheidungen traf. Seine Antwort: »Ich will Leute, mit denen ich auch gerne mal was trinken gehe.« Wichtiger als alles andere war ihm also, sich Leute ins Boot zu holen, in deren Gesellschaft er sich wohl fühlte.

Menschen, die sich in ihrer Haut wohl fühlen, fällt es leicht, eine Atmosphäre zu schaffen, in der sich auch andere wohl und eingebunden fühlen. Ihr eigenes, persönliches Wohlgefühl erwächst aus dem inneren Wissen, dass sie so, wie sie sind, o.k. sind. Leider entschuldigen wir Frauen uns viel zu oft wegen unserer Unzulänglichkeiten, statt uns zu akzeptieren, ja sogar zu applaudieren, sämtliche Schönheitsfehler eingeschlossen.

Sie haben also Schwachpunkte. Wer hätte die nicht? Barbra Streisand steht in dem Ruf, »schwierig« zu sein; die Schauspielerin Camryn Manheim, bekannt aus der TV-Anwaltsserie *Practice*, ist eine starke Frau mit fülliger Figur; Barbara Walters, eine der angesehensten amerikanischen TV-

Journalistinnen, kann den Buchstaben »R« nicht aussprechen. Aber jede dieser Superfrauen hat gelernt, mit ihrer Schwäche umzugehen und sie zu einer ihrer einzigartigen Eigenschaften und damit zu einem wichtigen Bestandteil ihrer Marke gemacht.

In Schritt 7 geht es darum, einen persönlichen Stil zu kultivieren. Sie beginnen damit, Ihre Persönlichkeit/Haltung zu identifizieren, lernen, Ihre Stilmerkmale zu mögen, zu akzeptieren und ohne Wenn und Aber in Ihre Markenstrategie einzubinden.

Lassen Sie Ihre dunkle Seite aufblitzen

Ich erinnere mich daran, wie mir mein Vater, als ich ein Teenager war, sagte: »Kind, das Leben besteht nicht nur aus Pfirsichen, Sahne und Honig. Du musst dir ein dickeres Fell zulegen.«

Seien wir ehrlich: In der Welt da draußen gibt es Leute, die uns ungeniert und ohne den Anflug eines schlechten Gewissens mit ihrer dunklen Seite konfrontieren. Die an der Spitze – meiner Erfahrung nach sind dort die meisten Typen dieser Art zu finden – sind getriebene, pragmatische und sehr rational denkende Menschen. Sie sind nicht schlecht oder gemein. Sie bahnen sich ihren Weg lediglich mit der Kettensäge und nicht mit dem Buttermesser. Das ist ihre Art, ihren Job zu erledigen.

Vielleicht gehören auch Sie zu diesen Leuten. Wenn das Ihr Stil ist, spricht nichts dagegen – sofern er Ihnen bewusst ist und Ihrer Marke zugute kommt.

Das Wunderkind

Mein erster Job bei Turner bestand darin, die Werbung für den eben flügge gewordenen Sender TNT zu managen. Farrah Fawcett spielte die Titelrolle des TNT-Films *The Margaret Bourke-White Story*, der auf dem Leben der berühmten Fotografin der Zeitschrift *Life* fußte. Farrah hatte ihren eigenen Fotografen, den legendären Herb Ritz, beauftragt, sie für das Filmplakat zu fotografieren. Meine Aufgabe war es, das Foto auszuwählen, es nach Farrahs Angaben zu retuschieren und mir eine Überschrift dafür auszudenken. Eines Abends, es war schon spät, erreichten mich im Büro zwei Anrufe. Der erste kam von Farrahs Agentin, die weitere Retuschen an dem Plakat forderte – eine Bitte, die ich ablehnen musste. Der zweite Anruf kam von TNT-President Scott Sassa, einem dreißigjährigen Wunderkind. Scott raste vor Wut.

»Warum hast du Nein gesagt?«, wollte er wissen.

»Weil unser Budget für Retuschen ausgeschöpft ist.«

»Sei still! Sei *zum Teufel* endlich still! Wir reden hier von Hollywood! Kapierst du das nicht? Tu, was die Agentin will!«

»Wenn ich diesen Hals noch weiter retuschiere, wird sie bald keinen mehr haben!«

»Hast du mich verstanden?«

»Aber ich …«

»Halt verdammt noch mal die Klappe und *hör* mir *zu. Tu's* einfach!«

»Scott …« Aber da knallte er schon den Telefonhörer hin.

Und ich brach in Tränen aus.

Am nächsten Tag lud Scott mich zum Mittagessen ein. Er war witzig und intelligent und ich hing an seinen Lippen. Er erwähnte das Gespräch vom Vorabend mit keinem Wort. Als die Rechnung kam, sah ich ihm direkt ins Gesicht und sagte: »Ich dachte, du würdest dich entweder entschuldigen oder mich rauswerfen.«

»Wieso?«, fragte er. Er schien ehrlich überrascht zu sein.

»Vergiss es.« Und dann holte ich tief Luft und sagte: »Weißt du, dass ich dich zum Fürchten finde, Scott?«

Worauf er sagte: »Gut!«

Wie alle Menschen mit einer großen Marke hatte Scott seit langem beschlossen, welchen Eindruck er durch seinen Umgangston und seine Umgangsformen vermitteln wollte. Er hatte seinen Stil etabliert, so negativ er manchmal auch sein mochte. Was hatte er durch sein bedrohliches Auftreten zu gewinnen? Ganz einfach: Er brachte die Leute dazu, unglaublich hart zu arbeiten, um zu vermeiden, dass es jemals ihr Kopf war, der unter dem Schafott lag. Ich habe über zwei Jahre für Scott gearbeitet und zu mir war er von diesem Tag an lammfromm. Er wurde kein einziges Mal mehr laut. Weil ich ihm nie mehr einen Grund dazu gab.

Heute, zehn Jahre später, leitet Scott NBC und ist vielfacher Millionär.

Stil ist unverzichtbar

Glauben Sie mir, ich will Ihnen nicht nahe legen, Scott Sassas Stil nachzueifern. Ich will Ihnen lediglich vermitteln, dass ein unverwechselbarer persönlicher Stil ein Muss für Sie ist.

So wichtig eine gute Verpackung auch ist, noch entscheidender für den Erfolg Ihrer Marke ist Ihre **Selbstdarstellung**. Während sich die Verpackung nämlich auf Äußerlichkeiten wie Aussehen und angemessene Kleidung beschränkt, geht es bei der Selbstdarstellung darum, das, was in Ihnen steckt, nach außen zu tragen – durch Ihren Stil, Ihr Auftreten, Ihre Ausdrucksweise. Zusammen machen sie die »Stimme« aus, die aus Ihnen spricht – nicht nur ihren Klang, sondern vor allem die innere **Kraft**, die dahinter steckt.

Scott Sassas Mach-was-ich-dir-sage-Stil, sein schroffes Verhalten gegenüber Gleichgestellten und Mitarbeitern ist seine Art, seine persönliche Kraft dem Publikum gegenüber zum Ausdruck zu bringen. Mein Mentor Brandon Tartikoff dagegen vermittelte seine innere Kraft durch ruhige Stärke, kreatives Denken und temperamentvollen Humor. Beide Stile scheinen in Hollywood, wo das Leben aus Extremen besteht, gut zu funktionieren.

Um Ihren eigenen Stil zur Unterstützung Ihrer Marke zu entwickeln, müssen Sie Ihre Persönlichkeit kennen – die sichtbaren, hörbaren, verhaltensbezogenen Aspekte Ihres Charakters.

Stil hat mit persönlicher Präsenz zu tun, dem äußeren Ausdruck Ihrer inneren Persönlichkeit.

Alle großen Markenprodukte legen sich eine bestimmte Persönlichkeit zu, die sie über Zeitungsanzeigen sowie Radio- und Fernsehspots in den Köpfen der Konsumenten verankern. Durch den Off-Kommentar, die Musik, die Grafik, die Verpackung stellt die Marke ihre Persönlichkeit zur Schau. Um einem leblosen Produkt Persönlichkeit einzuhauchen, verknüpfen Markenspezialisten das Produkt mit einem bekannten Gesicht, aufgrund der erwiesenen Theorie, dass ein Teil der Persönlichkeit des Sympathieträgers auf das Produkt übergeht. Dazu einige Beispiele:

- James Earl Jones ist die Stimme von CNN. Er klingt solide und autoritär und vermittelt damit genau das, was CNN ist und projizieren möchte.

- Cybill Shepherd, amerikanisches Aushängeschild für Mercedes, personifiziert »das gute Leben«. Sie wirkt sorglos und trotzdem elegant – genau so, wie man sich fühlt, wenn man einen Mercedes fährt.

- Bill Cosby steht für Jello-Wackelpudding wie Großmama für Apfelstrudel.

- Elizabeth Hurley ist eine unglaublich schöne Frau, wichtiger aber für ihren Job als Estée-Lauder-Girl ist die Tatsache, dass sie Rafinesse, Sinnlichkeit und Stil ausstrahlt. Wenn Sie Produkte von Estée Lauder verwenden, färbt dieses Image auf Sie ab.

- Ralph Lauren verleiht seinen Produkten Persönlichkeit, indem er Models mit dem unverkennbaren, zeitlos-wohlhabenden Look der amerikanischen Oberschicht einsetzt, der gehobene Lebensart an idyllischen Schauplätzen vermittelt.

- Einige Unternehmen schließen die Lücke zwischen Produkt und Persönlichkeit durch Kunstfiguren wie Tony the Tiger oder Ronald McDonald.

Wie kommunizieren Sie Ihre Persönlichkeit? Was ist Ihr Stil? Sind Sie sprühend vor Energie? Sind Sie enthusiastisch, interessiert, engagiert? Demonstrieren Ihr Handeln und Ihre Worte Ihre Kreativität oder Ihre Kompetenz? Sind Sie neugierig, selbstkritisch, ernst, selbstsicher, beständig, witzig oder risikofreudig – und wie zeigen Sie es? Schimmern Ihre Werte durch Ihr Verhalten und Ihre Äußerungen hindurch? Wenn Sie sich in Ihrer Haut wohl fühlen, geht ein inneres Licht von Ihnen aus, das Sie und jeden in Ihrer Gegenwart zum Leuchten bringt.

Autorin und Pulitzerpreisträgerin Maya Angelou

Maya Angelou ist eine bemerkenswerte Marke, deren inneres Licht ein heterogenes und treues Publikum in seinen Bann zu schlagen vermag. Ihre Selbstdarstellung ist ein dramatischer, überschäumender Ausdruck ihrer Stärke und ihres Stolzes auf ihre und unsere Menschlichkeit. Ihr Stil ist wie Gospel-Musik – er kommt aus tiefstem Herzen und ist ein Lobgesang auf die Stimme des Geistes. Dabei entwickelte sich die unglaubliche, geradezu spirituelle Präsenz Maya Angelous aus einem Leben

voller Kampf und Verletzungen und dem schmerzlich erfahrenen Wissen um die dunklen, harten Seiten des Lebens. »Angst bringt das Schlimmste in jedem an die Oberfläche«, hat sie einmal gesagt.
Maya wurde als Kind schwer traumatisiert und blieb als Reaktion darauf fünf Jahre lang stumm. Danach galt ihre Liebe der Schule, den Büchern, der Kirche. Sie war die erste schwarze Straßenbahnschaffnerin in San Francisco und lernte kreolisch kochen, um sich ihren Lebensunterhalt als Köchin verdienen zu können. Maya fand zu sich selbst und ist immer noch dabei, in die tiefen Schichten ihrer Persönlichkeit vorzudringen. Ihre Präsenz erinnert an Mutter Erde und zugleich an die einer geistigen Mutter.

Das Fundament einer beeindruckenden Gegenwart ist eine interessante Vergangenheit.

Schöpfen Sie aus Ihrer Lebenserfahrung Selbstvertrauen und inneren Mut.

Bringen Sie die richtige Einstellung mit

Alternativ lässt sich persönlicher Stil auch als Einstellungssache definieren. In einem Vortrag bei der Women in Leadership-Konferenz in San Francisco im letzten Jahr wiederholte Ann Richards, die für ihre Willensstärke bekannte frühere Gouverneurin von Texas, einen Spruch von Woody Allen, wonach achtzig Prozent des Jobs darin bestünden, morgens hinzugehen. Sie sagte: »Vielleicht macht Sie Ihr Job so fertig, dass Sie morgens nicht zur Arbeit gehen wollen. Ich sage Ihnen, Sie müssen trotzdem hingehen.«

Und ich sage Ihnen, Sie müssen darüber hinaus auch mit einer umwerfenden Einstellung hingehen. Sie können noch so gut aussehen, wenn Sie angeödet sind oder durchhängen, könnten Sie genauso gut die Windpocken haben. Niemand will Ihnen zu nahe kommen. Wenn ich einen Kunden besuche oder zu einer Messe fahre, setze ich mein Geschäftsgesicht auf. Es strahlt Interesse, Energie und gute Laune aus. Ich setze dieses Gesicht sogar während einer Konferenzschaltung auf.

Das heißt nicht, dass Sie Ihr Gegenüber täuschen, sondern dass Sie Ihr Herz weiten sollen. Vielleicht fühlen Sie sich nicht besonders fit oder gut gelaunt, aber sicher haben Sie schon erlebt, wie ein schönes Outfit Ihnen zu einem Gefühl der Ausgeglichenheit, Selbstsicherheit und Überlegenheit verhelfen kann. Erst recht sieht die Welt ganz anders aus, wenn Sie ihr mit der richtigen Einstellung entgegentreten. Wenn Sie so tun, als würde ein Thema Sie interessieren, ist die Wahrscheinlichkeit groß, dass Sie tatsächlich Interesse daran finden. Wenn Sie tatkräftig auftreten, wird Ihr Gegenüber mit Tatkraft darauf reagieren. Wenn Sie gute Laune verbreiten, hellt sich alles auf. »Der einzige Unterschied zwischen einem schlechten Tag und einem guten Tag ist die Einstellung, mit der Sie ihm begegnen«, sagt der Motivationstrainer Keith Harrell.

Einstellung heißt, einen Standpunkt einzunehmen,
eine Meinung zu haben,
nicht den bequemen Mittelweg zu wählen.

Um Fernsehsendern und Websites bei der Eingrenzung der Grundeinstellung zu helfen, die ihre Marken ausstrahlen sollen, entwickle ich eine Liste von Adjektivpaaren, die die Persönlichkeit der Marke definieren. Ich bezeichne diese Liste als »Grundhaltungsanalyse«. Dabei wähle ich meine Worte sehr genau. Zu sagen, dass Comedy Central einen Sinn für Humor hat, wäre zu vage und würde dem Publikum zu wenig genau vermitteln, wie der Sender den Begriff »Comedy« definiert. Die folgende Grundhaltungsanalyse für Comedy Central zeigt, wie ich den Sender sehe:

Comedy Central ist	*Comedy Central ist nicht*
respektlos	banal
großstädtisch	kleinstädtisch
Ben Stiller	Don Rickles
Original	Imitat
witzig	intellektuell
unterhaltsam	bildend
unerwartet	das immer Gleiche
risikofreudig	konventionell
South Park	Jelly Stone Park
politisch unkorrekt	politisch korrekt

Vor ein paar Jahren habe ich an einer Markenstrategie für die Website der Professional Golfers' Association, PGA.com, gearbeitet.

Ich habe die Grundhaltung, die die Website ausstrahlen soll, so definiert:

PGA.com ist	*PGA.com ist nicht*
exklusiv	unnahbar
für Profisportler	für Amateursportler
informativ	selbstgefällig
lehrreich	arrogant
unterhaltsam	laut
sympathisch	überfreundlich
von Insidern erstellt	institutionell
Hightech	unbeweglich
substanziell	trivial
ungezwungen	affektiert
persönlich	unpersönlich

Wenn Sie diese Zeilen von links nach rechts lesen, werden Sie feststellen, dass es eine Linie gibt, die nie überschritten werden kann. Grundhaltungsanalysen für die Marke von Einzelpersonen werden nach dem gleichen Prinzip durchgeführt.

LAURA

Laura arbeitet auf Hochtouren, um anderen zu helfen, und manchmal hält ihr Übereifer sie davon ab, Nein zu sagen. Immer wieder erklärt sie sich zu Überstunden bereit oder übernimmt berufliche Zusatzaufgaben, ohne dafür die entsprechende Anerkennung oder finanzielle Gegenleistung zu erhalten. In solchen Fällen verkehrt sich ihr Enthusiasmus in Bitterkeit und Unzufriedenheit. Laura ist in einem absurden Catch-22 gefangen: Ihre Arbeit verleiht ihr eine Energie, die sie manchmal übers Ziel hinausschießen lässt. Sie muss lernen, eine Balance zu finden, die ihr bisher fehlt, damit ihre Energie *für* sie, nicht gegen sie arbeitet. Zum Aufbau ihrer neuen Marke wird es deshalb auch gehören, eine neue Einstellung zu ihrer Arbeit zu entwickeln, die von mehr Achtsamkeit sich selbst gegenüber geprägt ist. Wann immer Laura versucht ist nachzugeben, wird sie künftig als Mantra einen Ausspruch Coco Chanels rezitieren: »Verweigerung ist Eleganz.«

Schauen Sie sich im Folgenden die Analyse von Lauras Grundhaltung an. Sie ist eine Art Schaubild für die Verhaltensänderung, die sie zum Nutzen ihrer Marke anstrebt:

Laura ist	***Laura ist nicht***
positiv	launisch
ausgeglichen	überdreht
stark	eine leichte Beute
mitfühlend	emotional
Friedensstifterin	Anarchistin
loyal	ungeduldig
gewissenhaft	nachlässig
engagiert	arbeitssüchtig
eine Lehrerin	ein Kindermädchen
zugänglich	abweisend
echt	unecht

Legen Sie ähnliche Maßstäbe an sich selbst an. Welchen persönlichen Stil möchten Sie projizieren? Welche persönlichen Züge möchten Sie aus Ihrer Marke verbannen? Im Übungsteil dieses Kapitels werden Sie Gelegenheit haben, eine ähnliche Liste für sich selbst zu entwerfen.

Sie hat etwas: der Charisma-Faktor

Scheinbar aus dem Nichts hat es **Emeril Lagasse** als Fernsehkoch, der weder an Kohlehydraten noch an Sahne spart, zu Kultstatus gebracht. **Marian Wright Edelman,** Gründerin und Präsidentin des Children's Defense Fund zur Verbesserung des Lebens von unterprivilegierten Kindern in den USA, verschafft sich und ihrer Organisation Medienwirksamkeit, Berühmtheit und politische Unterstützung, während andere Wohltätigkeitsverbände unbemerkt bleiben. Richterin **Judith Sheindlin** regiert in ihrer täglichen Reality-Gerichtsserie »Judge Judy« das TV-Gericht mit eisernem Hammer und zieht die Sesselgeschworenen in Scharen vor den Fernseher.

Was haben diese drei Menschen gemeinsam? Charisma! Elvis hatte es, John F. Kennedy besaß es, Oprah hat es, Tina Turner hat es und Bill Clinton ist ebenfalls damit gesegnet.

Viele Menschen glauben, Charisma sei angeboren – und sie haben Recht. Was nicht jeder weiß, ist, dass wir alle geborene Charismatiker sind. Ob wir unser Charisma nutzen oder nicht, ist allerdings eine andere Frage.

Manche Menschen halten Charisma für eine Gottesgabe, eine geistige Kraft oder persönliche Eigenschaft, welche diejenigen, die darüber verfügen, befähigt, andere zu beeinflussen oder zu führen. Die Wahrheit aber ist:

Wir alle sind charismatisch.
Wir alle haben die gleiche göttliche Gabe erhalten.

Charisma lässt sich als die Anziehungskraft des authentischen Selbst beschreiben. Wenn Sie zulassen, dass Ihr wahres Selbst sich dem Publikum öffnet, wird Ihre magnetische Kraft die Menschen um Sie herum anziehen. Es geht also weniger darum, anderen etwas zu geben, als darum, uns zu öffnen, um etwas von ihnen zu erhalten: ihre interessierte Aufmerksamkeit, ihre positive Reaktion, vielleicht sogar ihre Liebe. Wenn Sie in Ihrem Publikum aufgehen, es lieben und an seiner Bewunderung wachsen, gelten Sie vermutlich als sehr charismatisch. Und wahrscheinlich spüren Sie, dass Sie einen Großteil Ihrer elektrisierenden Ausstrahlung vom Publikum erhalten und die Vibrationen seiner Erregung reflektieren.

Elizabeth Dole

Auch wenn Sie ihre politischen Ansichten vielleicht nicht teilen, gehört Elizabeth Dole zu jenen charismatischen Menschen, die ihre Botschaft meisterhaft vermitteln können. Sie ist leidenschaftlich, beredt, auf der Bühne zu Hause und hat ihr Publikum fest im Griff.
Schauen Sie ihr zu. Sie neigt sich ihrem Publikum zu. Das ist eine ihrer Methoden, die Verbindung zu den Zuhörern herzustellen. Sie ist intelligent, eine der ersten Frauen, die das Jurastudium in Harvard abgeschlossen hat, aber sie wirkt nicht abgehoben. Sie redet genau wie wir, mit leicht näselndem Tonfall, der ihre Herkunft verrät. Dazu kommt, dass ihre langjährige Beziehung zu ihrem Mann immer noch prickelnd ist und die beiden damit etwas besitzen, das wir alle uns für unsere Zukunft wünschen.
Als frühere Präsidentin des Roten Kreuzes hat Liddy eine Karriere gemacht, mit der sich beruflich erfolgreiche Frauen identifizieren können; als Ehefrau und Geliebte wird sie von jeder anderen Frau bewundert. Obwohl ihre Kandidatur um das amerikanische Präsidentenamt scheiterte, kommt die Unterstützung, die sie damals erhalten hat, ihrer ohnehin schon starken Marke zugute.

Eine erfolgreiche Marke achtet immer auf ihr Publikum.

Wenn aus dem Zielpublikum ein unzufriedenes Gemurmel aufsteigt, gehen erfolgreiche Marken darauf ein, bringen das Publikum zur Ruhe und stellen die Verbindung wieder her. Ein guter Draht zum Publikum sorgt für Markentreue. Unterziehen Sie deshalb Ihre Verbindung zu Ihrem Zielpublikum einer kritischen Überprüfung.

- NEHMEN SIE IHR PUBLIKUM WAHR. Schauen Sie es sich gut an. Nehmen Sie sich einen Moment Zeit. Holen Sie ein paarmal tief Atem. Achten Sie auf die Augen Ihres Publikums, ganz gleich, ob Sie auf dem Podium stehen, in einer Besprechung sitzen oder auf eine Cocktail-Party eingeladen sind. Schweift der Blick Ihrer Zuhörer ab, schauen sie verstohlen auf die Uhr, husten sie, zappeln sie herum, telefonieren sie mit dem Handy oder schauen sie nach neuen SMS-Nachrichten? Die Fähigkeit, Ihr Publikum zu lesen, ist für Ihre Selbstdarstellung entscheidend. Ich glaube, Frauen können das besser als Männer. Wahrscheinlich sind wir von Natur aus etwas aufmerksamer und merken eher, was um uns herum passiert. Wir achten auf Signale, die uns darauf hinweisen können, dass uns unser Publikum entgleitet.

- HÖREN SIE AUF IHR PUBLIKUM. Wenn Sie als Erste im Raum sind, können Sie bereits beim Hereinkommen des Publikums eine Menge Beobachtungen anstellen, zum Beispiel über den Geräuschpegel. Prüfen Sie, ob Ihre Zuhörer auf Erfolg gepolt sind. Hören Sie Stimmengewirr? Ein gutes Zeichen. Oder schweigen, flüstern, lärmen sie? Sie können die Stimmung eines Publikums anhand visueller oder akustischer Anzeichen erkennen und Ihr Verhalten darauf abstimmen. Viele Vortragende mischen sich vor einem Referat unter das Publikum, um sich einen unverfälschten Eindruck über dessen Grundgefühl zu verschaffen.

▶ **Öffnen Sie Ihrem Publikum Ihr Herz.** Ich meine das ganz wörtlich. Nur so können Sie empfänglich sein. Wenn Applaus aufbrandet, nachdem Sie vorgestellt wurden, konzentrieren Sie sich auf diesen Ausdruck des Respekts und der Wertschätzung des Publikums. Lassen Sie das Gefühl eines erwartungsfroh gestimmten Publikums über sich hinwegrollen, bevor Sie zu sprechen beginnen. Wenn nach dem Vortrag Applaus aufbrandet, nehmen Sie diese Zustimmung Ihres Publikums mit allen Sinnen auf. Akzeptieren Sie sie. Nehmen Sie sich den Beifall zu Herzen. Stürzen Sie nicht gleich von der Bühne weg. Lieben Sie Ihr Publikum, weil es Sie liebt. Ihr Publikum zeigt seine Zustimmung nicht immer durch Applaus. Seien Sie deshalb auch für anerkennende Blicke, beifälliges Nicken, Schulterklopfen und Gratulationen empfänglich.

Körpersprache: Zeigen Sie sich selbstbewusst

Klar, Ihr Aussehen – Ihre äußere Verpackung – ist wichtig. Selbstdarstellung hat jedoch mehr damit zu tun, wie Sie gehen, stehen oder sitzen, wie Sie klingen, wie viel Charisma Sie mitbringen, mit welcher Einstellung Sie kommen und – in sehr viel geringerem Maße – damit, was Sie sagen.

Was Sie sagen, ist oft das Wenigste.
Wie Sie es sagen, bedeutet viel mehr.

Eindruck machen

In einem Resort-Hotel in Arizona hatte ich einmal die Aufgabe, den Managern des Kabelsenders TNT die Unterlagen vorzustellen, die wir damals den Lokalsendern des Unternehmens für die Vermarktung vor Ort zur Verfügung stellen wollten. Diese Unterlagen waren nicht eben atemberaubend interessant. Vereinfacht gesagt, gab

es einmal im Monat ein Paket mit Zeitungsanzeigen und Fernsehwerbung, die der Partner an seinen Markt anpassen konnte, sowie verschiedene Pressemitteilungen.
Meine Herausforderung bestand nun darin, die Präsentation der Unterlagen in diesem Paket einhundert Leuten schmackhaft zu machen, die Bermudas trugen und darauf brannten, endlich an den Pool zu kommen.
Ich lieh mir das rote schulterfreie Ballkleid einer Freundin und lange weiße Handschuhe aus. Eine andere Freundin half mir mit einer Hand voll falscher Diamanten. Ich betrat den Raum wie Queen Elizabeth, behängt mit glitzernden Klunkern, hocherhobenen Hauptes, Blick fest geradeaus. Ich schritt von der Rückseite des Raumes durch das Publikum hindurch nach vorn zum Podium. In meinen Händen trug ich das monatliche Paket mit Werbematerial, als wäre es der Heilige Gral. In der Zwischenzeit floss überall im Raum der Champagner.
Als ich das Podium erreicht hatte, verkündete ich: »Willkommen zur *offiziellen* Präsentation des Marketingpakets für die Turner-Partner.« Den Leuten fielen die Kinnladen herunter und sie sperrten ihre Ohren weit auf.

Es heißt, visuelle Reize machen mehr als die Hälfte der emotionalen Wirkung jeder Präsentation aus. Die Motivationstrainerin Mary Goldenson schätzt, dass das Erscheinungsbild 68 Prozent unserer Selbstdarstellung ausmacht, sei es in einem Vorstellungsgespräch, bei einem Vortrag oder in einer Situation, in der wir einem einzelnen Gesprächspartner oder einer Gruppe ein Konzept vorstellen.

Aber genauso, wie es auf die Verpackung ankommt, kommt es darauf an, wie Sie die Verpackung einsetzen und was sie für Sie leistet. In anderen Worten: Wie präsentieren Sie sich? Lassen Sie die Schultern hängen? Zappeln Sie herum? Stehen Sie in Ihrer Verpackung selbstbewusst und aufrecht da? Präsentieren Sie sich und Ihre Verpackung voller Stolz? Erfüllt Ihre Verpackung Sie mit Selbstvertrauen, fühlen Sie sich darin stark, kühn, kompetent? Die Körpersprache – die Art, wie wir in unserer Verpackung gehen, stehen oder sitzen – spricht Bände, ohne dass ein Wort zu fallen braucht.

Was kommunizieren Sie mit Ihrem Auftritt? Analysieren Sie Ihre Selbstdarstellung. Bitten Sie Ihre Markenberater, Sie von oben bis unten genau zu mustern und Ihnen ehrlich ihre Meinung zu sagen. Als loyale Freunde werden sie ihre Kritik wahrscheinlich schonungsvoll verpacken. Fragen Sie sie:

- Welchen Eindruck mache ich? Möglicherweise wird das Feed-back Sie überraschen. Ich habe eine Freundin, die immer aussieht, als würde sie gleich in Tränen ausbrechen. Dabei ist sie eigentlich sehr glücklich und es ist eher die Form ihrer Augen und weniger ihre Miene, die sie so traurig wirken lässt. So oder so – ihr Aussehen lässt andere denken, sie müssten sich ihrer annehmen und sich nach ihrem Wohlbefinden erkundigen. Bevor meine Freundin diese Wahrheit erfuhr, konnte sie sich nie erklären, warum jeder so besorgt um sie war.

- Wie bewege ich mich? Was drückt meine Körpersprache aus?

- Was sagt mein Aussehen über mich aus?

Diane Sawyer

Diane Sawyer vermittelt mit ihrem unverwechselbaren Aussehen den Eindruck »Mädchen von nebenan« und »durch und durch amerikanisch«. Ihr ernsthafter Umgang mit aktuellen Ereignissen zeugt von teilnehmendem Interesse, Intelligenz und Mitgefühl.

Ihre Herkunft aus dem Süden der USA macht einen Teil ihres Charmes und ihrer Selbstdarstellung aus. Obwohl sie ihren Akzent verloren hat, hat sie sich den charakteristischen Sprachrhythmus der Südstaatenschönheit bewahrt. Sie weiß genau, wann es angesagt ist, eine Pause zu machen oder ein Wort zu betonen. Im Gegensatz zu vielen anderen Frauen auf dem hart umkämpften Gebiet des Nachrichtenjournalismus (ich denke da an Maria Shriver und Christiane Amanpour) zeigt sie keine harten Kanten. Dianes Selbstdarstellung ist sanft und weiblich, gleichzeitig aber intelligent und kompetent.

Machen Sie eine Videoaufnahme von sich

Zeichnen Sie sich auf Video auf. Machen Sie eine regelrechte Produktion daraus: Schnappen Sie sich eine Freundin und führen Sie zu Aufnahmezwecken ein erfundenes Interview durch. Ziehen Sie sich dafür entsprechend an. Oder proben Sie Ihren Vortrag vor dem Spiegel und nehmen Sie sich dabei auf. Dann schauen Sie sich das Band gemeinsam mit Ihrer Zielgruppe an, Ihren engsten Freunden, Ihren getreuen Beraterinnen oder Ihrem Mann und Ihren Kindern. Wie sehen Sie aus – verängstigt oder selbstbewusst, gut vorbereitet, entspannt? Wie tragen Sie Ihre Kleidung? Lächeln Sie? Machen Sie den Eindruck, der Interviewerin wirklich zuzuhören?

Was ist Ihre persönliche Methode, eine Verbindung zu Ihrem Publikum herzustellen? Fühlen Sie sich wie AOL-Chef Bob Pittman eher hinter dem Rednerpult wohl oder davor – so wie Elizabeth Dole, Bill Gates oder Bill Clinton? (Clinton, Meister des Formats der »Gemeindeversammlung«, war einer der ersten Politiker, der Wert darauf legte, hinter dem Rednerpult hervorzukommen.) Wenn Sie Brillenträgerin sind, sollten Sie sich überlegen, auf Kontaktlinsen umzusteigen oder Ihre Augen einem laser-chirurgischen Eingriff zu unterziehen. Wenn Sie eine Brille aufhaben, vor allem eine Brille mit Kunststofffassung, kann das Publikum Ihre Augen kaum sehen und tut sich deshalb schwer damit, eine Verbindung zu Ihnen aufzubauen. Denken Sie daran: Die Augen sind die

Fenster zur Seele. Tatsächlich kann jede Sperre oder Barriere – die Brille, das Rednerpult, ein Stapel Notizen – die magnetische Anziehung behindern, die Sie so gerne zu Ihrem Publikum aufbauen möchten.

EMILY

Kaum war Emily mit der ausgereiften Markenstrategie, sich als Expertin für Modeaktien zu profilieren, in ihren Job zurückgekehrt, begannen Sender wie MSNBC und CNN mit Bitten um Prognosen an ihre Tür zu klopfen.
Emily ist eine geschickte Selbstvermarkterin. Sie wusste, dass zum Erfolg die Fähigkeit gehört, angstfrei vor einer Kamera zu sprechen. Sie wusste, sie wollte kompetent wirken und sich gleichzeitig allgemein verständlich für das breite Publikum ausdrücken. Zusammen mit ihrem Mann dachte sie sich ein paar schwierige Fragen aus und er nahm ihre Antworten auf Video auf.
Zu ihrer Überraschung stellte Emily fest, dass sie häufig »ähm« sagte und auf irritierende Weise mit den Händen redete. Sie zögerte nicht, sich von einem Präsentationsspezialisten coachen zu lassen. Mit seiner Hilfe konnte sie ihre schlechten Angewohnheiten ablegen und ihren Stilquotienten erheblich steigern.

Ihr Auftreten sollte eine dauerhafte, aufstrebende Marke projizieren, deren Erfolg außer Frage steht.

Treten Sie wie ein Topmanager auf

- STEHEN SIE AUFRECHT: Größe kommuniziert Autorität. Wenn Sie groß sind, heben Sie Ihre Größe hervor. Wenn nicht, lernen Sie, selbstsicher auszuschreiten.

- TRETEN SIE ZIELSTREBIG EIN: Wenn Sie einen Raum betreten, sollten Sie weder Ihren Schritt verlangsamen noch suchend den Kopf durch die Tür stecken. Denken Sie daran: Sie gehören dazu!

- SETZEN SIE SICH, OHNE ZU ZÖGERN: Wenn Sie die Wahl haben, setzen Sie sich auf einen Stuhl mit gerader Lehne, statt auf Nimmerwiedersehen in einem Sofa zu versinken.

- FESSELN SIE DIE AUFMERKSAMKEIT IHRES GEGENÜBERS: Setzen Sie die folgenden Ausdrucksmittel bewusst ein: Weit geöffnete Augen demonstrieren Interesse. Ein ganz leichtes Nicken signalisiert Verstehen, Zustimmung, Einverständnis. Indem Sie sich nach vorn neigen, vermitteln Sie Intensität und Leidenschaft. (Schauen Sie sich an, wie Hillary Clinton zuhört, wenn ein anderer spricht.) Es versteht sich von selbst, dass Gesten nicht das ersetzen können, was sie repräsentieren. Mit zunehmender Übung aber kann der Einsatz dieser positiven und starken physischen Kommunikatoren zum natürlichen Ausdrucksmittel für Interesse, Verstehen, Mitgefühl usw. werden. PS: Wenn Sie sehr attraktiv sind, müssen Sie alles tun, um freundlich zu sein, anderenfalls werden Sie als bedrohlich oder, schlimmer noch, arrogant wahrgenommen.

Stellen Sie den Ton lauter

Die Art, wie Sie klingen, ist nach Ihrem Erscheinungsbild der zweitwichtigste Erfolgsfaktor. Statten Sie Ihre Marke deshalb mit einer kräftigen Stimme aus. Mary Goldenson schreibt zwanzig Prozent der Wirksamkeit eines Vortrags der Klangfarbe, der Tonhöhe und dem Sprechtempo zu.

Murmeln Sie? Verschlucken Sie Ihre Worte oder flüstern Sie? Sind Sie eine Schnellsprecherin? Ist Ihre Stimme schrill, näselnd oder monoton? Haben Sie ein seltsames Lachen? Ungewöhnliche Sprachmuster? Alle diese Dinge können Ihre Marke negativ beeinflussen, stellen aber kein unüberwindliches Hindernis dar. Stimm- oder Sprechunterricht ist eine lohnende und zumutbare Investition in die Zukunft Ihrer Marke.

Aber nicht immer braucht es einen mühseligen Kampf. Mary Beth hat einen charmanten Südstaatenakzent, der ihr zum Vorteil gereicht. Emilys energische New Yorker Ausdrucksweise vermittelt den Eindruck von Autorität und Dringlichkeit, zwei Eigenschaften, die ihre Marke bestens ergänzen.

Es verleiht Selbstbewusstsein, eine selbstbewusste Stimme zu kultivieren. Wenn Sie lernen, Ihre Stimme zu modulieren, klingt alles, was Sie sagen, interessanter. Ihre Stimme einen Tick zu senken kann Ihren Worten mehr Autorität verleihen und hilft Ihnen darüber hinaus, Ihr Sprechtempo zu verlangsamen. Ein Stimmtrainer kann Ihnen zeigen, wie Sie mit ein paar einfachen, kleinen Veränderungen an Ihrer normalen Sprechweise Ihre Selbstdarstellung tief greifend verbessern können.

Vergessen Sie nicht: Auch Ihre Telefonstimme macht einen Teil Ihrer Wirkung aus. Und weil ein Anrufer Ihre Erscheinung nicht sehen kann, die Defizite im Klangbereich womöglich ausgleicht, ist die Stimme am Telefon sogar noch wichtiger als bei einem Gespräch von Angesicht zu Angesicht.

Tipps zur verbesserung Ihrer Stimme

- **Hören Sie sich zu:** Setzen Sie sich mit einem Kassettenrekorder hin und lesen Sie einen Text laut vor. Sie können dafür zum Beispiel einen Artikel aus dem Wirtschaftsteil der Zeitung oder Ihre Lieblingskolumne wählen. Spulen Sie das Band zurück. Wie klingen Sie? Wenn Sie sich toll fanden, macht es Ihnen sicher nichts aus, die Aufnahme den wunderbaren Menschen vorzuspielen, die Ihre Markenberater und persönlichen Cheerleader sind – engen Freunden, Ihrem Mann, Ihren Kindern oder Ihrem Coach. Welche Verbesserungen schlagen sie vor?

- **Bewerten Sie Ihre Erzählkunst:** Nehmen Sie sich als Nächstes in einem kurzen Gespräch mit einer Freundin auf. Erzählen Sie Ihrer Freundin, was Branding ist oder woran wir in diesem Buch arbeiten. Achten Sie auf »ähms«, »hmms« und andere Pausenfüller. Achten Sie auf sprachliche Ticks und Wörter, die Sie zu oft gebrauchen. Klingen Sie gekünstelt? Kommt Ihr Enthusiasmus über Ihre Stimme rüber?

- **Sprechen Sie mit einem Lächeln:** Wenn Sie beim Telefonieren lächeln, wird Ihr Lächeln durch Ihre Worte hindurchscheinen. Wenn Sie lächeln, klingen Sie, als könnte es nichts Schöneres für Sie geben, als mit der Person am anderen Ende der Leitung zu reden. Eine gut gelaunte Telefonstimme kommuniziert Selbstsicherheit, persönliches Wohlbefinden und eine positive Weltsicht.

Erweitern Sie Ihren Wortschatz

Wenn es um korrekte Grammatik geht, wird mein Vater zum Kleinkrämer. Als ich heranwuchs, kritisierte er ständig an meinem Englisch herum – was mir endlos peinlich war und mir mächtig auf die Nerven ging.

Darüber hinaus hielt mein Vater den Wortschatz für einen wichtigen Imagefaktor. Er brachte mich dazu, jede Woche ein neues Wort aus der *Reader's-Digest*-Liste zu lernen. Ich musste das Wort laut sagen und in einem Satz verwenden. Heute würze ich meine grammatikalisch korrekten Gespräche und Texte mit interessanten, ausdrucksstarken Wörtern wie *Quadriennale* oder *Pleonasmus*. Wer mich sprechen hört oder meine Texte liest, hält mich für gebildet – und das kommt meiner Marke natürlich zugute.

So sehr mich die Nörgelei meines Vaters genervt hat, so vorteilhaft war es für meinen Erfolg, dass ich gelernt habe, richtig zu kommunizieren. Ich rate Ihnen dringend, künftig auf die Modewörter und umgangssprachlichen Wendungen zu verzichten, die Ihre Kollegen möglicherweise verwenden, und in Gesprächen und Texten Intelligenz und Kultiviertheit zu demonstrieren.

Gehen Sie an die Öffentlichkeit

Dem *Wall Street Journal* zufolge ist im Berufs- und Geschäftsleben keine andere Fähigkeit so gefragt wie Kommunikationsfähigkeit. Und je mehr Menschen Sie erreichen und berühren können, desto wertvoller ist Ihre Marke. Das gilt für Produktmarken wie Sony genauso wie für Ihre persönliche Marke – und doch zögern viele Frauen, sich auf ein größeres Spielfeld zu wagen. Nach Aussage von Dr. Debra Condren, Gründerin und Leiterin der Women's Business Alliance (Slogan: »Frauen stärken Frauen beim Aufbau ihres Unternehmens«) würden 75 Prozent der berufstätigen Frauen das Angebot, vor einer Gruppe von Menschen zu sprechen, ablehnen.

Ich habe einmal eine Ranking-Liste der schlimmsten Lebensängste gesehen. Die zweitgrößte Angst war die Angst vor dem Tod. Wollen Sie wissen, was die größte Angst war?

Richtig: die Angst, öffentlich zu sprechen.

Auch ich habe zu den 75 Prozent der Frauen gehört, die das Angebot, vor einer Gruppe zu sprechen, rundheraus ablehnten, und ich kann sehr gut nachfühlen, warum wir vor öffentlichen Auftritten zurückschrecken. Reine Panik, stimmt's? Die in keinem Verhältnis zur Situation steht. Meiner Freundin Joanne schlug das Herz bis zum Hals, wenn sie sich nur vorstellen musste. Der Gedanke, in einer Gesprächsrunde zu sagen: »Ich heiße Joanne. Ich bin Architektenassistentin bei Lowe, Cambden & Frieh«, ließ ihren Adrenalinspiegel in die Höhe schießen. Diese Panik wird durch das Wissen verursacht, dass die anderen uns begutachten und wir nicht sicher sein können, wie ihr Urteil ausfällt. Der Kloß im

Hals, die rot angehauchten Wangen, das Herzflimmern, das Stottern sind alles Symptome von Unsicherheit.

Als mir der Gedanke kam, einen Workshop über persönliche Branding-Strategien für Frauen zu entwickeln, ermutigte mich mein Coach Mariette, das Sprechen vor einer Gruppe zu erlernen. Wenn ich mein Mission-Statement umsetzen und Branding-Techniken vermitteln wollte, um Frauen zu stärken, würde es sehr viel effizienter sein, mit Gruppen zu arbeiten als Einzeltermine zu vereinbaren.

Es leuchtete mir ein, dass die Fähigkeit, öffentlich zu sprechen, für meine Marke wichtig war, und so schrieb ich mich für einem Rhetorikabendkurs an der University of California, L.A., ein. Nach dem achtwöchigen Kurs stand ich vor einhundert Frauen und führte meinen ersten Workshop durch.

Obwohl ich darstellerisches Talent besitze, einen Kurs gemacht habe und ein paar Tricks und Techniken für öffentliches Reden kenne, werde ich immer noch nervös, wenn ich eine Präsentation vor dem Leiter eines TV-Senders halten muss. Nervosität ist kein Erfolgsfaktor. Ich will nicht Nervosität ausstrahlen, sondern Selbstsicherheit, Kompetenz, Professionalität und Energie. Deshalb lasse ich am Abend vor jeder Präsentation meinen Auftritt so im Geist Revue passieren, wie er sich abspielen soll. Ich gehe ihn von A bis Z durch: Ich sehe mich, wie ich durch die Tür hereinkomme. Ich weiß genau, was ich tragen werde. Ich visualisiere, wie ich den Besprechungsteilnehmern vorgestellt werde. Ich führe mir das Aussehen jedes einzelnen Teilnehmers vor Augen. Wenn ich die Anwesenden nicht kenne, denke ich mir eine fiktive Besetzung aus. Ich visualisiere, wie ich meine Aktenmappe auf den polierten Konferenztisch lege. Ich stelle mir vor, was ich sage und wie die Zuhörer darauf reagieren. Ich versuche zu verhindern, dass sich in diese Fantasie negative Gedanken einschleichen. Ich will aus dieser Besprechung mit einem neuen Auftrag herausgehen und genau diesen Erfolg gaukele ich mir in meiner Fantasie vor.

Auf diese Weise bin ich am Tag der Präsentation auf positive Begegnungen und Entwicklungen eingestellt und häufig treten sie tatsächlich ein. Bevor es dann wirklich ernst wird, setze ich mein »Geschäftsgesicht« auf und sage mir immer wieder das folgende Mantra vor:

»Niemand in diesem Raum ist ein Fremder.«

Ich wiederhole diesen Satz zwei- oder drei- oder zwanzigmal, und dann bin ich drin.

Lernen Sie, angstfrei vor großen Menschengruppen zu sprechen. Just do it! Es ist erstaunlich, aber sobald Sie vor einer Gruppe von Menschen stehen, verwandeln Sie sich zum Markenführer. Sie machen genau den Eindruck, den Sie machen müssen, um auf der Karriereleiter voranzukommen. Sie können nicht nur lernen, selbstsicher vor einem Publikum zu sprechen, Sie können sogar lernen, daran Gefallen zu finden.

Sie brauchen nicht unbedingt ein Skript zu verwenden, um einen Vortrag zu halten. Und eine Rede auswendig zu lernen ist immer heikel. Versuchen Sie deshalb gleich etwas Radikales.

Der Werbe-Cocktail

Vor nicht allzu langer Zeit wurde ich gebeten, an einer Podiumsdiskussion über wirksame Werbeallianzen teilzunehmen. Eine Werbeallianz findet zum Beispiel statt, wenn Burger King sich mit Pokémon zusammentut, um das Spielzeug in Burger-King-Restaurants zu verschenken. Statt einer langweiligen PowerPoint-Präsentation mixte ich einen »Werbecocktail«. Ich zog eine Schürze an und presste Orangen »für die saftigsten Ideen« aus. Ich goss den Saft in einen Martini-Shaker und gab Zucker dazu, »um den Deal zu versüßen«. Dann schüttete ich Wodka dazu, »um den Vertragsabschluss zu begießen«. Schließlich servierte ich den anderen Teilnehmern den

Drink – in Gläsern, auf denen ein Big-Fish-Marketing-Logo prangte. (Nutzen Sie jede Gelegenheit, Ihre Marke zu promoten!) Das war der Auftakt für eine lebhafte Diskussion über Werbeallianzen.

Der ganze Trick besteht darin, eine Verbindung zum Publikum aufzubauen. Einen Vortrag zu halten ist ein Kontaktsport. Ihr Publikum erhofft sich von Ihren Ausführungen Unterhaltung und Information und steht deshalb fast immer auf Ihrer Seite. Nur selten ist es so schwer zu gewinnen, wie Sie fürchten. Besuchen Sie Seminare, lesen Sie Bücher über das Thema. Heuern Sie einen Rhetorik-Coach an. Glauben Sie an sich.

Es bedarf keiner schriftstellerischen Begabung, um eine ein- oder zweizeilige E-Mail zu schreiben. Aber die Grundgesetze einer klaren schriftlichen und mündlichen Ausdrucksweise sollten Sie schon beherrschen. Ist das nicht der Fall, müssen Sie sie sich aneignen. Ein Business-Coach kann Ihnen dabei helfen oder Sie an einen Spezialisten verweisen.

Seien Sie geistesgegenwärtig

Ganz gleich, ob Sie sich in einem Vorstellungsgepräch unter vier Augen, vor einem großen Publikum oder vor einer kleinen Gruppe von Leuten präsentieren – nichts bringt Ihre Persönlichkeit so deutlich zum Vorschein wie Ihre Geistesgegenwart. Wie reaktionsschnell Sie sind, hat viel mit Selbstvertrauen und der inneren Sicherheit zu tun, dass Sie es schaffen werden. Sie entwickeln diese innere Sicherheit durch Erfahrung und das Leben bietet reichlich Gelegenheiten, in denen Sie sich beweisen können, dass Sie schnell denken, sich bietende Gelegenheiten beim Schopf ergreifen und Missgeschicke in Erfolge verwandeln können.

Starke Charaktere packen Widrigkeiten entschlossen an.

MARY BETH

Mary Beth hatte als Teil ihrer Recherchen für ihre neue Karriere einen einwöchigen Aufenthalt in Los Angeles eingeplant und während dieser Zeit mehrere Vorstellungstermine vereinbart. Als sie zu einem dieser Gespräche eintraf, stellte sie fest, dass sie ihre Mappe mit Arbeitsproben im Taxi vergessen hatte. Und um das Maß voll zu machen, fand sie beim Betreten des Besprechungsraums außer dem erwarteten Gesprächspartner, den sie schon vom Telefon kannte, eine Gruppe von sechs Managern aus verschiedenen Filmstudios vor, die unbedingt mit ihr über die Entwicklung von Websites für ihre Filme sprechen wollten.

Sie erklärte der Gruppe ihr Missgeschick und bat sie, die Augen zu schließen und sich von ihr in ein Traumtheater entführen zu lassen. Dann beschrieb sie jede einzelne Arbeitsprobe aus ihrer verschollenen Mappe.

Sie hinterließ bei ihrem Publikum einen nachhaltigen Eindruck und als sie in der nächsten Woche nach New York zurückkam, wartete schon eine Mail mit einem Jobangebot auf sie. Bereits vorher hatte ein sehr netter Taxifahrer eine Nachricht auf ihrem Anrufbeantworter hinterlassen: Er hatte ihre Mappe gefunden und würde dafür Sorge tragen, dass sie ihr ins Hotel gebracht würde.

Mary Beth dachte: »L.A. ist wirklich die Stadt der Engel.«

Schritt 7: Übungen

Die Präsentation Ihrer Marke verfeinern

1. **Versuchen Sie, Ihre Persönlichkeit und Einstellung in Worte zu fassen.** Was sind Sie und was sind Sie nicht? Listen Sie die Eigenschaften auf, die Ihre Marke ausstrahlen soll, und die Eigenschaften, die sie nicht ausstrahlen soll.

Ist	Ist nicht
______________________	______________________
______________________	______________________
______________________	______________________

2. **Wie sehen Sie aus? Wie hören Sie sich an?** Produzieren Sie ein Video, das Sie in verschiedenen Situationen zeigt. Ziehen Sie sich dafür entsprechend an. Üben Sie mit einer Freundin ein Interview ein. Treten Sie an ein Rednerpult und halten Sie einen Vortrag. Beobachten Sie sich in einer entspannten Situation zu Hause oder im Freien. Wie wirken Sie in verschiedenen Situationen?

- Sehen Sie entspannt aus?
- Wie sieht Ihre Kleidung an Ihnen aus?
- Wie wirkt Ihre Haltung?

Hören Sie sich an: Nehmen Sie Ihre Stimme auf, während Sie einen Text laut vorlesen und dann ein nicht geprobtes Gespräch mit einer oder mehreren Personen führen. Woran müssen Sie arbeiten?

- Stimmqualität (zu schrill, näselnd, leise usw.)
- Klingen Ihre Antworten zögernd?
- Sprechtempo (zu schnell/zu langsam)?

▶ Wie klingen Sie?
Gekünstelt / enthusiastisch / zögernd / sicher …

Was denken Sie, wenn Sie sich selbst hören?

____

____

1. **Lernen Sie, öffentlich zu sprechen.** Das ist etwas, was Sie lernen *müssen*. Sie müssen die freie Rede nicht zu Ihrem Beruf machen, aber wenn Ihre Marke erfolgreich sein soll, müssen Sie ihr Sichtbarkeit verschaffen. Melden Sie sich zu einem Kurs an. Wenn es sein muss, mit einer Freundin. Hauptsache, Sie melden sich an.

SCHRITT

8

Machen Sie einen Plan und setzen Sie ihn um

Es gab eine Zeit in meinem Leben, in der ich keinen Plan hatte. Für mich war das ein Gefühl, als würde ich in der Wüste umherirren. Ich hungerte nach Akzeptanz, Anerkennung und Verständnis und erkannte nicht, dass die Verwirklichung dieser Wünsche zielgerichtetes, durchdachtes Planen, gefolgt von zielgerichtetem, durchdachtem Handeln erforderte. Irgendwie, dachte ich, würde sich der Erfolg schon einstellen.

Zugegeben, unverhoffte Glücksfälle sind möglich. Aber sie sind selten. Normalerweise müssen wir uns Erfolg erarbeiten. Und diese Arbeit erfordert meistens mehr, als schön brav das zu sagen, was die Leute gerne hören möchten. In diesem Kapitel erfahren Sie, wie Sie Ihren Erfolgsplan entwickeln.

Es vereinfacht Ihre Markenplanung, -pflege und -wartung, wenn Sie sich ein Notizbuch zulegen, das Sie als Markenplaner verwenden.

Zur Markenplanung gehören ein Marketingplan, ein Finanzplan und ein Zeitplan für die Markteinführung der Marke. Aus diesem Grund sollte Ihr Markenplaner Folgendes enthalten:

1. lose Blätter, auf denen Sie Notizen über Strategien, kurz- und langfristige Ziele und regelmäßige Überprüfungen des Erfolgs Ihrer Marke (eine Art Kapitalevaluierung) festhalten;

2. einen Kalender, in dem Sie Termine und den Count-down bis zur Markeneinführung planen; und

3. ein Kontobuch, das einen Überblick über Ihr Budget gibt und in dem Sie geschäftliche Einnahmen und Ausgaben festhalten.

Den Markenplaner anlegen

Widmen Sie eine Seite Ihres Planers Ihren **Schlüsselattributen.**

Listen Sie Ihre **Ziele** auf.

Notieren Sie Ihre **Markenbeschreibung** und Ihren **Slogan.**

Auf einer eigenen Seite halten Sie Ihr **Mission-Statement** wie eine Widmung fest.

Füllen Sie eine Seite mit Notizen über Ihr **Zielpublikum.**

- Wer ist Ihr Zielpublikum?

- Wo werden Sie es finden?

- Was soll es über Sie sagen und denken?

Diese Aussagen zu Ihrer Person und Ihren Zielen sind Momentaufnahmen, aus denen sich im Lauf der Zeit neue Beschreibungen herausschälen werden. Es steigert Ihr Selbstbewusstsein, solche Veränderungen Ihrer Marke festzuhalten. Gleichzeitig ist es sehr wichtig, bei Markenauffrischungen den Wesenskern und Gesamtwachstumsplan der Marke zu berücksichtigen.

Kristallisationspunkt jeder Markenstrategie sind die Fragen Was, Wann, Wo, Warum und Wie. Widmen Sie deshalb eine Seite Ihres Planers der präzisen Beantwortung dieser markenbildenden Fragen.

Jillian

Was: Sich als Business-Managerin für kleine Unternehmen neu zu positionieren.

Wann: Sofort.

Wo: Marin County, Kalifornien.

Warum: Um Unabhängigkeit und ein höheres Einkommen zu erreichen.

Wie: Durch aggressive Publicity und eine Anfangsinvestition in Höhe von 2000 Dollar, die aus privaten Rücklagen finanziert wird.

Zu einem Markenplan gehört es darüber hinaus, Verpflichtungen und Risiken (was passiert, wenn Sie keinen Erfolg haben?) gegeneinander abzuwägen. Kündigen Sie also Ihren Job nicht, wenn nächste Woche die Miete fällig wird und es Monate dauern kann, bevor Sie Ihr erstes Engagement als Sängerin an Land ziehen.

Jillian schätzt ihre Verpflichtungen und Risiken folgendermaßen ein:

Verpflichtungen: Den größeren Teil des Einkommens für Haushalt und Lebensstil zu verdienen.

Risiko: Schulden zu machen. Wenn es ihr nicht gelingt, innerhalb von drei Monaten nach Ausscheiden aus ihrem sicheren Job zwei Kunden zu finden, wird Jillian sich nach einer Festanstellung als Buchhalterin »jenseits der Berge« umsehen müssen. Das würde für sie einen Anfahrtsweg von etwa einer Stunde bedeuten.

Die ersten Seiten Ihres Planers, auf denen Sie Ihre Schlüsselattribute, Ihre Ziele, Ihre Markenbeschreibung usw. definieren, helfen Ihnen, Ihr Augenmerk auf den *Inhalt* Ihrer Marke zu konzentrieren. Die Punkte Was / Wann / Wo / Warum / Wie und V&R repräsentieren das *Umfeld* Ihrer Marke.

Mary Beth

Was: Sich als Webdesignerin neu zu positionieren.

Wann: Sofort.

Wo: Los Angeles, Kalifornien.

Warum: Um im Kreativbereich finanziell erfolgreich zu sein.

Wie: Durch Kontaktaufnahme zu erstklassigen Website-Entwicklungsfirmen und Filmstudios.

Verpflichtungen: Wirtschaftlich unabhängig zu sein.

Risiko: Verlust an Glaubwürdigkeit gegenüber den Eltern; großer emotionaler Rückschlag. Wenn es ihr nicht gelingt, eine Festanstellung als Webdesignerin zu finden, muss Mary Beth freiberuflich arbeiten, bis sie eine ansehnliche Mappe mit Arbeitsproben vorlegen kann. Falls alle Stricke reißen, kann sie auf ihre Qualifikation als Account-Managerin zurückgreifen.

Der große Markenplan

Das Wie Ihrer Markenstrategie sollte ein solider Marketingplan sein. Er ist das »Basislager«, von dem aus Sie zu Ihrem Ziel aufbrechen. Marketing besteht im Wesentlichen aus drei Bereichen – PR, Werbung und Promotion –, wobei Promotion sich wiederum in mehrere Kategorien unterteilt.

PR

Als neue Marke in einem konkurrenzstarken Markt können Sie auch ohne dickes Bankkonto eine Menge kostenloser Publicity- und PR-Chancen auftun und nutzen, um die Welt wissen zu lassen, dass es Sie gibt. Redaktionelle Beiträge haben zudem den Vorteil, glaubwürdiger zu sein als Werbeanzeigen und ein Siegel der moralischen Anerkennung zu tragen, das bezahlter Werbung fehlt. (In Dollar und Cent berechnet, sind redaktionelle Beiträge in Printmedien schätzungsweise dreimal so viel wert wie bezahlte Werbeanzeigen in gleicher Größe.)

Tragen Sie alles, was Ihre Marke leistet, in die Öffentlichkeit: Wenn Sie eine Assistentin einstellen, wenn Sie einen Auftrag an Land ziehen, wenn Sie ein Buch veröffentlichen, wenn Sie einen Rechtsstreit gewinnen, wenn Sie umziehen. Ziel dieser Öffentlichkeitsarbeit ist es, Sichtbarkeit und Mundpropaganda für Ihre Marke zu erzeugen. Je nachdem, wie aufwändig Ihre Strategie ist, können Sie ein professionelles PR-Büro beauftragen oder einfach Ihren Mentor bitten, ein gutes Wort für Sie einzulegen.

EMILY

Emily hatte daran gedacht, einen professionellen Publizisten anzuheuern, aber nach einem aufbauenden Gespräch mit ihren sechs engsten Beraterinnen hängte sie sich ans Telefon und legte sich mit ihrer natürlichen New Yorker

Chuzpe, ihrem dicken Fell und ihrem Sinn für Humor selbst ins Zeug. Gleichzeitig erhöhte sie ihre Sichtbarkeit in der Modewelt, nahm an Modenschauen teil und hielt engen Kontakt zu börsennotierten Modefirmen. Sie umriss ihre Ziele wie folgt:

- Beziehungen zu wichtigen Journalisten aufzubauen, die ihr Auftritte und Artikel verschaffen konnten.
- Finanzielle Neuigkeiten über die Modewelt zu sammeln und mehrere Geschichten pro Woche an die Presse zu leiten.

Sie festigte jeden Journalistenkontakt durch eine Presseinformation, die aus einem Lebenslauf und einem Porträtbild in einer stilvollen Mappe sowie passenden Briefumschlägen, Nachdrucken von Artikeln und schließlich einem Videoband mit Highlights aus ihren Fernsehauftritten bestand.

Jillian

Es ist schwierig, Wahrnehmungen zu verändern, aber genau das hatte Jillian sich vorgenommen: sich von der Buchhalterin im Hinterzimmer zur Business-Managerin umzupositionieren. Sie rief eine Zwei-Mann-PR-Firma an, über die sie nur Gutes gehört hatte, und bot einen Tausch an: Jillian würde sich drei Monate lang um die Rechnungen und Außenstände der PR-Leute kümmern, wenn diese in der gleichen Zeit die Lokal- und Wirtschaftspresse auf ihr neues Geschäft aufmerksam machen würden.

Diese PR-Anstrengungen positionierten Jillian als Expertin für die Verwaltung kleiner Unternehmen. Es dauerte keinen Monat und sie wurde in der Regionalpresse in Artikeln zitiert, die die Probleme kleiner Firmen zum Thema hatten.

Im zweiten Monat wurde sie von ihrer Bank gefragt, ob sie eine Kolumne »Nachfolgefragen in Kleinunternehmen« für das Monatsmagazin der Bank beratend begleiten könnte.

Werbung

Alle Werbemaßnahmen, mit denen Sie Ihre Marke fördern, sollten darauf ausgerichtet sein, Folgendes zu leisten:

- Ihr Versprechen und Ihre Mission kommunizieren
- Ihre Schlüsseleigenschaften ansprechen
- durch eine starke Botschaft und einprägsame Optik ins Auge springen
- Ihr Zielpublikum effizient und effektiv erreichen
- eine positive Wirkung erzielen und zum Handeln auffordern

Manche Marken geben zwei Millionen Dollar für einen Dreißig-Sekunden-Spot während einer wichtigen Football-Übertragung aus. *Das* nenne ich Werbung. Aber wenn die Marke, die es einzuführen gilt, eine Einzelperson ist, spielen wir in einer anderen Liga.

Laura machte ein Mitteilungsblatt zu ihrem Werbeträger, Mary Beth eine Website. Emily fing an, interne E-Mails zu versenden, die zu interessierten Kunden durchdrangen und alle Neuigkeiten des Tages über Wertpapiere aus der Modebranche sowie ihre Analysen dazu enthielten. Auch das war Werbung.

In meiner Firma gibt es eine wöchentliche E-Mail-Kampagne, die »Der Fang des Tages« heißt. Sie besteht aus einem »Fischismus«, einem Zitat aus den Seiten dieses Buches. Ich beende die E-Mail mit einer Einladung an Kunden und potenzielle Kunden, sich mit unserer Unterstützung als Marke zu etablieren. Die Reaktion darauf ist phänomenal!

Persönliche Marken wie Jillian, die dabei sind, sich selbstständig zu machen, können traditionellere Werbeträger wie Zeitungen und Zeitschriften nutzen. Das erfordert jedoch Kapital – also genau das, woran es anfangs häufig mangelt.

Bezahlte Werbung	***Kostenlose Werbung***
Zeitungen	E-Mail
Zeitschriften	Mitteilungsblätter
Kabelfernsehen	Memos
Öffentlich-rechtliche Sender	schwarze Bretter
Radio	Briefe
Internet	Website
Reklametafeln	Flyer
Busse, U-Bahn, Litfaßsäulen	Mundpropaganda
Werbegeschenke mit Ihrem Logo	Networking

Promotion

Auch Promotion kann die Begehrtheit Ihrer Marke stärken – sofern die Promotion-Kampagne dafür sorgt, dass Ihre Marke auf die richtige Art und Weise wahrgenommen wird. Jede PR für Ihre persönlichen Marke sollte die folgenden Ziele erfüllen:

- Das Markenbewusstsein und das Markenkapital erhöhen
- Die Kernwerte Ihrer Marke widerspiegeln
- Ihre Position stärken

Es gibt vier grundlegende Formen von Promotion: Zugaben, Gewinnspiele und Wettbewerbe, Allianzen und Besondere Ereignisse.

Zugabe
Eine Zugabe kann ein Geschenk beim Kauf oder ein Kauf gekoppelt mit einem weiteren Kauf sein. Mit dieser Form von Promotion weichen Sie von traditionellen Geschäftsgepflogenheiten ab, indem Sie Ihren Kunden einen kostenlosen Vorgeschmack auf Ihre Marke geben. Ein Beispiel: Wenn Sie Estée-Lauder-Produkte für 25 Dollar oder mehr kaufen, bekommen Sie gratis ein Täschchen mit Make-up-Proben dazu.

Meine Freundin Sally ist Werbetexterin. Als Anreiz, weiter mit ihr zusammenarbeiten, gewährt sie Neukunden beim nächsten Projekt einen Abschlag von einhundert Dollar.

Gewinnspiele und Wettbewerbe
Gewinnspiele sind Glücksspiele, während Wettbewerbe Wissen oder Ideen erfordern. Die Teilnahme an beiden ist ohne einen vorherigen Kauf möglich. Gewinnspiele und Wettbewerbe laden das Zielpublikum zur Kommunikation mit einer Marke ein und bringen gleichzeitig wertvolle Informationen für die Adressdatenbank ein.

Laura startete in ihrem Mitteilungsblatt (das bereits für sich allein ein Werbemittel darstellt) einen Wettbewerb, bei dem der Gewinner der sehr beliebten Kolumne »Mein peinlichster Moment« in den Genuss einer kostenlosen, einstündigen Beratung kam. Wenn Sie eine neue Firma gründen, können Sie zum Beispiel einen Finden-Sie-einen-Firmennamen-Wettbewerb in Ihrer Lokalzeitung ausschreiben. Selbst wenn dabei kein geeigneter Firmenname herauskommt, bringen Sie sich ins Gespräch und ins Bewusstsein der Leute. Auf jeden Fall bekommen Sie die Einsendungen der Teilnehmer mit ihren Namen und Adressen, die den Anfang einer wertvollen Mailing-Liste für die Zukunft bilden.

Allianzen
Als persönliche Marken können Sie eine Verbindung zu anderen persönlichen Marken suchen, um Ihren eigenen Wert zu steigern. So können Sie zum Beispiel eine traditionelle

Partnerschaft gründen oder eine strategische Allianz mit jemandem eingehen, der die gleiche Zielgruppe erreichen möchte wie Sie. Wenn Sie einen festen Job haben, kann das heißen, dass Sie sich zur Bearbeitung eines Projekts mit einer supersmarten Kollegin zusammentun. Wenn Sie selbstständig sind, können Sie Ihre Dienstleistungen zusammen mit einem Partner anbieten, dessen Fähigkeiten Ihr Können ergänzen. Ich beschreite diesen Weg in meiner Firma regelmäßig, indem ich all die Aufgaben, für die ich keine internen Ressourcen habe (zum Beispiel Druck und Grafik) an die besten Leute aus ihrem Bereich – andere solide Marken – vergebe. Durch diese partnerschaftliche Zusammenarbeit fällt ihr guter Ruf auf mich zurück und umgekehrt.

Bevor Sie eine Promotion-Kampagne in Angriff nehmen, ist es sinnvoll, Kriterien aufzustellen, aus denen Sie ersehen können, ob Ihre Idee toppt oder floppt. Im Folgenden sehen Sie die Checkliste, die ich für AXN aufgestellt habe, einen auf Action und Abenteuer spezialisierten Kabelsender, der in Asien, Europa und Südamerika gesehen wird. Jede Promotion-Idee, die das Unternehmen intern und extern entwickelt, wird an diesen Kriterien gemessen:

Aufregend
Spaß
Aufmerksamkeit erregend
Kühn
Einzigartig
Aufs Programm abgestimmt
Aktuell
Machbar
In Übereinstimmung mit den PR-Anstrengungen
In Übereinstimmung mit dem Markenimage

Entwickeln Sie eine ähnliche Liste der Schlüsselattribute und -werte Ihrer Marke und fragen Sie sich dann, ob Ihre Werbeanstrengungen den richtigen Eindruck von Ihrer Person vermitteln. Bevor Jillian zum Beispiel den Startschuss für ihre Promotion gab, fragte sie sich: Zeigt die Werbemaßnahme mich als

> ernsthaft
> sorgfältig
> verlässlich
> diskret
> professionell?

Jillian

Um nicht länger in die Schublade der Buchhalterin gesteckt zu werden und den vollen Service einer traditionellen Business-Managerin anbieten zu können, musste Jillian eine Möglichkeit finden, ihren künftigen Kunden auch Beratung in Steuerfragen anzubieten. Jillian war jedoch keine beeidigte Wirtschaftsprüferin oder Steuerberaterin und hatte auch nicht vor, sich dafür ausbilden zu lassen. Stattdessen ging sie eine Allianz mit dem Wirtschaftsprüfer ein, den sie sich als Mentor gewählt hatte. Von dieser Koalition profitieren beide Seiten, weil sie ihren Kunden die Dienstleistungen des jeweils anderen Partners anbieten können.

Besondere Ereignisse

Sie können eine Fangemeinde (oder ein loyales Publikum) für Ihre Marke gewinnen, indem Sie ein besonderes Ereignis ausrichten. Der Disney Channel sponsert überall im Land kostenlose Openair-Vorführungen von Disney-Filmen. Der Fernsehkanal Animal Planet, der ausschließlich Tiersendungen im Programm hat, wirbt mit einem riesigen Bus, der von Stadt zu Stadt fährt, von Naturkatastrophen bedrohte Tiere rettet und Familien über sichere Tierhaltung aufklärt.

Meine Firma richtet für die Kundinnen von verschiedenen Kabelsendern eine »Frauenfete« aus. Dieses Fest – ein großes Fressen für großartige Frauen – ist immer unvergesslich. Das monatliche Business-Lunch mit Gastrednern, das von Emilys Frauennetzwerk veranstaltet wird, ist eine andere Version dieser Art von Promotion.

MARY BETH

Mary Beth setzte sich mit den beiden Freunden ihres Mentors in Los Angeles in Verbindung und gab eine Party, um einflussreiche Leute mit Beziehungen zur Unterhaltungsindustrie auf sich aufmerksam zu machen. Jim, der ihr die Idee in den Kopf gesetzt hatte, nach L.A. zu ziehen, kam mit zwei gefragten Website-Entwicklern im Schlepptau. Auf der Party gab es einen »Schrein«, wo die Gäste Mary Beths Website erforschen konnten. Am nächsten Tag richtete sie eine Datenbank mit den am Vorabend erhaltenen Visitenkarten ein. Ihre Marke war auf dem Markt – und Mary Beth auf dem Weg nach oben.

LAURA

Laura hatte die Partner in ihrem Unternehmen davon überzeugt, zweimal im Jahr einen Workshop für Manager zu veranstalten – ein besonderes Ereignis, bei dem Laura sich und ihr Fachgebiet präsentieren konnte und das den Führungskräften die Gelegenheit gab, Tipps, Fragen und Erfahrungen rund um das Thema Präsentation untereinander auszutauschen. Laura hatte ein paar gute Ideen für gemeinsame Präsentationsübungen und entwarf ein breitangelegtes Programm von Audio bis Auftreten und von Visualisierung bis Video, das sich an einem Seminartag durchziehen ließ.

Mit spitzem Bleistift rechnen

»Dafür fehlt mir das Geld« – so lautet typischerweise die Rechtfertigung vieler Frauen, die Investitionen in sich (oder ihre Marke) scheuen. Nur: Keine Marke kann ohne finanziellen Einsatz ihren Weg machen. Dieser Tatsache müssen Sie Rechnung tragen, wenn Sie einen Erfolgsplan für Ihre Marke aufstellen.

Wer Erfolg haben will, muss in sich investieren.

Ich wette, ich habe den Satz »Ich kann es mir nicht leisten, meinen Job zu kündigen« schon hundertmal gehört. Deshalb möchte ich Sie hier ermutigen durchzurechnen, wie Sie es sich doch leisten können. Viele fantastische Marken haben mit wenig Kapital angefangen. Die Apple-Gründer haben in einer Garage begonnen. Nike-Laufschuhe wurden ursprünglich in einer Küche hergestellt, indem heißer Gummi in ein Waffeleisen gegossen wurde. Vision und der Glaube an das gute Gelingen machten diese Unternehmen groß. Geschickte Planung machte sie erfolgreich.

Tun Sie das, was Sie tun müssen. Unabhängig davon, ob Sie eine Lehrerin sind, die Anwältin werden möchte, eine Managerin in einem Großunternehmen, die ihre eigene Internet-Firma gründen möchte, eine Anstreicherin, die Malerin werden möchte – wenn Sie wirklich mit dem Herzen dabei sind, werden Sie auch einen Weg finden, Ihre Ziele zu realisieren. Vielleicht müssen Sie Ihren Hauptjob behalten und abends oder am Wochenende Zeit finden, Ihren Traum zu verfolgen. Ich kenne so viele Leute, die Abendkurse besuchen oder Wochenend-Künstler geworden sind. Vielleicht müssen Sie ein Darlehen in Anspruch nehmen oder Kapital leihen. Aber lassen Sie sich nicht aus Geldmangel von Ihren Plänen abhalten.

Mein Plan bestand darin, Turner Broadcasting zu verlassen und meine eigene Agentur zu eröffnen, sobald ich dreißig war. Als dieser Meilenstein näher und näher rückte, geriet ich in Panik. Ich hatte ein gutes Gehalt, von dem ich angenehm leben konnte, aber praktisch keine Ersparnisse. Wie konnte ich den Sprung wagen, ohne mich selbst in Gefahr zu bringen?

Als Erstes beschloss ich, in mich statt in Turner Broadcasting zu investieren. Noch bevor ich mit dreimonatiger Frist kündigte, verkaufte ich, wie gesagt, meine Belegschaftsaktien im Wert von 10000 Dollar, die durch den Aktiensparplan des Unternehmens zusammengekommen waren. Von diesem Schatz gab ich 3000 Dollar für einen PC mit Drucker aus. Weitere 3000 Dollar investierte ich in Briefbögen, Visitenkarten und Paketaufkleber.

$ 10 000,–	Startkapital
3 000,–	Computerausstattung
3 000,–	Visitenkarten/Briefbögen

Nun rechnen Sie mal. Mit dem, was übrig blieb, musste ich eine Telefonanlage in meinem Haus installieren, meine Firma ins Handelsregister eintragen lassen, Büromaterial kaufen, essen und die Hypothek bezahlen, bis mein erster Scheck von Discovery oder Hanna-Barbera eintraf (den beiden Kunden, die ich schon vor meiner Kündigung bei Turner gewonnen hatte).

Überlegen Sie dreimal, was es kosten wird, Ihre Marke auf den Markt zu bringen. Aufwendungen entstehen immer – ganz gleich, ob Sie nun eine Firma gründen, neu in den Arbeitsmarkt einsteigen, eine berufliche Veränderung anstreben oder zügig auf der Karriereleiter voran kommen wollen. Versuchen Sie, jede kleine finanzielle Ausgabe vorherzusehen, die Ihre Marke braucht – alle Ihre Kosten, nicht nur die für eine Firmengründung. Dazu gehören Verpackungskosten vom Businesskostüm bis zur Mappe für die Arbeitsproben; mögliche Werbekosten, um sich einem breiteren Publikum bekannt zu machen; Büroausstattung und -materialien, wenn Sie selbstständig sind; Rhetorik- oder Schreiblehrer, PR-Agentur, Business-Coach, finanzielle Beratung, Fitness-Trainer (als Teil der Pflege- und Wartungskosten) usw.

Tragen Sie alle diese Ausgaben in das Kassenbuch Ihres Markenplaners ein. Ich habe eine Freundin, die überlegte, ihren hoch dotierten Job zu kündigen, um in ihrem Haus eine Kochschule zu eröffnen. Sie sah darin eine ideale Möglichkeit, die Mühle des Angestelltenlebens hinter sich zu lassen. Als sie sich die Finanzierungskosten für unwesentliche Veränderungen an ihrer Kücheneinrichtung und die Werbung um Schüler, für Küchenvorräte, Schulungsunterlagen, Verwaltungskosten, Marketingkosten usw. genauer ansah, stellte sie fest, dass ihr nach Abzug der Kosten ein Gewinn von sage und schreibe 12 000 Dollar im Jahr verbleiben würde. Aus der Traum!

Die wirtschaftlichen Überlegungen, die in Ihren Businessplan einfließen, sind notwendig, um Sie auf den Boden der Tatsachen zu bringen. Wenn Sie Ihren finanziellen Bedarf kennen, können Sie ihn äußern. Mit »äußern« meine ich nicht, dass Sie andere um Geld anhauen. Ich meine damit, dass Sie sich umsehen und prüfen, wo die benötigten Ressourcen zu finden sind, um dann den mutigen nächsten Schritt zu wagen, sie zu beschaffen. Übersehen Sie nicht, was Sie allein durch Sparen erreichen können. Ich begann in den Monaten vor meiner Kündigung bei Turner wie wild zu sparen. Ich aß öfter als bisher zu Hause und entwickelte eine Begeisterung für Discount-Läden. Als ich dann meine Kündigung einreichte, stürzte ich mich nicht völlig unvorbereitet ins Ungewisse, sondern mit neu gewachsenen Schwingen und einem Gebet auf den Lippen.

Verfügen Sie über Investment-Papiere? Könnte es sich für Sie lohnen, sie in eine Investition in Ihre Person zu verwandeln, so wie ich es getan habe? Gehen Sie zu Ihrer Bank und beantragen Sie einen Kredit. Finden Sie einen Business-Engel. Bitten Sie einen Verwandten um ein Darlehen, der es sich leisten kann, in Ihre Zukunft zu investieren.

Und vergessen Sie nicht, Ihre Wünsche der Welt kundzutun. Ich meine diesen Rat ganz ernst: Die Hälfte Ihres Erfolgs hängt davon ab, ganz gleich, welches Ziel Sie verfolgen. Tragen Sie also Ihre Gedanken ins Universum hinaus – aber vergessen Sie dabei nicht, Ihre Ziele auch allen Leuten in Ihrem engeren Umfeld mitzuteilen. Erstens bekommen Sie auf diese Weise jede Menge Ratschläge, die Sie immer wieder mit der Realität konfrontieren und Kontrollpunkte auf dem Weg zum Erfolg sind. Bitten Sie Menschen, die Sie achten, Sie bei der Entwicklung einer Kapitalbeschaffungsstrategie zu unterstützen.

Erzählen Sie allen von Ihren Träumen, denn Sie wissen nie, woher Hilfe kommen wird. Hören Sie auf die Ratschläge, die man Ihnen gibt, aber vertrauen Sie auch sich selbst. Wenn Sie die Vorarbeiten geleistet haben, wenn Sie glauben, für eine neue oder anspruchsvollere Aufgabe gerüstet zu sein, dann wagen Sie den Schritt – auch wenn der Gedanke daran Sie mit Panik erfüllt. Zeigen Sie, was Sie können. Nur wer auf sich selbst setzt, kann gewinnen.

MARY BETH

Mary Beth entnahm dem Treuhandvermögen, das ihr ihr Großvater hinterlassen hatte, 16 000 Dollar, um die nächsten drei Monate zu überbrücken. Sie rechnete mit den folgenden Kosten:

Auto von der Ostküste zur Westküste fahren	1000,–
Einrichtung einer Website	1250,–
Möblierte Wohnung in L.A. (je Monat)	900,–
Einrichtung neue Wohnung 1. Miete/Kaution	2700,–
Umzugskosten	2500,–
Möbel	1000,–
Aktualisierung Portfolio	100,–
Visitenkarten	500,–
Geld, um Leute zum Essen einzuladen (je Woche)	100,–
Lebenskosten (je Monat)	1000,–

Erfolg setzt ein intensives und obsessives Nachdenken über Ihre Marke voraus: Sie müssen über Ihre Marke schreiben, über sie reden und sie der Welt bekannt machen, sodass sich ihr Schicksal erfüllen kann.

Timing ist alles: Count-down bis zur Markteinführung

Fortentwicklung ist ein wichtiger Teil meines großen Markenplans. Ich erreiche dieses Ziel unter anderem, indem ich den Fokus meiner Firmen, Ressourcen und Erfahrungen zu verschiedenen Untermarken verenge, die auf bestimmte Bereiche der digitalen Welt spezialisiert sind: Big Fish Marketing ist auf das Marketing von Kabelsendern spezialisiert. Little Pond Production befasst sich mit der Entwicklung von Gewinnspielen und Wettbewerben für das Fernsehen und das Internet. Und vor gerade mal zehn Monaten habe ich als neuen Ableger meiner Marke FishNet auf den Markt gebracht, eine Firma, die sich auf das Branding und Marketing im Internet konzentriert. Mein Count-down für die Markteinführung dieses neuen Unternehmens sah so aus:

WOCHE EINS: Markenstrategie schreiben
Liste möglicher Kunden aufstellen
Business-Lunches mit Kontaktpersonen vereinbaren

WOCHE ZWEI: Logo entwickeln lassen
Neuen Laptop für Geschäftsführer beschaffen
Alle PCs vernetzen

WOCHE DREI: Termine für anstehende Messen vereinbaren
Portfolio zusammenstellen
Werbetexte für Broschüre schreiben
Erste Logoentwürfe prüfen

WOCHE VIER: Website-Entwicklung beginnen
Lay-outs für Visitenkarten und Briefkopf freigeben

Verkaufsgespräche mit möglichen Kunden vereinbaren
Lay-out für Broschüre freigeben

WOCHE FÜNF: Pressemitteilung mit Porträtfotos an die Medien schicken
Portfolio und Verkaufsbroschüren fertig stellen
E-Mail an Kundendatenbank senden, um das neue Unternehmen anzukündigen

WOCHE SECHS: Telefonisch bei den Medien nachfassen
Druck und Auslieferung aller Materialien
Website fertig
MARKTEINFÜHRUNG (Party!)

Die Lancierung Ihrer Marke kann länger dauern. Und vielleicht planen Sie auch nicht gleich die Markteinführung eines Unternehmens, sondern wie Laura einen Aktionsplan im Job, eine Jobsuche wie Mary Beth oder einen Sprung nach oben in Ihrer Branche wie Emily. So oder so müssen Sie einen Zeitplan für die Lancierung aufstellen. Verwenden Sie den Kalenderteil Ihres Markenplaners, um den Count-down bis zur Markteinführung zu planen.

EMILY

ERSTE WOCHE: Porträtfotos machen lassen
Vita schreiben
Pressemappen mit Umschlägen auswählen

ZWEITE WOCHE: Porträtfoto aus Abzügen auswählen
Liste der Pressekontakte aufstellen
Pressemappen zusammenstellen

DRITTE WOCHE: Medien telefonisch kontaktieren
Format zur täglichen Analyse
von Wertpapieren und Fonds
aus dem Modebereich
entwickeln

Bringen Sie Ihre Marke in Schwung

Neben dem Zeitplan für die Markteinführung wird der Kalenderteil Ihres Markenplaners sehr bald jede Menge Gedächtnisstützen enthalten. Zum Beispiel Erinnerungen daran, Ihr Zielpublikum zu pflegen.

- Planen Sie einen Tag im Monat ein, um Kunden anzurufen, sich bei Ihrem Chef zu melden, den Kontakt zu Kollegen oder Lieferanten zu pflegen – kurz, sich bei den Menschen in Erinnerung zu bringen, die an Sie denken sollen. (Machen Sie sich Notizen über jeden Kontakt. Führen Sie eine Datei über alle Ihre Kunden, Kollegen, Lieferanten, jeden, der für Ihre Karriere wichtig ist.)

- Wenn Sie Ihr Auto beruflich brauchen, schreiben Sie je nach Fahrleistung alle vier oder sechs Monate »Inspektion« in Ihren Planer.

- Lebensläufe müssen auf dem neuesten Stand sein und sollten mindestens einmal im Jahr überarbeitet werden, selbst wenn sich die Veränderungen als minimal erweisen. (Dabei spielt es keine Rolle, ob Sie auf der Suche nach einem neuen Job sind oder wunschlos glücklich in einem Unternehmen arbeiten, in dem Sie am liebsten den Rest Ihres Arbeitslebens verbringen würden.)

- Tragen Sie zu Beginn jeder neuen Modesaison den Punkt »Verpackungsauffrischung« in Ihren Kalender ein. Kaufen Sie einen neuen Lippenstift, bringen Sie Ihre Kleidung in die Reinigung, lassen Sie Ihre Schuhe neu besohlen, ergänzen Sie Ihre Garderobe durch neue Highlights usw.

- Planen Sie ein- oder zweimal im Jahr eine »Marktanalyse« ein, in der Sie sich die zweiteilige 64 000-Dollar-Frage stellen: *Was denkt mein Zielpublikum von mir?* Und: *Was soll es von mir denken?* Bei dieser Standortbestimmung helfen Leistungsüberprüfungen, Faxantworten, Fragebögen oder offene Gespräche mit Kunden.

Der Weg zum Glück heißt Disziplin

Machen Sie sich nichts vor. Ihr Erfolgsplan mag noch so durchdacht und realistisch sein – wenn Sie Ihre Arbeitstage damit verbringen, Talkshows anzuschauen und Pralinen zu essen, mit Ihren Freundinnen zu klönen oder am PC Solitaire zu spielen, ist Ihr Scheitern vorprogrammiert.

Klar, es bedeutet eine Menge Arbeit, uns, unser Produkt, unsere Zeit, unsere Familie und die allgegenwärtige Informationsflut zu managen. Nur: Wer, wenn nicht wir – die Geschäftsführerinnen unseres Lebens –, soll diese Arbeit leisten? Wenn Sie also das Angestelltenleben mit dem Unternehmerleben vertauschen oder nach Ihrem ersten Job suchen (oder nach Ihrem fünften), so bedeutet das, jeden Morgen aufzustehen, in den Arbeitsmodus zu schalten, ein businessgerechtes Outfit zu wählen, herumzutelefonieren, damit die Kasse stimmt, und Termine mit potenziellen Kunden oder Arbeitgebern wahrzunehmen. Wenn Sie in der Firma aufsteigen oder persönlich oder beruflich vorankommen möchten, müssen Sie Ihr Ziel fest im Visier behalten und konstant und konsistent darauf hinarbeiten.

Hey, niemand hat behauptet, Branding sei einfach. Aber glauben Sie mir, der Lohn für die Mühe ist gigantisch.

Planen Sie die Entwicklung Ihrer Marke

Haben Sie schon einmal eine Achtzigjährige in einem zu kurzen Rock mit zu viel Make-up und Shirley-Temple-Locken gesehen? Es kann peinlich sein, an einer Marke festzuhalten, die sich überlebt hat. Menschen ändern sich im Lauf der Zeit und ihre Marken sollten das Gleiche tun. Die Kellog Company hat in den USA mit einer Serie sehr klug eingefädelter, sehr aktuell wirkender TV-Spots im Dokumentarstil, in denen der Werbealtstar Tony the Tiger zu neuen Ehren kommt, vor kurzem die erste neue Werbekampagne für Kellog's Frosties seit 14 Jahren gestartet – ein Zeichen dafür, dass das Unternehmen mit der Zeit zu gehen weiß. Der Megasupermarkt Target hat sich zu einer angesagten Marke des 21. Jahrhunderts entwickelt, indem er sich und seine Produkte groß feierte und sein Bullaugenlogo neu interpretierte. Seither ist es cool, bei Target einzukaufen.

STEHVERMÖGEN

Die folgenden Marken sind in den USA seit den Zwanzigerjahren auf dem Markt: die Riegel Baby Ruth, Charleston Chews, Oh Henry!, Bounty, Mr. Goodbar und Butterfinger; Reese's Peanut Butter Cups, Schokoladenstückchen mit Erdnussbutterfüllung; Eskimo Pie, ein Eis am Stil; der Kuchensnack Hostess Cakes; das Weißbrot Wonder Bread; Peter-Pan-Erdnussbutter, Welch's-Traubensäfte; Kool-Aid-Limonadenpulver; die Frühstückszerealien Wheaties und Rice Krispies; die Hotelkette Howard Johnson's; die Wohnzeitschrift Better Homes & Gardens; Betty-Crocker-Backmischungen; Safeway-Supermärkte.

Im Laufe ihres Lebens haben diese Marken viele Veränderungen durchlaufen. Bei einigen wurden die Zutaten verändert, einige sind größer geworden, alle haben ihre Verpackung immer wieder dem Stil und Geschmack der Zeit angepasst, um attraktiv zu bleiben. Markenliftings haben sie jung erhalten. Das Zauberwort heißt Markenevolution.

Zur Entwicklung Ihrer Marke kann es gehören, Ihre Produktlinie zu erweitern, neue Spezialgebiete dazuzunehmen und/oder in dem, was Sie tun, immer besser zu werden. Wenn Sie Kopien Ihres sich stets verändernden Lebenslaufs/Portfolios gewissenhaft aufheben, können Sie Ihre Entwicklung wohlgefällig verfolgen.

Wenn Sie die Ausrichtung oder den Schwerpunkt Ihrer Marke verlagern möchten, sollten Sie behutsam vorgehen. Bewahren und festigen Sie die Eigenschaften, die Ihrer Karriere besonders dienlich waren, und rücken Sie sie in den Vordergrund, während Sie nicht mehr benötigte Eigenschaften langsam ausblenden.

IBM, ein großer, konservativer Konzern der Old Economy, gewinnt neue Aktualität, indem er das Internet in den Mittelpunkt seiner Anstrengungen stellt und seine Großcomputer in gigantische Web- und E-Commerce-Server verwandelt. Das ist Evolution.

Der Name des schottischen Whiskys Chivas Regal hat einen elitären Beiklang. So lautete vor drei Jahrzehnten die amerikanische Werbung zum Vatertag: »Schenk deinem Vater einen edlen Tropfen.« Inzwischen versucht das Unternehmen, ein breiteres Publikum anzusprechen. Aber es pflegt weiter die ironisch-zeitgeistige Sprache, für die es bekannt ist. Die Werbung für das 21. Jahrhundert lautet: »Zurücklehnen. Glas eingießen. Königreich betrachten.« Die Marke entwickelt sich, behält jedoch Bewährtes bei.

Cher begann ihre Karriere als Teil des Duos Sonny und Cher und ist im Lauf von vierzig Jahren zu Cher geworden – nicht indem sie sich neu erfunden, sondern indem sie sich entwickelt hat. Sie leistete sich einen großen Fehltritt in den Neunzigerjahren, als sie in Infomercials eine Kosmetiklinie anpries. Ihr Publikum war entsetzt. Sie stieg von der bewunderten Diva zur Propagandistin ab, sah ihren Fehler jedoch schnell ein. Sie war in eine vollkommen andere Schiene gewechselt. Ihre Karriere geriet ins Schlingern. Diese Entscheidung bedeutete einen Rückschritt, keinen Fortschritt. Cher hatte eines der ehernen Gesetze des Branding gebrochen: das Gesetz der Konsistenz. Glücklicherweise fing sie sich rechtzeitig und wandte sich wieder der frechen, exaltierten Unterhaltung zu, für die das Publikum sie liebt.

Oprah Winfrey – mein großes Vorbild – traf 1994 eine Entscheidung, die ihre Marke verändern sollte. Das Niveau von Nachmittags-Talkshows sank auf einen neuen Tiefstand und selbst sie musste immer öfter zu Sensationsjournalismus Zuflucht nehmen, um ihre Einschaltquoten zu halten. Ihre Marke war dabei, ihr zu entgleiten. Sie beschloss, sich wieder auf das Wesentliche zu besinnen – jene Kernwerte, über die wir gesprochen haben. Sie hielt an den Eigenschaften fest, die ihr am meisten bedeuteten – ihrem Interesse für Bücher, der Bedeutung von Spiritualität in ihrem Leben. Zusätzlich gründete sie ihren Buchklub und brachte immer öfter substanzielle, thematisch anspruchsvolle Diskussionen und Interviews mit Menschen, die ihr Leben bewusst gestalten. Dagegen wird Jerry Springer weiterhin am Set niedergemacht und dysfunktionale Mütter und Töchter schlagen bei Sally Jessy Raphael aufeinander ein.

Freuen Sie sich an Ihrer Marke

Erfolgreiche Marken stellen Inhalte in den Vordergund, und ihr Nährboden ist Loyalität. Ihre persönliche Marke fordert von Ihnen nicht weniger, als Ihrer Mission treu zu bleiben und Ihre Werte hochzuhalten. Das bedeutet, Tag für Tag Interesse für die Gesundheit und das Wohlbefinden Ihrer Marke aufzubringen, zu spüren, wie sie aufgenommen wird, und nach Chancen zu suchen, sie zu fördern. Wenn Sie von Ihrer Marke überzeugt sind und diese Tatsache leidenschaftlich kommunizieren, verkaufen Sie sich Ihrem Zielpublikum, ohne Ihre Seele zu verkaufen. Aber geben Sie sich Zeit.

Schalten Sie nicht auf eine neue Strategie um, wenn Ihre Marke nicht sofort einschlägt. Es dauert seine Zeit, Markenkapital aufzubauen, und kann, zumal bei einer persönlichen Marke, zur befriedigenden Lebensaufgabe werden.

Schritt 8: Übungen

Eine Strategie für den Erfolg Ihrer Marke entwickeln

1. Branding-Checkliste

Stellen Sie sich bei allem, was Sie für Ihre Marke tun, die folgenden Fragen:

- **Aufrichtigkeit:** Kann ich mein Wort halten? Mache ich zu viel Wind oder verspreche ich zu viel?
- **Mission-Orientiertheit:** Spiegelt mein Handeln meine Mission jederzeit wider?
- **Neu-, Andersartigkeit:** Habe ich in letzter Zeit etwas Neues versucht? Bin ich ein Risiko eingegangen? Habe ich nach überraschenden Lösungen gesucht?
- **Qualität:** Entspricht meine Positionierung als Marke den Qualitätsstandards, die ich mir auf der Grundlage meiner Kernwerte vorgenommen habe?
- **Publikumsansprache:** Sind meine Verpackung und meine Selbstdarstellung für mein Zielpublikum attraktiv?
- **Interaktion:** Bezieht meine Markenstrategie mein Publikum mit ein? Motiviert sie das Publikum zum Handeln?

2. Halten Sie Ihre Absichten fest.

Die folgenden Punkte dienen als Landkarte Ihrer Absichten, sodass Sie nicht vom Weg abkommen:

Was:

Wann:

Wo:

Warum:

Wie:

Verpflichtungen:

Risiko:

3. Halten Sie Ihren Marketingplan fest.

Führen Sie sich vor Augen, welche Marketingwerkzeuge Ihnen zur Verfügung stehen. Nutzen Sie alle oder einige, um Ihr Zielpublikum auf sich aufmerksam zu machen.

a) Publicity: Machen Sie sich bei den Medien bekannt und interessant.
b) Werbung: Machen Sie den Rest der Welt mit Ihrer Marke bekannt. Dafür kommen die folgenden Mittel infrage:

- Zeitungen
- Zeitschriften
- Kabelfernsehen
- Öffentlich-rechtliche Fernsehanstalten
- Radio
- Internet
- Reklametafeln
- Busse, U-Bahn, Litfaßsäulen
- Werbegeschenke mit Ihrem Logo
- E-Mail
- Mitteilungsblatt

- Memos
- schwarze Bretter
- Website
- Flyer, Reklamezettel
- Mundpropaganda
- Networking

c) Promotion: Nutzen Sie eine oder mehrere der folgenden Methoden, um potenziellen Kunden einen Anreiz zur Zusammenarbeit mit Ihnen zu geben:
- Zugabe
- Preisausschreiben oder Wettbewerb
- Allianzen
- Besondere Ereignisse

4. Stellen Sie einen Finanzplan auf.

Versuchen Sie, die finanziellen Ausgaben, die Ihre Marke erfordert, vorherzusehen und einzeln anzuführen. Wenn Sie sich selbständig machen oder Ihren ersten Job suchen, fallen einmalige oder Anfangskosten an, die jede Marke braucht. Ich habe im Folgenden als Anregung einige typische Kostenfaktoren aufgeführt, aber genau wie Marken sind auch Kostenaufstellungen individuell verschieden. Deshalb sollten Sie die folgenden Punkte erweitern und an Ihre persönliche Situation anpassen:

Kostenfaktor	Kosten
Miete	
Telefon/Fax/Computer	
Lebenslauf/Portfolio	
Visitenkarten/Briefbögen	
Fahrtkosten/Unterhaltskosten Auto	

Kostenfaktor	**Kosten**
Verpackung (Kleidung usw.)	
Selbstdarstellung (Rhetoriklehrer usw.)	
Marketing (PR-Agentur usw.)	
Wartung (Mitgliedschaft im Fitness-Studio usw.)	

5. Geldbeschaffung

Notieren Sie im Folgenden potenzielle Finanzierungsmöglichkeiten für den Aufbau Ihrer Marke.

- Wie viel können Sie ab dem heutigen Tag sparen?
- Über welche Ersparnisse verfügen Sie bereits, die Sie anzapfen können?
- Auf welche Investitionen können Sie zurückgreifen? In welcher Höhe?
- Finden Sie einen »Business-Engel« oder einen Risiko-Kapital-Geber.
- Welche Familienmitglieder können Sie um einen Kredit bitten? In welcher Höhe?
- Prüfen Sie, ob Sie einen Bankkredit erhalten können.

6. Stellen Sie einen Zeitplan auf.

Wie viel Zeit geben Sie sich vom Konzept bis zur Umsetzung? Wie viel Zeit von dem Moment an, in dem Sie beschließen, dass Sie einen Job, eine Gehaltserhöhung oder eine Beförderung möchten, bis zu dem Tag, an dem Sie Ihr Ziel erreichen? Machen Sie den ersten Schritt und stellen Sie einen Plan der wöchentlich zu erreichenden Teilziele auf:

- Woche Eins
- Woche Zwei
- Woche Drei
- Woche Vier

- Woche Fünf
- Woche Sechs
- Woche Sieben
- Woche Acht

7. Sorgen Sie dafür, dass Ihre Marke auf der Höhe der Zeit bleibt.

Tragen Sie die folgenden Gedächtnisstützen in Ihren Kalender ein:

- Melden Sie sich einmal pro Monat bei Ihrem Zielpublikum.
- Bringen Sie alle 10000 Kilometer Ihr Auto zur Inspektion (Ölwechsel usw.).
- Bringen Sie mindestens einmal jährlich Ihren Lebenslauf auf den neuesten Stand.
- Planen Sie vor jeder neuen Saison eine Auffrischung Ihrer Verpackung ein.
- Führen Sie ein- oder zweimal jährlich eine Marktanalyse durch: Wie komme ich bei meinem Zielpublikum an?
- Planen Sie mindestens einmal im Jahr einen Kurs oder Workshop ein, in dem Sie etwas ganz Neues lernen.

8. Neue Energie für Ihre Marke

Wenn Sie nicht gut für sich sorgen, wird Ihre Marke darunter leiden. Schreiben Sie drei Dinge auf, die Sie in diesem Monat für sich und Ihr Wohlbefinden tun werden. Tun Sie nächsten Monat das Gleiche. Planen Sie das Auftanken neuer Energien in Ihrem Kalender ein. Es ist genauso wichtig wie Ihr berufliches Engagement.

____

____

____

FAZIT:

Der nächste Schritt

Wahrscheinlich habe ich schon an Hunderten von Besprechungen teilgenommen, an deren Ende immer die gleiche Frage stand: »Was ist der nächste Schritt?« Kaum ist die Projektgruppe zusammengetreten, die Lage eingeschätzt, ein Plan erarbeitet, der Bericht geschrieben, das Programm installiert, heißt es bereits: Was ist der nächste Schritt?

Allein die Durchführung der in diesem Buch beschriebenen acht Schritte stellt mehr oder weniger sicher, dass Sie dabei sind, sich einen Namen zu machen, Aufmerksamkeit zu erregen und in Erinnerung behalten zu werden. Der nächste Schritt für Sie kann darin bestehen, zu den Übungen am Ende jedes Kapitels zurückzukehren und Ihre Markenstrategie so zu verfeinern, dass sie Ihr bestes und wahrstes Selbst enthüllt. Falls Sie es nicht ohnehin bereits tun, sollten Sie jetzt damit anfangen, ein Markenjournal zu führen, um Klarheit über Ihre Wünsche und die Erfüllung Ihrer Ziele zu gewinnen. Und wann immer die Wogen hochschlagen, können Sie auf dieses Buch zurückkommen und sich Ihre persönlichen Prioritäten in Erinnerung rufen: Ihre Leidenschaften auszuleben, sinnvolle Projekte an Land zu ziehen und Beziehungen zu Menschen aufzubauen und zu festigen, die Ihre Kernwerte teilen.

Manchmal ist es schwer, im Auge zu behalten, dass unser wertvolles Leben eine Bestimmung hat. Wenn wir über den Details für den Börsengang unserer Firma sitzen, von Termin zu Termin hetzen, Verträge aushandeln, taktische Spielchen spielen oder um einen neuen Job oder neue Aufträge kämpfen, vergessen wir leicht, dass wir nicht ohne Grund auf der Welt sind.

Das Wirtschaftsleben ist hart, Grabenkriege sind an der Tagesordnung, die Konkurrenz kann brutal sein und immer wieder erheben Selbstzweifel ihr hässliches Haupt. Aber zugleich ist das Leben vom Geist Gottes erfüllt. Glauben Sie daran. Das Leben hält einmalige Möglichkeiten bereit. Suchen Sie in sich selbst danach, aber auch in der Welt um Sie herum. Nutzen Sie jede Möglichkeit, die Ihnen zur Verfügung steht, die Früchte des Lebens, die Sie erreichen können, zu pflücken. Ihre Belohnung wird ein Gefühl von Freiheit und Selbstverwirklichung sein und Ihre Dynamik wird alle beflügeln, mit denen Sie zusammenarbeiten.

Sehen Sie Herausforderungen als Lektionen an, die dazu gedacht sind, Sie der Erfüllung Ihres Schicksals näher zu bringen. Und sorgen Sie dafür, dass Ihre Seele einen Bezugspunkt hat, mit dem sie in Verbindung treten kann, wenn Sie Ihre Zielrichtung aus den Augen verlieren und aus der Spur geraten. Dieser Bezugspunkt könnte Ihr Mentor sein, Ihr Mission-Statement, Ihr Garten, Ihr Tagebuch, Ihre Kinder oder ein Gebet. Es spielt keine Rolle, was Sie auf dem kürzesten Weg mit Ihrem Ich, Ihrer Marke verbindet, solange Sie nur zuverlässig dorthin zurückkehren können. Sie werden sehr bald entdecken, dass jedes Aufsuchen der verborgenen Quelle, die Ihre Kernwerte birgt, Ihrer Marke neue Energie und Nahrung gibt. Warten Sie nicht, bis Sie Stärkung brauchen. Suchen Sie Ihre Quelle oft auf und trinken Sie in großen Schlucken davon.

Einer meiner Mentoren sagte einmal, das Leben sei keine Generalprobe. Ich weiß, das ist ein Klischee, aber mit gutem Grund – es ist wahr. Wenn Sie nicht einem Ziel zustreben, wenn Sie der Vergangenheit nachhängen oder auf der Stelle treten, legen Sie Ihr Leben auf Eis und fordern womöglich das Schicksal heraus, Sie zu übergehen.

Oder Sie ergreifen Ihre Chance und bringen Ihr Schicksalsrad in Fahrt, indem Sie eine brillante Markenstrategie entwickeln, die Ihr wahres Selbst zum Leuchten bringt. Packen Sie es an, erfinden Sie sich neu, kommen Sie in die Gänge, erforschen Sie neues Terrain, tun Sie, was Sie lieben, machen Sie auf sich aufmerksam, bringen Sie sich in Erinnerung – MACHEN SIE SICH EINEN NAMEN!

Anmerkungen

Schritt 2

1 Nach der Vorstellung der Hindus wird die Welt durch ein Gesetz – Dharma – regiert, das die Ordnung im Kosmos aufrechterhält und allen Lebewesen ihre Aufgaben und ihr ethisches Verhalten vorschreibt.

2 A. Mikaelian, *Women Who Mean Business*, Morrow, 1999, S. 43.

Schritt 3

1 Pierre Mornell, *Games Companies Play: The Job Hunter's Guide to Playing Smart & Winning Big in the High-Stakes Hiring Game*, Ten Speed Press, 2000.

2 Ebd.

3 Abby Ellin, »Bang Your Drum Loudly,« *New York Times*, 25. Juni 1999.

4 Al und Laura Ries, *Die 22 Gebote des Branding*, Econ, 1999, S. 101, 102.

Schritt 4

1 Patricia Sellers, »These Women Rule«, *Fortune*, 25. Oktober 1999, S. 120.

Schritt 5

1 Hillary Stout, »The Front Lines: Start-Up That Uses Web to Reach South Asians Gets Boost from Mentor,« *Wall Street Journal*, 5. Februar 1999, S. B1.

Schritt 6

1 Pierre Mornell, *Hiring Smart! How to Predict Winners & Losers in the Incredibly Expensive People-Reading Game*, Ten Speed Press, 1998, S. 92, 95.

2 Nach dem Etikett von der Pasta-Sauce Newman's Own.

Dank

Mit unendlicher Liebe und Hingabe
widme ich dieses Buch meiner Tochter,
ROXANNE,
und meinem Mann,
STEVEN ROFFER,
die mich jeden Tag daran erinnern,
welche Freude es ist, eine Frau zu sein.

Und mit Bewunderung möchte ich meinem Vater,
ROBERT J. EDELMANN,
danken,
der mich lehrte, Abschlüsse zu tätigen
und dauerhafte Geschäftsbeziehungen zu pflegen.

Ferner möchte ich
meiner besten Freundin und Schwester,
WENDY HARDMAN,
meinen tief empfundenen Dank aussprechen;
der erstaunlichsten Agentin New Yorks,
BARBARA LOWENSTEIN;

der idealen Lektorin,
LAUREN MARINO;
meiner begnadeten Mitarbeiterin,
DORIS OBER;
und dem besten Business-Coach der Welt,
MARIETTE EDWARDS,
die mich herausforderte,
tiefer zu schürfen und höher zu zielen.

Und schließlich möchte ich meine lieben Freunde
JAY WELSH und RAE TERRY
in meine Arme schließen,
die mich antrieben und mir Hoffnung gaben,
und die fünf fabelhaften Frauen,
die mich in der Spur hielten:
KIM DECK,
JOLLA HARRIS,
ANNIE MORITA,
SHERRI YORK,
und die unvergleichliche
KIM YOUNGBLOOD.

Über die Autorin

Als erste Markenstrategin für das Digitalzeitalter entwickelt Robin Fisher Roffer Marketingpläne für den Aufbau von Marken und Werbekampagnen für die Einführung von Fernsehsendern und Websites rund um die Welt.

Zu den Kunden ihres Flagschiffunternehmens, Big Fish Marketing, gehören ABC, A&E, CNN, Comedy Central, Discovery Channel, Disney Channel, ESPN, Fox Family Channel, The History Channel, Lifetime Television, MTV, Oxygen, TBS und Turner Classic Movies. Sie brachte nicht nur amerikanische Sender wie TNT, TLC, FX, Game Show Network und Animal Planet auf den Weg, sondern auch weltweite Marken wie den asiatischen Action- und Abenteuerkanal AXN, Sony Entertainment Television in Indien und Lateinamerika sowie die japanischen Sender SheTV (für Frauen), SF (Science-Fiction) und ANIMAX, einen Kanal, der nur Zeichentrickfilme sendet.

Gemeinsam mit dem legendären Brandon Tartikoff arbeitete Fisher Roffer an der Markteinführung von drei AOL-Websites: Entertainment Asylum.com, Passion.com und Electra.com, das mittlerweile zu Oxygen.com gehört. Darüber hinaus hat sie Marketingpläne für Websites wie

NHL.com, PGA.com und eAgents.com aufgestellt und Websites für Kabelsender wie Turner und Fox Family Channel entwickelt.

Little Pond Production, Fisher Roffers Promotion-Agentur, konzipiert und produziert ideenreiche Gewinnspiele und Wettbewerbe für Kabelfernsehen und Internet. Vor kurzem hat sie eine dritte Firma, FishNet, gegründet, die sich auf B2B-Branding-Lösungen für das Internet spezialisiert. Das gerade flügge gewordene Unternehmen hat den Branding-Prozess von Websites für Turner Networks, Fox Family Channel, Galavision und Univision in die Wege geleitet und begleitet.

Fisher Roffer setzt ihre Leidenschaft für das Fernsehen auch für das Allgemeinwohl ein. Besonders stolz ist sie auf die Anerkennung, die sie für die Entwicklung von Programmen zur Förderung des bürgerlichen Engagements bekommen hat, unter anderem das Fahrradsicherheitsprogramm »Radical Right Riders« des Senders Hanna-Barbera, die Sendung »Save Our History: World War II Memorial« des History Channel, die CNN-Kampagne für die Präsidentenwahl »Your Choice, Your Voice 2000«, der TBS-Wettbewerb »Goodwill Games Scholarship Competition« sowie das spezielle Krankenhausprogramm »Comedy RX« von Comedy Central, das die heilende Kraft des Lachens propagiert.

Fisher Roffer lebt mit ihrem Mann Steven, ihrer einjährigen Tochter Roxanne und ihrem Hund Saki in Los Angeles.

Weitere Tipps für die deutschsprachige Leserin

Literatur

Adressbuch Wirtschaft 2000. Heyne 2000

Englert, Sylvia: *Die Jobs der Zukunft*. Campus 2000

Halbreich, Betty und Wadyka, Sally: *Der Fashion-Guide. Geheimtipps aus der Modewelt*. dtv 1999

Hofert, Svenja: *Don't panic. Online bewerben*. Eichborn 2001

Kraus, Uwe M.: *Online zum Traumjob. Offensiv bewerben im Internet*. Ueberreuter Wirtschaft 2001

Lanthaler, Werner und Zugmann, Johanna: *Die ICH-Aktie. Mit neuem Karrieredenken auf Erfolgskurs. Frankfurter Allgemeine Zeitung* 2000

Märtin, Doris: *Image-Design. Die hohe Kunst der Selbstdarstellung*. Heyne 2000

Märtin, Doris und Boeck, Karin: *EQ. Gefühle auf dem Vormarsch*. Heyne 1996

Metzger, Roland, Funk, Christopher und Post, Kerstin: *Bewerben im Internet*. Falken 2001

Rebel, Günther: *Mehr Ausstrahlung durch Körpersprache*. Gräfe & Unzer 1997

Ries, Al und Laura: *Die 22 unumstößlichen Gebote des Branding*. Econ 1999

Seidl, Conrad und Beutelmeyer, Werner: *Die Marke ICH. So entwickeln Sie Ihre persönliche Erfolgsstrategie*. Ueberreuter Wirtschaft 1999

Wlodarek, Eva: *Mich übersieht keiner mehr. Größere Ausstrahlung gewinnen*. Wolfgang Krüger 1997

Wolff, Inge: *Umgangsformen. Ein moderner Knigge*. Falken 1998

Internetadressen

www.webgrrls.de (Eigencharakterisierung: »Business-Networking für Frauen in den neuen Medien«; s. a. *Süddeutsche Zeitung*, 5./6.5.2001, S. V2/1); *Österreich:* www.webgrrls.at; *Schweiz:* www.webgrrls.ch

www.woman.de/frauimnetz/netzwerk.html (mit vielen Links zu mehrheitlich berufsorientierten Frauen-Netzwerken)

www.internetfocus.net/de/gehaelter (Gehaltsübersichten für verschiedene Berufe)

www.telecom.at/womennet-frauen

Jobbörsen im Netz:
www.monster.de; www.jobpilot.de; www.career-now.de; www.manager-lounge.de; www.stepstone.de; www.futurestep.de; www.wideyes.de; www.leadersonline.de; www.jobware.de

Verbände/Netzwerke

BUSINESS AND PROFESSIONAL WOMAN, c/o Angelika Roth, Ohmstr. 14, D-90552 Röthenbach, Tel. und Fax 0911/576725, www.bpw-germany.de (berufstätige Frauen; eines der größten Berufsnetzwerke von/für Frauen, in über 30 deutschen Städten und 100 Ländern vertreten); *Österreich:* c/o Dr. Edith Dieker, Fischergasse 30A, A-5020 Salzburg, Tel. 0662/431230 (privat). Fax 420348, www.bpw.at; *Schweiz:* c/o Brigit Pedolin, Raschärenstrasse 30, PO Box 490, CH-7001 Chur, Tel. 081/2526240, Fax 2527527.

B.F.B.M. – BUNDESVERBAND DER FRAU IM FREIEN BERUF UND MANAGEMENT E.V., Monheimsallee 21, D-56062 Aachen, Tel. 0241/4018458, Fax 4018463 (Selbstständige und Frauen in Führungspositionen)

EWMD – EUROPEAN WOMEN'S MANAGEMENT DEVELOPMENT INTERNATIONAL NETWORK E.V., Langenscheidtstr. 11, D-10827 Berlin, Tel. 030/7825075, Fax 7825076 (Managerinnen und Selbstständige); *Österreich:* c/o Österreichisches Produktivitäts- und Wirtschaftlichkeits-Zentrum, Christine Stabel, Rockgasse 6, A-1010 Wien, Tel. 01/5338636-13, Fax 5338636-21; *Schweiz:* c/o Rieter Management AG, Christine Tolle, Via Ferrero Di Cambiano 32, I-10024 Turino, E-Mail: switzerland@ewmd.org.

GESELLSCHAFT DEUTSCHER AKADEMIKERINNEN E.V., Pfauengasse 10, D-93047 Regensburg, Tel. 0941/55922, Fax 563417

WOMAN'S BUSINESS CLUB, c/o Woman's GmbH, Franz-Prüller-Str. 15, D-81669 München, Tel. 089/44717275, Fax 44717276, www.WOMANS.de (Selbstständige und Angestellte; gibt es auch in anderen Städten)

Messen

So gut wie alle wichtigen Informationen zu Messen in Deutschland und im Ausland finden Sie in den Katalogen des AUMA, zu beziehen über:

Verband der deutschen Messewirtschaft,
Ausstellungs- und Messe-Ausschuss der
Deutschen Wirtschaft e.V. (AUMA),
Lindenstr. 8, D-50674 Köln,
Tel. 0221/20907-0, Fax 20907-12,
E-Mail: info@auma.de, www.auma.de